Claudia Choate
Verlorene Seelen 4 – Sprung ins Ungewisse

AF187955

Verlorene Seelen 4

Sprung ins Ungewisse

von
Claudia Choate

Biografische Information der Deutschen Nationalbibliothek: Die Deutsche Nationalbibliothek verzeichnet diese Publikation in der Deutschen Nationalbibliografie; detaillierte bibliografische Daten sind im Internet über dnb.dnb.de abrufbar.

Herstellung und Verlag: BoD – Books on Demand, Norderstedt
1. Auflage 2019

ISBN: 978-3-74946-627-6

INHALTSVERZEICHNIS

II

LIEBESBLIND

"Sieger des heutigen Turniers ist Robin-Marie Keller auf Jumping Jack. Der zehnjährige Wallach hat heute seinem Namen alle Ehre gemacht", kam es aus dem Lautsprecher und die Siegerin ritt mit stolz erhobenem Haupt zu dem Turnierleiter, um ihre Schleife abzuholen. Ihre langen, blonden Haare waren zu einem ordentlichen Zopf geflochten und reichten ihr bis in die Mitte der schwarzen Turnierjacke. Die makellos weiße Hose hob sich von dem dunkelbraunen Fell des Wallachs und dem schwarzen Sattel deutlich ab.

Nachdem sie ihre gelbe Schleife in Empfang genommen hatte, durfte sie die anderen bei ihrer Siegerrunde anführen und ritt schließlich auf den Ausgang zu, wo sie von einem blonden Jungen in Empfang genommen wurde, der sie zu sich herunter zog und ihr einen Kuss auf die Lippen drückte. „Toller Ritt, Kleines", lobte er sie und das Mädchen schaute belustigt auf ihn hinunter.

„Wer ist hier klein?", fragte sie amüsiert, denn auf

dem Pferd überragte sie den Jungen um einen knappen Meter.

„Na du", gab er zurück. „Bis du auf meinem Level mitmachen kannst, musst du noch um einiges besser werden. Aber ich gebe zu, dein heutiger Erfolg ist ein kleiner Trost gegen dein Versagen letzte Woche."

„Immerhin bin ich auf Platz drei gekommen", widersprach Robin beleidigt.

„Mädchen, kapier' endlich, dass Platz drei für Versager ist. Gewinner landen auf dem ersten. Wir sehen uns später. Ich treffe mich noch mit ein paar Kumpels." Damit drehte er sich um und verschwand in der Menge.

Manchmal verstand sie Marcus einfach nicht. Okay, er war ein begnadeter Reiter, aber auch er gewann nicht immer. Ein dritter Platz ist doch auch etwas Schönes, fand Robin, obwohl sie natürlich stolz auf ihre heutige Leistung war. Es hatte ihr wehgetan, als der Junge nach ihrem Abwurf letzte Woche zwei Tage kein Wort mit ihr gesprochen hatte.

Dabei konnte sie gar nichts dafür. Die Sonne hatte sie geblendet und dadurch hatte sie den Abstand zum Hindernis falsch eingeschätzt, wodurch Jumping Jack zu spät hochgekommen war. Sie hatte das Poltern noch in den Ohren, als die blöde Stange ihre Halterung verlassen hatte und auf den Boden fiel.

Doch heute hatte sie alles richtig gemacht. Ihr Pferd war in Hochform und sie hatte sich heute Morgen vorgenommen, doppelt aufzupassen und keinen Fehler zu machen. Und es hatte sich gelohnt.

Als sie am Gästestall ankam, sprang sie aus dem Sattel und umarmte den Wallach, den sie seit vielen Jahren kannte. Ihr Vater hatte ihn selbst ausgebildet und trainierte sie beide auch jetzt noch mehrfach pro Woche. Der ehemals recht erfolgreiche Turnierreiter Wolfgang Keller war stolz auf die Erfolge seiner Tochter und hatte die Vision, dass sie in seine Fußstapfen treten würde. Seine eigene Karriere hatte aufgrund eines Unfalls während eines Turniers, bei dem er sich eine schwere Rückenverletzung zuge-zogen hatte, ein jähes Ende gefunden. Heute ging es ihm zwar wieder einigermaßen gut, er konnte sogar wieder reiten, aber die Belastung des regelmäßigen Springtrainings hielt sein Rücken nicht mehr aus. Deshalb arbeitete er heute ausschließlich als Ausbilder und Trainer auf dem Storchenhof, den er nach dem Tod seiner Eltern zusammen mit seiner Frau Renate führte. Dort hatte Robin auch Marcus kennengelernt, den ihr Vater ebenfalls trainierte und der sein Pferd bei ihnen stehen hatte.

Eine halbe Stunde später hatte Robin ihr Pferd versorgt und für den Transport nach Hause vorbereitet. Sie schloss die Boxentür und machte sich auf den Weg zu den anderen, die an der Umzäu-nung des Springplatzes standen und sich königlich zu amüsieren schienen.

„Hallo, Kleines", empfing sie Marcus und gab ihr erneut einen Kuss, bevor er ihr den Arm um die Schulter legte und sie an sich zog, damit auch jeder wusste, dass sie *seine* Freundin war.

„Du sollst mich nicht immer so nennen, Marcus", sagte sie leise. Sie war zwar ein gutes Jahr jünger und auch etwas kleiner als der Junge neben ihr, aber wenn er sie als *Kleine* oder *Kleines* bezeichnete, kam sie sich immer wie ein Kind vor. Immerhin wurde sie demnächst sechzehn, war also schon lange kein Kind mehr und sah auch körperlich alles andere als wie ein kleines Mädchen aus. Dies schien vor allem den Jungen aufzufallen, weshalb Marcus keine Gelegenheit ausließ, seine Besitzansprüche zur Schau zu stellen. Robin genoss das im Stillen ein bisschen, obwohl er es hin und wieder etwas übertrieb.

Marcus überhörte ihre Bemerkung und blickte erneut auf den Parcours, auf dem aktuell ein Anfänger-Springen abgehalten wurde. Immer wieder prusteten er und seine Freunde los, wenn erneut eine Stange fiel.

„Hey, Jungs. Ihr habt auch mal angefangen", schimpfte sie nach einer Weile, weil ihr die jungen Reiter leid taten.

„Aber so blöd haben wir uns bestimmt nicht angestellt", kicherte Marcus und seine Freunde stimmten ebenfalls mit ein. Robin schüttelte zwar den Kopf über das kindische Benehmen, verkniff sich aber jeden weiteren Kommentar. Doch sie war fast froh, als ihr Vater schließlich zum Aufbruch mahnte und sie bat, Jumping Jack in den Hänger zu verladen. Wenige Minuten später machte sie es sich neben Marcus auf dem großen Beifahrersitz des

Pferdetransporters bequem, während sie zurück zum Storchenhof fuhren, wo sie stürmisch von Purzel, Robins kleinem Jack-Russel-Terrier, begrüßt wurden.

„Ja, mein Junge. Ich bin ja wieder da. Hast du mich so vermisst?", fragte sie amüsiert, als der kleine Hund wie ein Flummi an ihr hoch hüpfte.

„Der hat einen riesen Zwergen-Aufstand gemacht, als du weg warst", sagte ein großer, junger Mann mit einem blonden Stoppelkopf und Sommersprossen im Gesicht lachend.

Robin wirbelte bei seiner Stimme herum. „Christian!", rief sie begeistert und flog dem Mann in die Arme. „Was machst du denn hier?"

„Hallo Schwesterchen. Mann, bist du gewachsen im letzten Jahr", grinste Christian. „Du bist ja eine richtige junge Dame geworden."

„Ich werde ja auch schon sechzehn", teilte sie ihm mit.

„Ist mir wohl bekannt, Robin. Das ist auch ein Grund, warum ich hier bin. Ich habe ein paar Tage Urlaub und wollte zu deinem Geburtstag nach Hause kommen, bevor ich ins Ausland muss."

„Du musst ins Ausland?" Robin blickte ihn irritiert an.

„Ja, für voraussichtlich ein Jahr. Aber mach' dir nichts draus, für dich ist das auch nicht anders, als wenn ich in der Kaserne in Bayern hocke und keinen Urlaub bekomme. Ich bin halt nur ein bisschen weiter weg."

„Aber ist das nicht gefährlich?"

Christian warf seinem Vater einen Blick zu, der fast unmerklich den Kopf schüttelte. „Auch nicht gefährlicher, als in der Kaserne hier. Ich werde schon auf mich aufpassen. Du weißt doch: Unkraut vergeht nicht." Damit gab er ihr einen Kuss auf die Wange und trat zu seinem Vater. „Hallo Papa. Schön, dich zu sehen. Was macht der Rücken?"

„Im Moment ganz gut. Schön, dass du kommen konntest, Junge. Wie lange bleibst du?"

„Zwei Wochen", antwortete der junge Mann und blickte dann zu Marcus hinüber. „Und du bist bestimmt Robins Freund. Marcus, wenn ich mich nicht irre, richtig?"

Der Junge nickte und reichte ihm die Hand. „Guten Tag, Herr Keller."

„Sag' Christian zu mir. Ich komme mir sonst so alt vor."

„Auch gut", stellte Marcus fest und drehte sich zu Robin um. „Wir treffen uns noch im Club, kommst du mit?"

„Tut mir leid, aber ich muss mich erst einmal um Jumping Jack kümmern."

„Kann das nicht jemand anderes machen?", fragte der Junge, dem es gar nicht passte, dass Robin sich dem gutaussehenden Mann an den Hals geworfen hatte und der entsprechend misslaunig war.

Jetzt mischte sich der Trainer ein: „Nein, Marcus. Das kann niemand anderes machen. Jumping Jack ist Robins Pferd und sie hat sich darum zu kümmern.

Mag sein, dass das bei dir nicht so ist – bei uns schon." Damit drehte er sich um und öffnete die Heckklappe, während Robin ihrem Freund einen entschuldigenden Blick zuwarf.

„Dann eben nicht. – Wir sehen uns, Kleines." Schnell drückte er ihr einen Kuss auf den Mund und verschwand um die Stallecke.

Christian blickte erstaunt auf seine kleine Schwester, sagte jedoch nichts, sondern folgte ihr zur Rückseite des Fahrzeuges. Erst als sie Jack in den Stall gebracht hatte und gerade dabei war, ihm die Transportbandagen zu entfernen, beugte er sich über die untere Hälfte der Boxentür und blickte sie nachdenklich an. „Du küsst ihn?", fragte er schließlich, als sie eine der Bandagen über die Tür hing.

„Wen?", fragte sie verwundert.

„Marcus natürlich."

„Warum auch nicht? Immerhin ist er ja mein Freund."

„Aber du bist fünfzehn!", stellte ihr Bruder fest und es klang fast wie ein Vorwurf.

Langsam dämmerte es dem Mädchen, worauf er hinaus wollte. Sie kam auf ihn zu und stützte ihre Unterarme auf die Oberkannte der Tür. „Erstens werde ich in ein paar Tagen sechzehn und zweitens brauchst du dir keine Sorgen zu machen."

„Brauche ich also nicht?", fragte er ungläubig.

„Nein, brauchst du nicht. Mehr als Küssen und Händchenhalten läuft da nicht. Außerdem: wie alt warst du denn bei deinem Ersten Mal?"

Christians Wangen bekamen eine leichte Röte und er senkte den Kopf: „Das ist etwas völlig anderes."

Robin lachte amüsiert auf: „Warum? Weil du ein Junge bist und ich ein Mädchen?"

„Nein... ja... ich meine...", stotterte Christian unsicher.

„Irgendwie süß, wenn du so verlegen wirst, großer Bruder. Aber für den Fall, dass du es nicht weißt: ich bin aufgeklärt. Und außerdem habe ich überhaupt kein Interesse, mit Marcus zu schlafen. Also mach' dir keine Gedanken über ungelegte Eier. Ich weiß schon, was ich tue."

„Na hoffentlich sieht er das auch so."

„Ich habe es ihm gesagt und er akzeptiert das", gab Robin im Brustton der Überzeugung zurück, doch ihr Bruder blickte immer noch ein wenig ungläubig und nahm sich vor, den Freund seiner Schwester ein wenig im Auge zu behalten. Was fand sie nur an dem eingebildeten Knaben?

Am nächsten Tag nach der Schule hatte er Gelegenheit, sich Marcus einmal etwas genauer anzusehen. Christian war selber ein guter Reiter, was auch nicht verwunderlich war, da er einen Großteil seines Lebens hier auf dem Storchenhof verbracht hatte. Dennoch war er nicht mehr oft geritten, seit er zur Bundeswehr gegangen war. Lediglich bei seinen Besuchen zu Hause fand er die Gelegenheit, sich mal wieder in den Sattel zu schwingen. Aber er hatte dennoch ein Auge für wertvolle Tiere und gute

Reiter. Und Marcus und sein Pferd gehörten definitiv beide dazu. Sein schwarz-brauner Wallach war ein edles Tier, das mit Sicherheit nicht billig gewesen war und über ein enormes Springpotential zu verfügen schien. Aber Christian bemerkte auch etwas Anderes. Während Robin und ihr Pferd Jack eine Einheit bildeten, schien es ihm fast, als wenn Marcus gegen sein Pferd arbeitete. Er war so von sich selber überzeugt, dass er das Tier oft behinderte und es war fast ein Wunder, dass nicht mehr Stangen zu Boden gingen, was wohl mehr dem Können des Pferdes als dem des Reiters zuzurechnen war. Dieser Ansicht schien sein Vater allerdings auch zu sein, denn er versuchte immer wieder, den Jungen zu korrigieren, was ihm jedoch nur teilweise gelang. Wenn wirklich einmal eine Stange herunterpurzelte, schien der Reiter die Schuld ausschließlich beim Pferd zu suchen, anstatt sich mal an die eigene Nase zu fassen.

Christian konnte immer weniger verstehen, warum seine Schwester sich mit Marcus abgab. Sie war schon immer sehr tierlieb gewesen und hatte eine enge Beziehung zu Jack und Purzel. Marcus hingegen schien sein Pferd als Sportgerät, als einfache Sache anzusehen, die zu funktionieren hatte. Aber er wollte den Jungen nicht zu schnell verurteilen. Vielleicht hatte er auch einfach nur einen schlechten Tag.

„Hast du Lust auf einen Ausritt, Robin?", fragte Christian am Ende der Stunde.

„Klar hab ich das. Mach' dir ein Pferd fertig und wir treffen uns an der großen Koppel."

„Na dann bis gleich."

„Kommst du auch mit, Marcus?", fragte das Mädchen, als sie einige Minuten später zusammen zum Gatter ritten.

„Nee, ist mir zu langweilig. Ich habe noch was vor. Kommst du nachher in den Club?"

„Geht nicht, muss noch Hausis machen und lernen. Wir schreiben morgen Mathe."

„Vergiss' doch mal die blöde Schule und hab' mal ein bisschen Spaß. Du hast dich schon ewig nicht mehr sehen lassen."

„Also gut, ich komme später vorbei. Aber nur bis halb neun, sonst bekomme ich Ärger."

Marcus erwiderte etwas Unverständliches und machte sich auf den Weg zum Stall, während das Mädchen sich zu ihrem Treffpunkt begab. Christian wartete bereits auf sie.

„Wie hast du das denn so schnell geschafft?", fragte sie verdattert, da ihr Bruder gerade erst zum Stall gegangen war.

„Ich hatte Stella schon fertig gemacht, bevor ich zum Trainingsplatz gegangen bin. Ich musste sie nur noch holen", grinste Christian frech.

„Na dann zeige mal, ob du inzwischen alles verlernt hast", forderte Robin ihn auf und trieb ihren Wallach an. Bald darauf erreichten sie das Meer und jagten über den Strandabschnitt, der für Reiter und Hunde freigegeben war.

„Du glaubst gar nicht, wie ich das vermisst habe, Robin. Es ist wirklich schade, dass ich so selten nach Hause komme im Moment", stellte Christian fest, als sie schließlich im Schritt zurück zum Storchenhof ritten.

„Doch, ich kann mir das schon vorstellen. Ich glaube, ich würde sterben, wenn ich so lange nicht reiten könnte. Ich raste ja schon aus, wenn wir eine Woche auf Klassenfahrt gehen und ich dann nicht in den Sattel komme. Es ist einfach herrlich, so über den Strand zu galoppieren."

„Dann pass' besser auf, dass du irgendwann jemanden heiratest, der deine Leidenschaft teilt", grinste ihr Bruder.

„Na, da habe ich ja noch etwas Zeit", antwortete sie frech. „Apropos, wie sieht es denn in der Beziehung bei dir aus?"

Christian lachte auf. „Wie soll es da schon aussehen? Ich habe doch gar keine Zeit für langfristige Beziehungen."

„Aber für kurzfristige?", fragte sie grinsend.

„Das wiederum, kleine Schwester, geht dich nichts an", antwortete er geheimnisvoll und Robin hatte keine Ahnung, ob er sie nur aufziehen wollte oder ob es da tatsächlich hin und wieder eine Freundin gab.

Der Club, wie Marcus ihn nannte, war eigentlich ein Jugendtreff, in dem sich die Kinder und Jugendlichen aus dem Ort regelmäßig einfanden, um etwas zu spielen, sich zu unterhalten oder einfach nur abzuhängen. Marcus und seine Kumpels waren hier Dauergäste, unterhielten sich über Gott und die Welt und spielten Pool. Robin wusste meist gar nicht, warum er so viel Wert darauf legte, dass sie mitkam, denn oft saß sie sowieso nur dabei und ließ die Jungen reden, da es immer wieder um Themen ging, die sie nicht interessierten.

Als sie den Jugendtreff betrat, war ihr Freund gerade beim Billardspielen. Er zog sie kurz in seine Arme und gab ihr einen Kuss, bevor er sagte: „Gut, dass du kommst, Kleines. Kannst du mir vielleicht 'ne Cola mitbringen, wenn du dir was zu trinken holst?"

„Ja klar, mach' ich." Robin machte sich auf den Weg zu der kleinen Bar, an der man verschiedene – natürlich nichtalkoholische – Getränke erstehen konnte. Kurz darauf kam sie mit zwei Gläsern zurück zum Billardtisch und drückte Marcus sein Glas in die Hand, das er gierig hinunterspülte.

„Das tut gut", seufzte er. „Ich hatte schon die ganze Zeit tierischen Durst."

„Warum hast du dir dann nicht einfach schon was geholt?", fragte das Mädchen verwirrt.

„Keine Lust. Geh' mal ein Stück zur Seite, sonst pikse ich dich." Damit schob er sie etwas weg, um Platz für seinen Queue zu haben. Robin lehnte sich mit ihrem Glas an die Wand und schaute ihm eine Weile zu, bis die Jungen das Spiel beendeten und zu den gemütlichen Sesseln gingen, die in einer Ecke standen. Dort ließ sie sich neben ihm nieder und lehnte sich in seinen ausgestreckten Arm, den er ihr um die Schulter legte.

Nachdem wenig später ein gutaussehender Junge den Raum betrat und sich in der Nähe an die Wand lehnte, warf das Mädchen einen neugierigen Blick auf den Neuankömmling. Sofort drücke Marcus sie fester an sich und als der Junge ebenfalls seinen Blick über die Anwesenden gleiten ließ und schließlich an dem hübschen Mädchen hängenblieb, drückte ihr Freund ihr einen langen Kuss auf den Mund. Mit einem zufriedenen Lächeln registrierte er, dass der fremde Junge sich abwandte.

„Ich glaube, ich sollte dann mal nach Hause", stellte Robin kurz darauf fest. „Es ist schon spät."

„Komm', bleib' doch noch ein bisschen. Es ist gerade so gemütlich", widersprach ihr Freund und Robin ließ sich breitschlagen, noch etwas länger zu bleiben. Während sie schließlich die Haustür aufschloss, war es bereits nach neun.

„Wo kommst du denn so spät her?", fragte ihr Vater streng, als er sie bemerkte.

Robin zuckte schuldbewusst zusammen. „Ich war noch im Jugendtreff und habe die Zeit vergessen."

„Du weißt genau, dass du während der Woche nicht so lange wegbleiben sollst. Hast du wenigstens deine Hausaufgaben fertig?"

Verlegen schüttelte das Mädchen den Kopf: „Fast. Ich muss nur noch eine Kleinigkeit für Mathe machen."

„Dann tu das, bitte. Und den Rest der Woche bleibst du zu Hause und kümmerst dich um die Schule. Es reicht, wenn du am Wochenende weggehst." Robin konnte deutlich hören, wie ungehalten er war, entschuldigte sich bei ihren Eltern und verschwand in ihrem Zimmer. Als sie sich an den Schreibtisch setzte, gähnte sie herzhaft. Aber es half nichts, sie musste noch ihre Hausaufgaben machen. Zum Lernen war sie dann aber wirklich nicht mehr im Stande, denn bereits während der Hausaufgaben fielen ihr vor Müdigkeit die Augen zu.

„Was soll's, ich werde die Arbeit schon irgendwie schaffen", dachte sie müde und fiel mit ihren Klamotten ins Bett.

Am nächsten Morgen bei der Mathearbeit bereute sie es jedoch zutiefst. So gut es ging, beantwortete sie die Fragen, hatte aber kein gutes Gefühl dabei. „Mann, Herr Vierstein hat es aber wieder gut gemeint heute", stöhnte sie nach der Arbeit in der Pause. „Ich habe nur die Hälfte kapiert."

„Wieso das denn?", fragte ihre Klassenkameradin Kathrin verwundert. „In der Arbeit kam doch genau das vor, was er uns zum Lernen gegeben hat. Ich fand die Arbeit eher total einfach. Hast du dir die Aufgaben denn nicht angesehen?"

Robin wurde rot und senkte verlegen den Blick. „Ich bin nicht dazu gekommen. War zu spät gestern Abend."

„Wieder im Club rumgelungert?", fragte Kathrin

missfällig.

„Jetzt fang' du nicht auch noch an! Mein Vater hat mir schon eine Standpauke gehalten."

„Dann solltest du mal darüber nachdenken. Vielleicht hat er ja gar nicht so unrecht."

Beleidigt drehte Robin sich um und setzte sich in eine Ecke. ‚Macht mich nur alle fertig', dachte sie wütend und sprach den Rest des Tages kein Wort mehr mit Kathrin. In der zweiten Pause kam ihr Freund auf sie zu, gab ihr einen Kuss und fragte: „Wir gehen heute Abend ins Kino. Kommst du mit?"

„Ich kann nicht… weil ich gestern zu spät nach Hause gekommen bin. Habe für den Rest der Woche Hausarrest und darf nur noch an den Wochenenden weggehen."

„Dein Alter ist manchmal ganz schön spießig, Kleines. Aber was soll's – wenn du nicht willst, gehe ich halt alleine." Damit drehte er sich um und verschwand um eine Ecke. Das Gespräch hatte nicht gerade dazu beigetragen, ihre Laune wieder zu heben und entsprechend missmutig kam sie am Nachmittag zur Reitstunde bei ihrem Vater.

„Was machst du denn heute, Robin-Marie? Dein Pferd läuft dir ja gleich weg. Nimm' ihn mal richtig an den Zügel."

Das Mädchen gab sich Mühe, wurde aber immer wieder korrigiert und gemaßregelt. Am Ende der Stunde kam ihr Vater auf sie zu. „Ich habe keine Ahnung, was mit dir los ist. Aber ich möchte, dass du noch eine halbe Stunde dranhängst und

Bodentraining machst."

Robin stöhnte innerlich auf, fügte sich aber in ihr Schicksal und machte sich an die Arbeit, während die anderen Reiter sich zum Sattelplatz begaben. Als sie eine Stunde später ihren Striegel in die Putzkiste pfefferte, dass es nur so polterte, fragte Christian, der lässig an der Wand lehnte: „Schlechte Laune, Schwesterchen?"

„Pass' bloß auf und mach' dich ja nicht lustig über mich!", fuhr sie ihn an und ihr Bruder zuckte unwillkürlich zusammen.

„Hey, ich hab' dir doch gar nichts getan", verteidige er sich. „Willst du mir nicht sagen, was los ist?"

„Damit du mir auch noch eine Predigt hältst?", fragte sie wütend.

„Ich dachte eigentlich eher daran, dir vielleicht zu helfen. Für Standpauken ist Papa zuständig. Was ist denn los?"

„Ach, ich weiß auch nicht", antwortete Robin und hockte sich auf einen Strohballen.

Christian ließ sich neben ihr nieder und legte ihr den Arm um die Schulter. „Nun sag' schon", forderte er sie schließlich auf, als sie immer noch nichts sagte.

„Ich habe Mist gebaut", kam es kleinlaut aus ihrem Mund.

„Das dachte ich mir schon fast, als du von einer Predigt geredet hast. Ohne Grund gibt es die normalerweise nicht. Was hast du denn gemacht?"

„Ich war gestern noch im Jugendtreff. Marcus wollte unbedingt, dass ich komme, obwohl ich dort eigentlich nur dumm rumsitze. Ich habe mich überreden lassen, etwas länger zu bleiben und dann hat Papa mir verboten, den Rest der Woche wegzugehen. Und zum Lernen bin ich auch nicht mehr gekommen. Ich glaube, die Mathearbeit habe ich total verhauen. Marcus ist auch wütend auf mich, weil ich nicht mit ins Kino darf und Papa ist wütend auf mich, weil ich mich beim Training nicht konzentrieren kann. Alle haben es auf mich abgesehen."

„Okay. Also wegen dem Jugendzentrum weißt du selber am besten, dass du Mist gebaut hast. Und wegen der Arbeit würde ich mir keine allzu großen Sorgen machen. Es ist zwar nicht schön, wenn du die Arbeit verhaust, aber du bist eine gute Schülerin. Das holst du wieder rein. Das nächste Mal lernst du eben mehr, dann bekommst du das auch hin. Und wegen dem Training: jeder hat mal einen schlechten Tag. Gib' dir morgen eben etwas mehr Mühe und glaube an das, was du kannst, dann wird Papa auch mit dir zufrieden sein."

„Und was ist mit Marcus?"

„Darf ich dich mal etwas fragen, Robin?"

Das Mädchen hob den Kopf. „Was denn?"

„Was genau findest du an dem Jungen?"

Robin überlegte einen Moment. Was genau war es eigentlich, was sie an ihm fand? Sie konnte es gar nicht so genau sagen. „Er ist ein toller Reiter", sagte sie schließlich leise und ihr Bruder konnte sich daraufhin ein leichtes Grinsen nicht verkneifen.

„Siehst du? Du weißt es selber nicht. Was ich bisher so gesehen habe, behandelt er dich wie sein Eigentum oder wie eine Trophäe. Kann es vielleicht sein, dass er nur mit dir zusammen ist, weil es cool ist, mit der Tochter des Trainers liiert zu sein?"

„Wie kommst du denn darauf?", fuhr ihn seine Schwester an. „Er liebt mich!"

„Sei mir bitte nicht böse, Robin. Aber genau das glaube ich nicht."

„Ach, du hast doch keine Ahnung!", stellte sie fest und ging beleidigt aus dem Stall. Christian schüttelte traurig den Kopf. Wenn sie sich da mal nicht in irgendetwas verrannte.

Robin lief derweil wütend in ihr Zimmer, um sich an die Hausaufgaben zu setzen, doch Christians Worte gingen ihr nicht mehr aus dem Kopf. *Und wenn er Recht hat?'*, fragte sie sich immer wieder und beschloss, mit Marcus darüber zu reden.

Doch vorläufig kam sie nicht dazu, da sie ihn nur in der Schule und beim Training sah, bei dem ihr Vater in der Nähe war.

ENDE UND ANFANG

Zwei Tage später rief ihre Mutter sie nach dem Training ins Büro. Frau Keller kümmerte sich hauptsächlich um das Organisatorische des Storchenhofs: machte Verträge mit den Einstellern, organisierte die Reitstunden, rührte in der Werbetrommel und machte die Einteilungen der Schulpferde. Auch für Futterbestellungen und Reparaturaufträge sowie für die Angestellten war sie allein verantwortlich, während ihr Mann als Reitlehrer und Ausbilder tätig war.

„Ich brauche mal deine Hilfe Robin. Ich erwarte gleich noch eine Lieferung und habe daher nicht die Zeit. Kannst du bitte unserem neuen Reitschüler die Anlage und die Ställe zeigen? Sein Name ist Pierre Chevalier."

„Aber ich spreche doch gar kein Französisch", stellte sie fest, denn bei diesem Namen erwartete sie einen Vollblut-Franzosen."

„Aber ich Deutsch", kam es leise aus der Ecke. Robin zuckte verlegen zusammen. Sie hatte gar nicht bemerkt, dass besagter Neuzugang sich im Raum befand. Errötend blickte sie auf den Boden, während ihre Mutter grinsend aufstand. „Darf ich vorstellen: das ist Pierre Chevalier. – Und das hier ist meine manchmal ein bisschen vorlaute Tochter Robin."

Robin warf ihrer Mutter einen bösen Blick zu und trat dann auf den Jungen zu, der sich erhoben hatte und ihr die Hand hinhielt. Sie betrachtete den Jungen neugierig. Er war etwas größer als sie und mochte 16 oder 17 Jahre alt sein. Pierre hatte gleichmäßige Züge ohne den Ansatz eines Bartwuchses oder der typischen Hautproblemen von Teenagern. Um den Kopf trug er ein Tuch und darüber eine Baseballkappe.

Robin fiel auf, dass er sehr blass wirkte, irgendwie krank und seine sehr schlanke Figur unterstützte diesen Eindruck noch. *Ob er es überhaupt auf ein Pferd schaffen wird?'*, fragte sie sich im Stillen. *Vermutlich kann er nicht einmal einen Sattel tragen. Na, das kann ja lustig werden'.* Doch das Mädchen verkniff sich einen blöden Kommentar und ging dem Jungen voran aus dem Büro. Die nächste Stunde verbrachte sie damit, Pierre über den Hof zu führen, ihm die Koppeln, Ställe, Reithalle und Reitplatz zu zeigen und ihn mit den wichtigsten Regeln vertraut zu machen, so wie sie es schon ein Dutzend Mal mit neuen Reitschülern gemacht hatte.

Anschließend brachte sie ihn zu ihrem Vater. „Das wird dein Reitlehrer sein. Mit ihm kannst du alles Weitere klären. Ich muss mich jetzt leider an meine Hausaufgaben machen." Damit drehte sie sich um und ließ den Jungen ein wenig unschlüssig am Zaun stehen. Sie hatte keine Lust, sich länger mit ihm zu beschäftigen, denn sie hatte heute ihre Mathematik-

Arbeit zurückbekommen und ihre schlimmsten Befürchtungen waren eingetroffen. Sie hatte als Note eine Vier-minus bekommen und sich vorgenommen, heute noch den Stoff zu wiederholen, um in der nächsten Arbeit nicht wieder so schlecht abzuschneiden. Deshalb begab sie sich nun tatsächlich in ihr Zimmer und holte die Arbeit und ihr Mathebuch aus ihrer Schultasche, um sich an die Arbeit zu machen.

Erst am Samstagabend sah sie Marcus wieder etwas länger. Zu ihrem Geburtstag hatten ihre Eltern den Grill ausgepackt und sie hatte ihren Freund zum Essen eingeladen. Nachdem sie ihre Geschenke ausgepackt hatte, schlenderten die beiden noch eine Weile über den Hof und blieben schließlich an einer Scheune stehen, in der das Stroh gelagert wurde. Marcus zog sie mit sich durch die Tür, nahm sie in den Arm und gab ihr einen langen Kuss, der sie Christians Behauptungen als völligen Humbug abstempeln ließ. Glücklich ließ sie sich ins Stroh fallen und nur Sekunden später lag Marcus neben ihr, nahm sie in die Arme und küsste sie erneut. Ein Kribbeln zog sich ihre Wirbelsäule entlang und sie schloss die Augen. Dann spürte sie plötzlich seine Hand, die sich unter ihr Shirt schob. Erschrocken starrte sie ihn an. „Was machst du da?"

„Nach was sieht es denn aus?", fragte er lachend.

„Hör' bitte auf", bat sie und hielt seine Hand fest, die sich weiter unter ihr Oberteil arbeitete und schließlich an ihren Brüsten anlangte.

„Jetzt hab' dich nicht so. Du bist doch jetzt 16!"

„Na und? Das ist doch kein Grund", gab sie zurück und stand auf.

Sofort war er bei ihr und hielt sie fest. „Du verstehst es aber, einen heiß zu machen. Das gefällt mir", grinste er und verschloss ihren Mund mit seinen Lippen, während er sie immer noch fest hielt. „Ich warte schon so lange darauf, mit dir zu schlafen."

Robin riss sich los und gab ihm eine Ohrfeige. Etwas verwirrt blickte er sie an. „Wofür war das denn?"

„Das weißt du ganz genau", fuhr sie ihn an. „Ich habe dir gesagt, dass ich das nicht will!"

Marcus richtete sich zu seiner vollen Größe auf. „Ich hätte es wissen müssen. Du bist eben doch nur ein kleines Mädchen. Wozu habe ich nur ein halbes Jahr meine Zeit mit dir verschwendet?" Damit drehte er sich um und verschwand aus der Scheune. Robin zog die Beine an den Körper und fing an zu weinen. Eine halbe Stunde später öffnete sich leise die Scheunentür und Christian steckte seinen Kopf in das Gebäude. „Robin? Bist du hier?"

Das Mädchen trocknete sich schnell das Gesicht und antwortet: „Ja, ich bin hier."

Langsam trat Christian näher. In der Scheune herrschte nur Dämmerlicht, doch durch die Tür kamen noch ein paar letzte Sonnenstrahlen, die auf ihr Gesicht fielen. „Hast du geweint?", fragte er verwundert. Robin antwortete nicht. Langsam trat der junge Mann näher und setzte sich neben sie ins Stroh. Sanft zog er sie in seine kräftigen Arme und lehnte ihren Kopf an seine Schulter. Als sie seine liebevolle Umarmung spürte, konnte sich das Mädchen nicht mehr zusammenreißen und fing erneut an zu weinen. „So schlimm?", fragte er zärtlich.

Robin brauchte eine Weile, bis sie unter Tränen ein „Er ist weg", hervorbrachte.

„Wer? Marcus?", fragte ihr Bruder.

„Er hat gesagt, ich wäre ein kleines Mädchen, weil ich nicht mit ihm schlafen wollte. Er meinte, er wüsste gar nicht, warum er sich die ganze Zeit mit mir abgegeben hätte", schluchzte das Mädchen mit einigen Unterbrechungen, was es für Christian schwierig machte, sie zu verstehen. Doch er konnte sich seinen Teil denken und sich die Geschehnisse zusammenreimen. Insgeheim war er froh, dass sie ihn nun los war, denn in den letzten Tagen war ihm der Junge immer unsympathischer geworden und seine Vermutung, er könne sie nur als Trophäe ansehen, hatte sich zu hundert Prozent bestätigt. Doch er konnte sich auch noch gut an seine eigene erste Liebe erinnern und wie weh es getan hatte, als dieses Mädchen ihm den Laufpass gegeben hatte. Deshalb ersparte er sich Bemerkungen wie ‚Ich habe es dir ja gesagt' und hielt sie einfach tröstend in seinen Armen, bis sie sich wieder ein wenig beruhigt hatte.

„Warum sagt er so etwas, Christian?", fragte sie ihn verzweifelt. „Was habe ich denn falsch gemacht? Hätte ich mit ihm schlafen sollen?"

„Nein!", antwortete er bestimmt. „Das hättest du auf keinen Fall. Damit geht man nicht leichtsinnig um. Wenn du irgendwann mit einem Jungen schlafen möchtest, dann tue es nur, wenn du dir sicher bist, dass du auch bereit dafür bist. Und wenn ein Junge das nicht akzeptiert, ist er nicht der Richtige. – Und was Marcus angeht. Ich befürchte, dass er es die ganze Zeit nur darauf abgesehen hatte. Vergiss' ihn, und am besten so schnell wie möglich."

„Und wenn ich das nicht kann?"

„Du wirst es. Es wird eine Weile wehtun, aber dann wird es besser werden." Christian legte ihr den Arm um die Schulter und führte sie zurück zum Haus.

Das Turnier an diesem Sonntag lief erwartungs-gemäß nicht so gut, wie sie sich das erhofft hätte. Robin war so unkonzentriert, dass sie es nicht einmal auf eine Platzierung schaffte. Niederge-schlagen führte sie Jumping Jack anschließend zum Sattelplatz. Als sie gerade dabei war, ihn für den Transport fertig zu machen, kam Marcus vorbei-geschlendert, ebenfalls in Turnierkleidung. „Ich hab' doch gesagt, dass du ein Looser bist. Vielleicht solltest du es mal beim A-Springen versuchen." Damit wandte er sich ab und führte sein Pferd zum Parcours.

Robin vergrub ihren Kopf am Halse ihres Pferdes und ließ ihren Tränen freien Lauf. Warum war Marcus auf einmal so gemein? Doch dann kam ihr plötzlich die Erleuchtung: eigentlich war er es schon immer gewesen, nur eben nicht zu ihr. Aber wenn sie an die spöttischen Bemerkungen dachte, die er beim letzten Anfänger-Springen vom Zaun gelassen hatte und sich auch andere Situationen in den Sinn rief, musste sie zugeben, dass es wirklich so war. Christians Frage kam ihr wieder in den Sinn: *Was genau findest du an Marcus?* Sie dachte über diese Frage nach, konnte jedoch auch jetzt nicht wirklich eine Antwort darauf finden. Marcus war ein guter Reiter, räumte einen Sieg nach dem anderen ab. Und er sah eigentlich ganz gut aus. Aber sonst? Er war weder nett noch höflich, nicht zärtlich oder liebevoll und hatte schon gar kein Verständnis für sie oder andere, sondern machte sich über Schwächere lustig. Warum also war sie eigentlich mit ihm zusammen-gekommen? Irgendwie war es einfach so passiert, vielleicht weil sie so viel zusammen trainiert hatten und sich ständig auf dem Reiterhof über den Weg liefen.

Wie blöd war sie doch gewesen, sich auf so jemanden einzulassen. Sie nahm sich vor, in Zukunft einen großen Bogen um den Jungen zu machen. Dass sie ihn regelmäßig sah, ließ sich leider nicht vermeiden, da ihr Vater auch ihn trainierte, aber vielleicht konnte sie weitere Kontakte vermeiden. Entschlossen trocknete sie sich die Tränen, machte

Jack fertig und führte ihn zum Hänger, um ihn zu verladen. Dann ging sie auf die Suche nach Christian, den sie auf einer der Zuschauertribünen neben ihrem Vater fand. Herr Keller konzentrierte sich auf den Ritt von Marcus, der gerade über den Parcours ging, und bemerkte sie daher nicht.

„Christian? Können wir fahren?", fragte sie leise und ihr Bruder hob den Kopf.

„Wenn du möchtest, Prinzessin. Ist Jack schon verladen?"

Robin nickte. Ihr Bruder sagte ihrem Vater kurz Bescheid und folgte dann seiner Schwester zu dem kleinen Fahrzeug seiner Mutter, das er sich ausgeborgt hatte, weil in dem Transporter nicht genügend Sitzplätze vorhanden waren und er gerne mit zum Turnier fahren wollte. Schweigend ließ sich das Mädchen auf den Beifahrersitz gleiten.

„Okay. Was ist passiert? Du gehst doch nicht ohne Grund vorzeitig von einem Turnier weg - auch wenn du keine Platzierung bekommen hast." Er warf ihr einen Blick zu und konzentrierte sich dann wieder auf die Straße. Robin schwieg noch immer. „Marcus?", vermutete er schließlich.

„Er hat mich als Looser bezeichnet", kam es schließlich kleinlaut vom Beifahrersitz.

Christian fuhr an den Fahrbahnrand und hielt den Wagen an. „Nimm' dir das nicht zu Herzen, Robin. Marcus ist ein Idiot, der es nicht besser weiß. Wir wissen beide, was du und Jumping Jack leisten könnt, wenn ihr in Form seid. Du bist im Moment einfach nicht fit. Vielleicht solltest du in nächster Zeit das ein oder andere Turnier sein lassen und dich aufs Üben konzentrieren. Und wenn es dir besser geht, zeigst du dem Angeber, was wirklich in euch steckt." Er beugte sich zu ihr hinüber und nahm sie tröstend in die Arme. Vielleicht hatte er ja Recht, vielleicht konnte sie sich im Moment wirklich nicht auf ein Turnier konzentrieren, wenn in ihrem Inneren gerade eine Sturmflut tobte. „Soll ich mal mit Papa reden?", fragte Christian nun sanft.

Robin hob den Kopf und blickte in die leuchtenden Augen ihres Bruders. Dann nickte sie schließlich. „Würdest du das tun?"

„Aber natürlich. Und wenn du willst, trainieren wir in der nächsten Woche ein bisschen zusammen. Ich muss erst am Sonntag wieder zurück nach Bayern.

„Danke", seufzte sie erleichtert und Christian setzte den Blinker und fuhr wieder auf die Fahrbahn, um zurück zum Storchenhof zu fahren.

Christan hielt sein Versprechen. Er redete mit ihrem Vater und sorgte nicht nur dafür, dass Robin ein paar Wochen nicht zu einem Turnier fahren würde, sondern auch, dass sie nicht mehr mit Marcus zusammen trainieren musste. In der letzten Woche seines Aufenthaltes machten sie lange Ausritte am Strand und trainierten ein wenig in der Halle, während ihr Vater Marcus über den Platz scheuchte. Herr Keller wusste nichts von der versuchten Annäherung oder den Gehässigkeiten des Jungen, er hatte lediglich mitbekommen, dass sie nicht mehr ständig zusammenhingen, was er nicht weiter verwunderlich fand. Junge Menschen kamen zusammen und trennten sich wieder, warum also sollte es bei seiner Tochter anders sein.

Robin hingegen genoss die Zeit, die ihr noch mit ihrem Bruder blieb. Er half ihr, ein wenig über ihren Liebeskummer hinwegzukommen.

„Hast du eigentlich schon die ersten Jungen gesehen?", fragte er eines Nachmittags mit einem Blick auf eines der Storchennester, die es hier genügend gab und denen der Hof seinen Namen verdankte.

„Nee, noch nicht. Aber eigentlich müsste es demnächst soweit sein. Wenn ich richtig gezählt habe, haben wir aktuell fünf Paare bei uns auf dem Hof. Das ist mehr, als letztes Jahr, da waren es nur drei. Hoffentlich kommen dieses Jahr die Jungen alle durch."

„Das hoffe ich auch. Es gibt sowieso immer weniger dieser prächtigen Tiere. In Bayern habe ich noch gar keinen gesehen. Ich vermisse richtig das Herumgeklappere während der Balz.

Robin war traurig, als sich Christian schließlich von ihr verabschiedete und in ein Taxi stieg, das ihn an diesem frühen Nachmittag zum Bahnhof bringen würde. Er nahm sie ein letztes Mal in den Arm, sich wohl bewusst, in welche Gefahr er sich während seines Einsatzes begeben würde. Doch das Mädchen hatte davon keine Ahnung. Seine Eltern hatten ihn gebeten, ihr nicht zu erzählen, wo genau er hinging und was er dort tat. Es reichte, wenn sie sich Sorgen um ihren Sohn machten. Ihre Tochter wollten sie davon verschonen. „Denk' daran, Prinzessin, dass ich dir eventuell eine Zeit lang nicht antworten kann, wenn du mir eine Mail schreibst. Wundere dich nicht, ich melde mich, sobald ich kann."

„Versprochen?"

„Versprochen!", sagte er mit fester Stimme und gab ihr einen Kuss. „Und vergiss den Blödmann so schnell du kannst. Suche dir richtige Freunde, die dich mögen, wie du bist und nicht mit dir zusammen sind, weil es eben gut aussieht." Seine letzten Worte waren leise gesprochen, sodass die Eltern sie nicht hörten. Robin nickte und umarmte ihn ein letztes Mal.

„Pass' auf, dass dir nichts passiert."

„Das werde ich. Mach' dir keine Sorgen." Damit stieg er in das wartende Fahrzeug und Robin winkte ihm noch nach, bis es hinter einer Kurve verschwand.

Da sie sich ohne ihren Bruder langweilte, schlenderte Robin ein wenig über den Hof. Marcus war mit einem der Pferdepfleger auf einem Turnier. Ihr Vater war heute hiergeblieben, damit er sich von seinem Sohn verabschieden konnte. Am Nachmittag würde er die Anfängergruppe betreuen, die aktuell aus fünf

Jugendlichen bestand, unter ihnen auch der blasse Junge, dem Robin vor kurzem den Hof gezeigt hatte. „Robin? Kannst du uns eventuell zur Hand gehen?", fragte ihr Vater sie, als sie am Sattelplatz vorbeikam. „Ich glaube, ich könnte ein wenig Unterstützung gebrauchen."

Robin ließ einen Blick über die vier Mädchen und den Jungen wandern, die zum ersten Mal ein Pferd striegeln und satteln sollten. Es war die erste Stunde. Die vier Mädchen im Alter zwischen zwölf und vierzehn schmachteten ihren Vater an und hingen an seinen Lippen, was Robin unwillkürlich ein Grinsen aufs Gesicht zauberte. Diese Reaktion kannte sie schon. Ihr Vater war als Springreiter recht bekannt gewesen und sah für sein Alter einfach umwerfend aus. Die meisten jungen Mädchen flogen auf ihn und Robin vermutete, dass ihm das im Stillen sogar Spaß machte.

Der Junge hingegen kam sich ein wenig fehl am Platze vor. Schüchtern stand er in einer Ecke und versuchte, seine Sache so gut wie möglich zu machen. Robin trat näher und hatte ein Einsehen mit dem Neuling, der auch heute wieder ein Tuch um den Kopf trug, jedoch ohne die Baseballkappe – vermutlich, weil er gleich einen Reithelm aufziehen musste. „Kann ich dir helfen?", fragte sie freundlich und der Junge zuckte zusammen.

„Ich weiß nicht… ich komme damit noch nicht so ganz klar… ich habe bisher noch nie ein Pferd geputzt", stotterte er ein wenig verlegen und Robin nahm ihm kurz entschlossen den Striegel aus der Hand.

„Komm', ich zeige es dir. Es ist eigentlich ganz einfach. Du heißt Pierre, richtig?"

„Ja, der Franzose, wenn du dich erinnerst", grinste er schüchtern.

„Richtig. Da war ja was. Aber eigentlich klingst du gar nicht wie ein Franzose", stellte sie dann fest.

„Bist du enttäuscht, wenn ich dir sagen, dass ich es auch nicht wirklich bin?"

„Aber dein Name...", begann Robin, während sie ihn weiterputzen ließ, damit er es üben konnte.

„Genaugenommen bin ich ein halber Franzose. Mein Vater ist einer, meine Mutter ist Deutsche und ich bin ebenfalls in Deutschland geboren."

„Dann hast du wegen deinem Vater den französischen Namen?"

„Den Nachnamen schon, den hat meine Mutter bei der Hochzeit angenommen. Den Vornamen allerdings habe ich meiner Mutter zu verdanken."

„Wie das?"

„Das erzähle ich dir wohl besser ein anderes Mal. Die anderen sind schon fast fertig."

Während der Reitstunde lehnte sich Robin an den Zaun und beobachtete genau, wie ihr Vater die fünf Reitanfänger langsam ans Reiten heranführte. Die heutige Stunde war hauptsächlich da, um festzustellen, wer was schon konnte oder eben auch nicht und wer gegebenenfalls erst einmal eine Longier-

Stunde benötigen würde, um sich an die Bewegungen zu gewöhnen. Robin bewunderte die Geduld, die ihr Vater mit seinen Schülern haben konnte. Bei ihr war er nie so nachsichtig.

Neugierig betrachtete sie jeden einzelnen Schüler und stellte fest, dass sie scheinbar wirklich alle blutige Anfänger waren. Pierre und ein Mädchen namens Anna-Lena schienen aber zu mindestens ein gutes Taktgefühl für den Rhythmus des Gangs zu haben. Sie hatten potential, im Gegensatz zu den drei anderen Mädchen, die völlig fehl am Platze wirkten und bei denen sich Robin fast sicher war, dass sie nach wenigen Stunden wieder aufhören würden. Sie hatte zu viele Reitschüler kommen und gehen sehen, um nicht ein Auge dafür zu entwickeln. Obwohl sie zugeben musste, dass auch sie sich hin und wieder irrte.

Nach der Stunde half sie den Schülern beim Absatteln und Hufe auskratzen und brachte anschließend die Schulpferde auf die Koppel, während ihr Vater mit den Schülern redete und sie in verschiedene Gruppen einteilte.

„Ich muss wohl ziemlich schlecht gewesen sein, wenn dein Vater mich in die Longen-Stunde steckt", stellte Pierre eine Weile später fest, als er auf sie zutrat, während sie die Pferde beobachtete.

Robin drehte sich zu ihm um. „Das würde ich nicht behaupten", sagte sie tröstend. „Es bedeutet nur, dass du noch unsicher bist, aber nicht, dass du schlecht warst oder kein Talent hättest oder so. Bei der Longen-Stunde ist es einfach leichter, sich auf seinen Sitz zu konzentrieren. Man muss nicht alles auf einmal lernen. Sei froh darüber, dabei kannst du viel lernen."

„Hast du auch so angefangen?"

Robin grinste. „Nicht direkt. Ich habe schon als Dreijährige mit meinem Vater zusammen auf dem Pferd gesessen, aber als ich es dann richtig gelernt habe, durfte ich auch mit der Longe anfangen. Allerdings kam ich damals auch noch nicht wirklich mit meinen Beinen an den Pferdebauch, weil ich noch zu klein war. Inzwischen habe ich damit keine Probleme mehr."

„Ich weiß. Ich habe dich reiten sehen. So würde ich das auch gerne mal können."

„Wenn du dir Mühe gibst, kannst du das schaffen. Ich bin nämlich alles andere als perfekt."

„Perfekt will ich auch gar nicht sein", stellte er fest.

„Wirklich perfekt ist wohl auch niemand, nicht einmal mein Vater. – Da fällt mir gerade ein, du wolltest mir noch sagen, warum du deinen Namen deiner Mutter verdankst."

Pierre wurde ein wenig rot und senkte den Blick. „Versprichst du mir, dass du mich nicht auslachst?"

„Ich verspreche es", sagte sie mit ernster Miene und blickte ihn erwartungsvoll an.

„Also das ist so: meine Mutter ist ein riesen Fan von Karl May und seinen Indianer-Geschichten. Vor allem Winnetou hat es ihr angetan. Und sie kennt natürlich auch die Verfilmungen davon. Und Winnetou wurde von einem Franzosen gespielt: Pierre Brice. Deshalb hat sie mir den Namen Pierre gegeben."

„Und warum ist dir das peinlich? Pierre Brice war doch ein toller Schauspieler und ein gutaussehender noch dazu."

„Du kennst ihn?"

„Nicht persönlich natürlich, aber seine Filme."

„Jetzt sag' bloß noch, du hast auch die Bücher gelesen."

Nun war es Robin, die leicht errötete und den Kopf senkte. „Ist das schlimm?"

Pierre lachte. „Nee, überhaupt nicht. Du bist der erste Teenager, der mich nicht deswegen auslacht. Ich lese die Bücher nämlich auch gerne – habe ich wohl von meiner Mutter geerbt", gab er zu."

„Das Gefühl kenne ich. Marcus hat mich auch deswegen ausgelacht", sagte sie, ohne groß nachzudenken.

„Marcus? Wer ist das?"

Erschrocken merkte sie, was sie gerade gesagt hatte. „Ein Niemand", sagte sie schließlich. „Nur ein eingebildeter Fatzke, der von meinem Vater trainiert wird und sich für was Besseres hält."

Pierre bemerkte die Bitterkeit, die in ihrer Stimme mitschwang und hielt es für besser, nicht weiter nachzufragen. Doch ihre gute Laune war plötzlich verflogen und kurz darauf wandte sie sich ab und ging in Richtung Haus, wo sie sich auf ihr Bett fallen ließ und an die Decke starrte.

In den nächsten Wochen stürzte sich Robin in die Arbeit für die Schule. Die Sommerferien waren nicht mehr weit und es wurden noch einige Arbeiten geschrieben, die sie auf keinen Fall verhauen wollte. Ins Kino oder in den Jugendclub ging sie gar nicht mehr. Lediglich am Training nahm sie zwei Wochen später wieder teil, allerdings nicht mehr in der Gruppe, in der auch Marcus trainierte. Auf dem Hof machte sie einen großen Bogen um ihn und zu Turnieren fuhr sie erst einmal nicht mit, um ihm so wenig wie möglich zu begegnen.

Wenn sie Langeweile hatte, machte sie einsame Ausritte oder sah bei einer der Reitstunden zu, die jeden Nachmittag mit den unterschiedlichsten Teilnehmern stattfanden. Auch bei den Longen-Stunden sah sie vorbei oder half ihrem Vater sogar und wenige Wochen später stellte sie fest, dass ihre erste Einschätzung der Anfängergruppe korrekt gewesen war. Von der Gruppe waren nur noch Anna-Lena und Pierre übriggeblieben, die jedoch mit ganzer Seele dabei waren und sich die größte Mühe gaben, ihren Trainer nicht zu enttäuschen. Inzwischen ritten sie nicht mehr an der Longe, sondern auf dem Platz und Robin musste zugeben, dass sie gewaltige Fortschritte im Gegensatz zu ihrer ersten Stunde gemacht hatten.

Bei einer dieser Reitstunden kam Marcus mit einem seiner Freunde an dem Platz vorbei und machte sich wie immer lustig über die noch ein wenig unsicheren Versuche, eine Volte zu reiten.

„Schau dir die an", lachte er gehässig. „Sieht wohl eher nach einem Osterei aus, als nach einem Kreis. – Hey Robin, willst du nicht mal in der Gruppe mitreiten? Bei denen würdest sogar *du* eine gute Figur machen. Ist doch genau deine…"

Wumm! Marcus konnte nicht weitersprechen, weil Robins Hand ihm gerade mitten ins Gesicht geklatscht war. Mit wutverzerrtem Gesicht baute sie sich vor ihm auf und plötzlich schien der Junge vor ihren Augen zu schrumpfen, als sie ihn böse anfunkelte.

„Bist du jetzt völlig bescheuert?", brüllte er sie an und stieß sie von sich weg, sodass sie nach hinten auf den Boden fiel. Mit einem Satz war sie wieder auf den Füßen und wollte auf den Jungen ein-stürmen, aber genauso schnell war auch ihr Vater unter dem Zaun durchgetaucht und hielt sie zurück.

„Was zum Teufel ist hier los?", fragte er böse und blickte von einem zum anderen.

„Ihre Tochter hat mich geschlagen", sagte Marcus wütend.

„Du hast es verdient!", rief sie und versuchte, sich aus dem Griff ihres Vaters zu befreien. „Und ich werde es jeder Zeit wieder tun, wenn du mich oder andere weiter beleidigst. Wenn es dir nicht passt, nimm dein bemitleidenswertes Superpferd und mach' dich vom Acker. Wir können gut und gerne auf dich verzichten."

Marcus hatte es die Sprache verschlagen. Beleidigt drehte er sich um und schritt mit erhobenem Haupt davon.

Ihr Vater war immer noch verwirrt und hielt nach wie vor ihre Arme fest. „Ich weiß jetzt nicht so ganz, ob das klug war, Robin-Marie. Aber verdient hat er es auf jeden Fall." Überrascht blickte Robin in das Gesicht ihres Vaters, das sie amüsiert anlächelte, und gab schließlich ihren Widerstand auf.

„Du bist mir nicht böse?", fragte sie verwundert.

„Ich weiß, eigentlich sollte ich das. Aber der Junge geht mir schon seit einer geraumen Zeit auf den Senkel. Aber er ist ein zahlender Kunde. – Na ja, wenn er sich einen anderen Stall sucht, werde ich ihm keine Träne nachweinen. Wir werden schon einen anderen Einsteller finden."

Das Mädchen fiel ihrem Vater um den Hals und er drückte sie sanft an sich, bevor er sich wieder seinen beiden Reitschülern zuwandte. „So, ihr zwei. Die Vorstellung ist beendet. Jetzt wird wieder gearbeitet."

Als Robin zwei Stunden später von einem spontanen Ausritt mit Jumping Jack zurückkehrte, fand sie einen Pferdetransporter auf dem Hof vor, in den gerade Marcus' Pferd eingeladen wurde. Der Junge stand teilnahmslos daneben, warf ihr aber einen gehässigen Blick zu, als sie vorbeiritt. Sie ließ seinen Blick an sich abprallen und blieb erst am Sattelplatz stehen, um abzusteigen.

Während sie gerade den Sattel vom Pferderücken zog, näherten sich Schritte hinter ihr. „Darf ich dich mal was fragen, Robin?" Das Mädchen drehte sich um und nickte Pierre zu. „War er dein Freund?"

„Wer? Dieser aufgeblasene Super-Playboy, der gerade sein Pferd abtransportieren lässt?"

Der Junge grinste. „Ja, genau der."

Robin trug den Sattel in die Sattelkammer, während Pierre hinter ihr her lief und sie über seine Frage nachdachte. „Ich dachte das zu mindestens einmal. Aber an meinem Geburtstag hat er sein wahres Gesicht gezeigt, das ich vorher vor lauter Blindheit nicht erkannt habe. Seitdem kann er mir gestohlen bleiben."

„Was hat er getan?" Die Frage war leise, fast schüchtern.

„Nichts", sagte sie, „aber er wollte etwas tun. Etwas, das ich aber nicht wollte und ich habe mich dagegen gewehrt." Pierre konnte sich denken, von was sie sprach und er fürchtete, dass er sich gerade auf sehr dünnem Eis bewegte. Deshalb zog er es vor, nicht weiter nachzuhaken.

Robin drehte sich zu ihm um, als sie den Sattel an seinen Platz gehängt hatte. „Jetzt hast du mich etwas gefragt und ich habe dir geantwortet. Kann ich dich auch mal etwas fragen?"

„Natürlich. Nur zu."

„Warum trägst du immer dieses Tuch um den Kopf? Du ziehst es ja nicht mal unter dem Reithelm aus. Hat das einen Grund?"

46

Pierre nickte. „Ja, das hat es."

„Verrätst du ihn mir?"

„Wenn du möchtest. – Aber nicht hier. Es muss nicht jeder mitbekommen. Können wir nicht irgendwo anders hingehen?"

„Wenn du magst, können wir zum Strand laufen. Da reite ich sonst immer mit Jack."

Zehn Minuten später machten sich die beiden auf den Weg zum Strand. Es wurde bereits Abend und entsprechend wenig war noch los. Schließlich setzten sie sich nebeneinander in den noch warmen Sand und Robin blickte Pierre erwartungsvoll an.

„Ich war lange Jahre sehr krank", gestand er ihr schließlich. „Ich habe Leukämie."

Robin riss die Augen auf. „Aber ist das nicht…?"

„…Blutkrebs, genau. Ich habe die letzten zehn Jahre viel Zeit im Krankenhaus verbracht. Wir kommen eigentlich aus dem Rhein-Main-Gebiet. Nach Norddeutschland sind wir erst vor zwei Monaten gezogen. Meine Eltern waren der Meinung, dass mir das Meer und die Luft hier oben bestimmt guttun würden und meine Mutter hatte auch die Idee mit dem Reiten. Bisher war ich immer zu schwach gewesen, um es auch nur zu versuchen, obwohl mich Pferde schon immer fasziniert haben."

„Deshalb bist du so blass und siehst so krank aus."

Pierre grinste. „Danke für die Blumen. Aber ja, du hast Recht. Wenn man sein halbes Leben in einem

Krankenzimmer verbringt, bekommt man ein bisschen wenig Sonne ab. Und die Behandlungen sind alles andere als ein Zuckerschlecken. Ständig ist dir übel, du kannst kaum etwas essen, kotzt den ganzen Tag und fühlst dich einfach nur scheiße. Ich bin so froh, dass das endlich vorbei ist."

„Bist du denn jetzt nicht mehr krank?"

„Nein, im Moment sieht es so aus, als hätte ich die Krankheit besiegt. Was natürlich nicht heißt, dass sie nicht irgendwann wiederkommen könnte. Aber daran will ich gar nicht denken. Am liebsten würde ich nie wieder ein Krankenhaus von innen sehen."

„Das kann ich verstehen. Aber was hat das alles mit dem Tuch zu tun."

„Viel", sagte er einfach und zog sich das Tuch vom Kopf. Robin blickte überrascht auf einen fast kahlen Schädel. Lediglich ein dünner, dunkler Flaum war zu erkennen „Durch die Behandlung sind mir die Haare ausgefallen. Es wird noch eine ganze Weile dauern, bis sie wieder richtig wachsen. Deshalb trage ich das Tuch – auch in der Schule, obwohl Kopfbedeckungen dort eigentlich verboten sind. Aber ich habe eine Ausnahmegenehmigung bekommen."

„Darf ich...?", fragte Robin und hob die Hand, um seinen Kopf zu berühren. Pierre nickte und als sie sanft über seinen Kopf strich, lächelte sie. „Sie sind ganz weich."

„Ja, fast wie Babyflaum. Eigentlich habe ich ganz schwarze Haare. Noch etwas, was ich mit meinem

48

Namensgeber gemeinsam habe", grinste er und stülpte sich das Tuch wieder über den Kopf.

„Und du siehst bestimmt genauso gut aus, wenn sie wieder lang gewachsen sind." Der Satz war ihr so rausgerutscht, bevor sie überhaupt wusste, was sie sagte. Verlegen senkte sie den Kopf und stand auf. „Wir sollten besser zurückgehen, bevor ich wieder Hausarrest bekomme."

Pierre erhob sich ebenfalls, ging aber nicht auf ihre vorherige Bemerkung ein, was Robin ihm hoch anrechnete.

SCHICKSALSSTUNDEN

Kurz vor den Sommerferien hatten sich Robins Schulnoten wieder verbessert. Auch mit ihrem Pferd kam sie richtig gut klar und hin und wieder setzte sie sich mit Pierre und Anna-Lena zusammen, um ein wenig zu quatschen. Das Mädchen war ein bisschen jünger als Pierre und sie selber. Dennoch konnte man sich gut mit ihr unterhalten.

Herr Keller hatte beschlossen, dass es Zeit für Robin wurde, mal wieder an einem Turnier teilzunehmen und schließlich ließ sich das Mädchen überreden. Der Austragungsort war nicht allzu weit entfernt; mit dem Transporter brauchten sie nur drei Stunden. Da die Wettkämpfe jedoch bis abends gingen, würden sie dort über Nacht bleiben, damit sie nicht im Stockdunkeln nach Hause kommen würden. Pierre war noch nie bei einem Wettkampf gewesen und entschloss sich spontan, Robin und ihren Vater zu begleiten. Er hatte ein kleines Ein-Mann-Zelt mitgenommen, in dem er übernachten würde. Herr Keller würde wegen seiner alten Verletzung im Haus der Ausrichter ein Bett bekommen und Robin schlief in solchen Fällen in der Regel im Transporter.

Am Samstagmorgen ging es schon früh auf die

Autobahn und gegen neun Uhr kamen sie am Veranstaltungsort an, wo Jumping Jack einen Platz in einem der Ställe zugewiesen bekam. Als Robin die Klappe öffnete, sprang ihnen ein vergnügter Jack-Russel-Terrier entgegen.

„Purzel, was machst du denn hier?", rief Robin überrascht.

„Ich befürchte, der hat sich heimlich ins Fahrzeug geschlichen, als wir die Sachen eingepackt haben", vermutete ihr Vater. „Ach was soll's? Solange wir auf dem Gelände unterwegs sind, können wir ihn mitnehmen. Aber wenn du nachher reitest, sollten wir ihn besser im Haus lassen. Ich kann ihn in mein Zimmer bringen."

Pierre half Robin, Jumping Jack zu versorgen, damit er sich noch ein wenig vor dem Wettkampf ausruhen konnte, der am Nachmittag stattfinden würde. Danach machten sich die beiden zusammen mit dem Hund, den sie an einem Anbinde-Strick festgemacht hatten, auf den Weg, um sich einige der Prüfungen anzusehen. Robin erklärte dem Neuling geduldig die verschiedenen Schwierigkeitsgrade und Hindernisse. Plötzlich zog Robin Pierre hinter eine Stallwand und wartete einen Moment.

„Was hast du denn?", fragte der Junge überrascht.

„Da vorne läuft Marcus", flüsterte sie und spähte um die Ecke.

„Na und? Lass' ihn laufen. Ich denke, der interessiert dich nicht mehr."

„Tut er ja auch nicht. Aber ich möchte nicht, dass

er mir blöd kommt. Ich habe keine Lust, mir diesen Tag und das Turnier vermiesen zu lassen."

„Da gibt es eine ganz einfache Lösung", grinste Pierre, „Hör' einfach nicht hin, wenn er irgendeinen Blödsinn von sich gibt. Und wenn er dir ganz blöd kommt, knallst du ihm einfach wieder eine. Hat doch das letzte Mal auch super funktioniert."

Robin senkte den Blick. „So bin ich eigentlich gar nicht."

„Wie?"

„Gewalttätig. Aber wenn der Kerl nur den Mund aufmacht, gehe ich in die Luft."

„Okay", lenkte Pierre ein, „vielleicht sollten wir doch lieber einen Bogen um ihn machen." Damit zog er sie in die andere Richtung. Den Rest des Tages lief ihnen Robins Exfreund nicht mehr über den Weg.

Erst als Robin sich bereits auf dem Parcours befand, tauchte Marcus wieder auf und seiner Gestik konnte sie direkt ansehen, dass er über sie lästerte. Prompt vergaß sie für einen Moment ihre Konzentration und verpasste den Absprung. Eine Stange polterte zu Boden. Am Ende reichte es nur für Platz vier, was für Robin in Ordnung wäre, wenn Marcus nicht der Grund für den Abwurf gewesen wäre.

„Was war denn los?", fragte ihr Vater verwundert. „Solche Fehler machst du normalerweise nicht mehr."

„Tut mir leid, Papa. Ich war kurz abgelenkt. Das hätte nicht passieren dürfen."

„Nicht schlimm. Das nächste Mal passt du eben besser auf. Bring' Jack jetzt in den Stall und gib ihm zu fressen. Ich werde mir noch den letzten Wettkampf ansehen und mich dann auf mein Zimmer zurückziehen. Mein Rücken macht mir heute wieder zu schaffen. Brauchst du noch etwas?"

„Nein Papa, vielen Dank. Ich hole mir nachher noch was zu Essen und werde mich auch früh hinlegen. War irgendwie ein anstrengender Tag."

„Tu das. Pierre hat übrigens den Schlüssel zum Transporter. Ich glaube, er wartet am Stall auf dich."

„Danke Papa."

Der Junge wartete tatsächlich in der Nähe des Stalls und half Robin bei der Versorgung ihres Wallachs. Anschließend schlenderten sie zum Grill, bei dem man vom Steak, über Würstchen und Hähnchenschnitzel alles bekommen konnte. Mit einem voll beladenen Teller und einer Flasche Limonade setzten sie sich schließlich an einen der Tische, um sich ihr Essen schmecken zu lassen und die Leute zu beobachten. Langsam leerten sich die Reihen und die ersten Teilnehmer und Besucher machten sich auf den Rückweg nach Hause. Nur wenige Teilnehmer blieben wie sie selber über Nacht.

Später machten sich die beiden auf den Weg zum Transporter, neben dem Pierre sein kleines Zelt aufgestellt hatte. Als sie um eine Ecke biegen wollten, blieb Robin wie angewurzelt stehen, als sie auf der anderen Seite Marcus' Stimme erkannte.

„Gib' mir mal noch 'ne Kippe, Ben", forderte er seinen Freund auf.

„Du hattest doch gerade erst eine."

„Na und? Jetzt muss ich ja nicht mehr so tun, als wenn ich mir das Rauchen abgewöhne. Ich kann das Leben wieder genießen. Du glaubst gar nicht, wie froh ich bin, dass ich diese Robin endlich los bin. Obwohl ich zugeben muss, dass sie eine hübsche Trophäe gewesen wäre, wenn ich sie rumgekriegt hätte. Zu dumm, dass sie mir damals eine geklebt hat. Vielleicht hätte ich mir einfach nehmen sollen, was mir zustand. Immerhin habe ich es ein halbes Jahr mit ihr ausgehalten und auf diesen Moment hingearbeitet. Und dann macht die plötzlich 'nen Rückzug, als ich sie flach legen wollte."

„Na dafür hast du ja jetzt Nadja. Die scheint ja gar nicht genug von dir kriegen zu können."

„Stimmt, die kann immer und überall. – Aber lass' uns besser von hier verschwinden, bevor uns noch jemand beim Kiffen erwischt."

„Ich weiß ein gutes Plätzchen. Komm' mit."

Sie hörten Schritte, die sich entfernten und Pierre ließ Robins Arme los, die er vorsorglich umklammert hatte, als er bei Marcus' ersten Worten das Blitzen in ihren Augen bemerkt hatte. Als er sie nun zu sich umdrehte, blitzten sie nicht mehr. Im Gegenteil, sie hatte Tränen in den Augen. „Mach' dir nichts draus", versuchte er, sie zu trösten, „Marcus ist ein Arschloch."

„Ich würde gerne ein bisschen allein sein, Pierre",

sagte sie mit schwacher Stimme.

„Natürlich, wenn du das willst. Ich gehe schon mal in mein Zelt und lese ein bisschen. Sag' Bescheid, wenn du etwas brauchst."

Robin nickte nur und ging in Richtung Wald davon, der nicht weit von dem Gestüt, auf dem sie sich befanden, entfernt lag. Ziellos wanderte sie zwischen Büschen und Bäumen dahin und ließ ihren Tränen freien Lauf. Wie konnte Marcus nur so etwas sagen? War sie für ihn wirklich nur eine Trophäe gewesen, die er ins Bett bekommen wollte? Wie hatte sie nur auf dieses hübsche Gesicht hereinfallen können? Sie war ein verdammter Idiot gewesen!

Nach über einer Stunde kehrte sie zum Transporter zurück. Das Licht in Pierres Zelt war bereits erloschen. Scheinbar hatte er sich schon schlafen gelegt. Als sie die Tür zum Fahrzeug öffnen wollte, fiel ihr plötzlich ein, dass der Junge den Schlüssel bei sich trug und sie vergessen hatte, ihn darum zu bitten. ‚Na toll', dachte sie, ‚was mache ich denn jetzt? Soll ich ihn wieder wecken?'

Schließlich entschied sie sich dagegen. Auf dem Hof war bereits alles still und so ging sie einfach in den Stall und in die Box von Jumping Jack. „Hast du was dagegen, wenn ich heute bei dir übernachte, Jack?", fragte sie leise das treue Tier, das sich über den späten Besuch wunderte. Dann setzte sie sich in die Ecke unter den Futtertrog und lehnte sich an die Boxenwand. Jack senkte den Kopf und pustete ihr ins Gesicht. „Ja, mein Junge. Ich hab' dich ja auch lieb. Aber jetzt lass' mich schlafen. Ich bin müde", flüsterte sie, um die anderen Tiere nicht zu stören. Dann schloss sie die Augen und war bald darauf eingeschlafen.

Irgendwann wurde sie von einem Geräusch geweckt. Noch etwas verschlafen dachte sie zu träumen, als sie die Stimme ihres Exfreundes erkannte: „Lass' uns abhauen", drängte Marcus und ein Hauch von Panik schwang in seiner Stimme mit, die sich Robin nicht erklären konnte.

„Sollten wir nicht lieber die...", fragte ein anderer ängstlich.

„Auf keinen Fall", widersprach Marcus, „Dann verdächtigt man uns doch gleich."

Die Schritte entfernten sich schnell und jetzt erst bemerkte Robin, dass Jumping Jack unruhig hin und her lief. Schnell sprang sie auf und lief auf das treue Tier zu. „Keine Angst, mein Junge. Er ist weg." Doch Jack ließ sich nicht beruhigen und dann bemerkte sie, dass er nicht der einzige war. Auch in den Nachbarboxen liefen die Tiere unruhig hin und her und scharrten mit den Hufen. Eines der Pferde wieherte und Robin war lange genug mit Pferden zusammen, um zu wissen, dass es panisch klang. Und dann bemerkte sie den beißenden Geruch, doch sie brauchte noch einen Moment um zu kapieren, dass dieser Geruch nicht von den Zigaretten der Jungen kam, sondern dass es irgendwo brannte. Und jetzt hörte sie auch das bedrohliche Knistern, das bisher von den unruhigen Hufen der Tiere übertönt worden war.

Immer mehr Pferde fingen an zu wiehern und endlich ergriff auch das Mädchen die Panik. So schnell sie konnte legte sie Jack das Halfter über und führte ihn zur Tür, die sie weit aufstieß. „Lauf', mein Junge! Bringe dich in Sicherheit!", rief sie ihm nach und rannte zurück die Stallgasse entlang.

In den hinteren Boxen standen zwei Schimmel, die sie mit einem Klapps auf die Kruppe ermuntern musste, sich zu bewegen. Doch endlich liefen die beiden los – in Richtung Ausgang. Sie öffnete die nächste Box und wurde beinahe von einem Braunen umgerannt, der es kaum erwarten konnte, nach draußen zu gelangen. Immer lauter wurde das Knistern und die ersten Funken fielen von der Decke hinab. Die Balken knackten und knirschten bedrohlich, doch der Qualm war noch nicht bis nach unten durchgedrungen.

Robin war inzwischen klatschnass geschwitzt. Eine Box nach der anderen wurde geöffnet und die Pferde zur Tür gebracht. Inzwischen waren weitere Personen auf das Feuer aufmerksam geworden und nahmen die Tiere in Empfang, damit sie nicht in Panik überall hinliefen.

Langsam füllte sich die Stallgasse mit Qualm und von Minute zu Minute wurde es schwieriger, zu atmen. *Komm' schon, Robin, noch drei Boxen*, trieb sie sich selber an und hustete bereits heftig. Brennende Teile der Decke stürzten immer wieder nach unten und sie musste zweimal zur Seite springen, um nicht getroffen zu werden. Aber sie konnte doch die armen Tiere nicht einfach ihrem Schicksal überlassen!

Endlich war sie an der letzten Box angekommen, genau in dem Moment, als sie die Sirenen näherkommen hörte. Dann gab es plötzlich einen lauten Knall, als wenn ein Fahrzeug gegen einen Baum geprallt wäre. Doch Robin konnte sich nicht darum kümmern und öffnete eine Boxentür, um das letzte Pferd nach draußen zu bringen.

Kurz vor dem Ausgang krachte vor ihnen die Decke auf den Boden. Eine Feuerwand breitete sich vor ihnen aus und erschrocken sprang das Mädchen zurück. Dabei hielt sie das Halfter des Tieres umklammert, das panisch stieg und sie nach oben zog. Robin spürte, wie sie den Boden unter den Füßen verlor und ließ los. Ein Fehler, denn als sie auf dem Boden aufschlug, landete sie genau zwischen den Hufen des tobenden Pferdes. Einer der Hufe landete auf ihrem rechten Fuß und das Splittern ihrer Knochen übertönte sogar das Knistern des Feuers. Doch merkwürdigerweise spürte Robin keine Schmerzen, als das Tier erneut in die Luft ging.

Sie sah die Hufe auf sich niederrasen und versuchte sich noch wegzudrehen, konnte jedoch nicht verhindern, dass sie am Kopf getroffen wurde und zusammensackte. Dann preschte das Tier mit einem gewaltigen Satz über das Feuer.

Pierre hatte es irgendwann aufgegeben, auf Robin

zu warten. Er konnte verstehen, dass sie ein wenig Zeit für sich brauchte. Den Schlüssel in seiner Hosentasche hatte er total vergessen, als er schließlich seine Taschenlampe löschte und sich auf der Wolldecke zusammenrollte.

Durch einen Tumult um sich herum erwachte er. Alarmiert sprang er aus dem Zelt und blickte sich erstaunt um. Überall rannten Pferde frei herum und einige Menschen versuchten bereits, sie einzufangen. Als er sich umdrehte, bemerkte er das Feuer, das bereits das komplette Dach des in einiger Entfernung stehenden Stalles eingenommen hatte. *,Oh mein Gott'*, dachte er entsetzt, *,Jack ist in diesem Stall!'* Schnell lief er zum Transporter, um Robin zu informieren, doch der Wagen war verschlossen. Wo war sie nur? Bestimmt half sie beim Einfangen der Pferde. Suchend blickte er sich um und sah in einiger Entfernung einen dunkelbraunen Wallach mit weißen Fesseln über ein Feld galoppieren. „Jack! Gott sei Dank", rief Pierre und rannte auf das Feld zu, um Robins Wallach einzufangen und in Sicherheit zu bringen. Plötzlich drehte das Tier mitten auf dem Feld um und stürmte in die andere Richtung - genau auf die Straße zu.

Pierre baute sich mit winkenden Armen vor dem Pferd auf, um ihn in die andere Richtung zu treiben. Doch das Tier war so in Panik, dass ihn das gar nicht zu stören schien und die herankommenden Feuerwehrfahrzeuge mit ihren Sirenen schienen die Sache noch zu verschlimmern. In letzter Sekunde sprang

Pierre aus dem Weg, sonst hätte Jack ihn einfach umgerannt. Als er sich wieder aufrappelte, hörte er den lauten Knall, als Jack mit einem der Einsatzfahrzeuge kollidierte. Der Junge rannte los und fand das schöne Tier bewegungslos auf dem Boden liegend. Das schwere Fahrzeug hatte ihn frontal erwischt. Für Jack kam jede Hilfe zu spät. Er starb kurz danach in Pierres Armen.

Währenddessen war Herr Keller von Purzel geweckt worden, der irgendwann zu winseln anfing. Das Haus, in dem er sich befand, war ein Stück von dem Stall entfernt, der bereits in Flammen stand. Deshalb dachte der Mann, der Hund müsse einfach mal nach draußen und öffnete die Tür. Er wusste, dass er schnell wieder zurückkommen würde und kümmerte sich nicht weiter um ihn.

Purzel hingegen hatte den Brand gerochen und wusste instinktiv, dass seine Herrin in Gefahr war. Wie eine Furie rannte er auf die Menschen zu, die sich versammelt hatten, konnte aber sein Frauchen nirgendwo entdecken. Durch eine Lücke in der Stallwand lief er schließlich in den Stall und fand das Mädchen auf dem Boden liegend vor. Er leckte ihr die Hand und das Gesicht, damit sie endlich mit ihm rausgehen würde, aber Robin rührte sich nicht. Wusste denn niemand, dass sie hier lag? Purzel setzte sich neben sie und fing an zu bellen. Auch als der Qualm ihm die Luft zum Atmen nahm, machte er weiter, bis er nicht mehr konnte. Das Feuer kam immer näher und hatte schon fast ihren Körper erreicht. In einem letzten Kraftakt versuchte der Hund, das Mädchen von dem Feuer wegzuzerren – ein hoffnungsloses Unterfangen für den Jack-Russel, der schließlich zusammenbrach und neben dem Mädchen liegenblieb.

Doch seine Kraftanstrengung war nicht vollständig umsonst gewesen. Die Feuerwehrleute, die inzwischen mit dem Löschen begonnen hatten, hatten das Bellen gehört und versuchten, sich einen Weg durch die Flammen am Eingang zu bahnen. Nur Sekunden, nachdem der Hund aufgegeben hatte, schafften sie es, einen schmalen Weg zu öffnen und zwei Männer mit Atemschutz liefen in den Stall, genau in dem Moment, als ein weiterer Teil der Decke einstürzte.

Brennende Holzteile fielen auf das Mädchen und den Hund, die beide bewegungslos am Boden lagen. Die Männer erstickten die Flammen mit einer Decke, dann hob einer der beiden das schwer verletzte Mädchen auf die Arme und lief mit ihr zurück zum Ausgang, während der andere den kleinen leblosen Körper des Hundes hochhob und ihm anschließend folgte.

Pierre hielt noch immer den schönen Kopf von Jumping Jack in seinem Schoß, als Krankenwagen und Notarzt an ihm vorbeirasten. Sanft streichelte er den Hals von Robins Pferd und konnte nicht glauben, was passiert war. Wenn Robin das erfuhr, würde es ihr das Herz zerreißen. Warum hatte er das nicht verhindert? Er machte sich Vorwürfe, dass er nicht früher aufgewacht war und dass er das Pferd nicht hatte aufhalten können. Immer wieder hallte der Aufprall in seinen Ohren wieder. Das Geräusch würde er sein Leben lang nicht mehr vergessen können.

Der Fahrer des Einsatzfahrzeuges saß am Straßenrand und wurde von einem seiner Feuerwehr-Kollegen betreut. Auch um den Jungen wollte sich jemand kümmern, doch Pierre stieß ihn einfach weg, als er ihn von Jack wegholen wollte. Er hörte, wie jemand in ein Funkgerät sprach, konnte aber die Worte nicht verstehen. Irgendwann hörte er das Geräusch von Rotorblättern, doch es kümmerte ihn nicht.

Der Krankenwagen fuhr erneut an ihm vorbei und kam nur Minuten später wieder zurück. Was taten die da bloß? Gab es Verletzte? Langsam kam Pierre wieder ein wenig zu sich. Er fühlte, wie er zitterte, obwohl es eigentlich gar nicht kalt war. Noch immer rauschte das Funkgerät des Feuerwehrmannes und er konnte ein paar Fetzen einer Unterhaltung verstehen, die scheinbar zwischen zwei verschiedenen Personen geführt wurde. „...Robin Keller... sechzehn Jahre... gerade abgeflogen... Eltern informiert?... Vater... im Haus... ziemlich fertig...in Begleitung eines Jungen... verschwunden..." Jetzt nahm der Mann, der bei seinem Kollegen kniete, das Funkgerät in die Hand. „Wir haben hier einen Jungen. Bei dem toten Pferd. Wisst ihr, wie er heißt?"

Es knisterte in der Leitung, bevor die Antwort kam. „Bin mir nicht sicher, irgendetwas französisches, glaube ich."

Pierre hörte, wie jemand hinter ihn trat und ihm die Hand auf den Arm legte. „Wie heißt du, Junge?", fragte er sanft.

„Pierre Chevalier", brachte der Junge zwischen Tränen hervor.

„Bist du der Freund von Robin?" Der Junge nickte.

„Ihr braucht nicht mehr zu suchen, Kollegen. Der Junge ist hier. Schickt die Sanis vorbei, ich glaube, er hat einen Schock." Dann wandte er sich wieder dem Jungen zu und legte ihm eine Notfalldecke um die Schultern. „Komm', Pierre. Du musst hier weg. Du kannst dem Pferd nicht mehr helfen."

„Aber ich muss mich um ihn kümmern, solange Robin nicht da ist. Ich weiß nicht, wo sie ist", schluchzte Pierre.

„Ach du Scheiße", entfuhr es dem Helfer. „Das Pferd gehört deiner Freundin?"

„Ja."

Erneut wandte sich der Mann ab und sprach leise ins Funkgerät, doch Pierre konnte dennoch verstehen, was er sagte: „Ich habe gerade erfahren, dass das Pferd, das gegen den Mannschaftswagen geprallt ist, ebenfalls dem Mädchen gehört hat. Informiert ihr bitte den Vater?"

Erneut rauschte es in der Leitung. „Machen wir. Der Mann tut mir leid. Die Tochter schwer verletzt, der Hund tot und nun auch noch das Pferd. Kein guter Tag für ihn."

Pierre glaubte nicht, was er da hörte. Robin war verletzt? Und Purzel genau wie Jack tot? Pierre wurde schwarz vor Augen und er sackte nach hinten weg. Als er wieder zu sich kam, kümmerte sich ein Sanitäter um ihn. Er lag in einem Krankenwagen und hatte eine Infusion im Arm.

„Na, da sind wir ja wieder. Du hast uns einen ganz schönen Schrecken eingejagt, Junge."

„Was ist passiert?", fragte er verwirrt.

„Du hast einen Schock, Pierre. War wohl alles ein bisschen viel für dich mit dem Feuer."

Plötzlich fiel ihm alles wieder ein: das panische Pferd, der Knall, Jack am Boden und der Funkspruch. „Was ist mit Robin?"

„Sie wurde ins Krankenhaus gebracht. Mach' dir keine Sorgen. Die Kollegen kümmern sich um sie."

Einen Tag später durfte Pierre das Krankenhaus wieder verlassen. Seine Eltern waren noch am Morgen des Brandes den weiten Weg in die Klinik gekommen und nahmen ihn jetzt wieder mit nach Hause, damit er sich ausruhen konnte. Sofort fragte er sie nach dem Mädchen, aber die Chevaliers hatten leider keinerlei Information über das Schicksal von Robin und ihrem Vater. Pierre verzog sich in sein Zimmer und sprach kaum ein Wort. Da das Schuljahr nur noch eine Woche ging, hatten ihn die Ärzte vom Unterricht befreit, sodass er wenigstens nicht zur Schule musste. Stundenlang lag er auf seinem Bett und starrte an die Decke. Sobald er die Augen schloss, sah er den fröhlichen Jack-Russel, der nie wieder über das Gelände jagen würde. Oder er sah die Bilder des verdrehten Pferdeleibes und spürte, wie Jack seine letzten Atemzüge tat.

Einen Tag später hielt er es nicht mehr aus. Er machte sich auf den Weg zum Stall. Auf dem Gelände war es totenstill. Nur wenige Einsteller waren mit den Pferden im Gelände und die wenigen, die da waren, flüsterten leise. Kein Lachen war zu hören, kein Reitunterricht fand auf der Bahn statt, die verlassen auf dem Gelände lag. Pierre ging direkt in den Stall, in dem Jumping Jack immer gestanden hatte. Sanft strich er über das Namensschild an seiner Box und streichelte über die Abschwitzdecke, die über einer Stange an der Tür hing. Schließlich riss er sich von dem Anblick los und verließ den Stall. Eine Frau kam ihm entgegen und machte einen großen Bogen um den Jungen. Es störte ihn nicht. Zielstrebig lief er auf das Haus zu, das ebenfalls verlassen schien. Der Transporter stand vor der Tür. Irgendjemand musste ihn nach Hause gefahren haben.

Als er vergeblich an der Tür geklingelt und einige Minuten gewartet hatte, drehte er sich wieder um und setzte sich auf eine Bank in der Nähe des Hauses. Irgendwann fuhr ein Auto auf den Parkplatz und eine Tür knallte ins Schloss. In der Stille des Storchenhofes klang es wie ein Donnerschlag. Erschrocken blickte der Junge hoch. Herr und Frau Keller kamen auf das Haus zu. Robins Mutter hatte gerötete Augen und ihr Vater sah aus, als wenn er von den Toten auferstanden wäre. Gegen ihn wirkte selbst Pierre wie braungebrannt.

Als sie ihn bemerkten, trat Herr Keller auf ihn zu und setzte sich neben ihn. „Wie geht es dir, Pierre? Hast du alles gut überstanden?"

Pierre antwortet mit einer Gegenfrage: „Was ist mit Robin?"

Ihr Vater nahm die Hand des Jungen in seine und hielt sie fest. „Robin hat die ganzen Pferde aus dem Stall geholt. Dabei wurde sie schwer verletzt."

„Wo ist sie?"

„In einer Spezialklinik für Verbrennungen – nicht weit von hier", gab Herr Keller Auskunft.

„Wird sie… wird sie wieder gesund?"

Robins Vater senkte den Blick. „Wir wissen es nicht."

Für einige Minuten herrschte tiefes Schweigen, während Pierre die Worte des Mannes sacken ließ. „Kann ich sie besuchen?", fragte er schließlich.

„Natürlich kannst du das. Aber Pierre – Robin liegt im Koma. Du wirst nicht mit ihr sprechen können. Aber wenn du wirklich zu ihr möchtest, kannst du das natürlich tun. Sie liegt in der Asklepios-Klinik. Ich sage gerne Bescheid, dass sie dich zu ihr lassen sollen, wenn du das willst. Aber ich weiß nicht, ob das so eine gute Idee ist. Sie ist an viele Geräte angeschlossen und wird künstlich beatmet. Meinst du, dass du das aushältst."

Pierre blickte auf. „Ich weiß, wie es im Krankenhaus aussieht. Ich habe insgesamt fast vier Jahre meines Lebens in einem verbracht. Die Geräte können mich schon lange nicht mehr erschrecken." Dann verfiel der Junge wieder in Schweigen, während Herr Keller sich überlegte, warum er so lange im Krankenhaus gewesen sein könnte. Er wusste nichts von Pierres Krankheit, weil dieser darum gebeten hatte, es geheim zu halten. Schließlich hob der Junge erneut den Kopf. „Stimmt es?"

„Was?"

„Dass Purzel und Jack…?"

„Ja, Pierre. Sie sind beide tot."

„Es tut mir so leid", sagte Pierre, stand auf und ging mit hängenden Schultern davon. Robins Vater blickte ihm traurig hinterher. Wenn Robin jemals wieder zu Bewusstsein käme, müsste er ihr sagen, dass ihre beiden geliebten Tiere nicht mehr da waren. Zu diesem Zeitpunkt ahnte er nicht, dass dies nicht der einzige Schock für seine Tochter sein würde.

Auf der Intensivstation

Am nächsten Morgen betrat ein blasser, schmaler Junge das Krankenhaus in der Innenstadt und erkundigte sich nach der Intensivstation. Eine Schwester empfing ihn an der Station und half ihm, einen Kittel und eine Haube überzuziehen, bevor sie ihn in einen Raum führte, in dessen Mitte ein Krankenbett stand, in dem ein junges Mädchen lag.

Sie hatte einen großen Verband um den Kopf gewickelt und war sehr blass. In Robins Mund steckte ein Schlauch, über den sie beatmet wurde und in beiden Händen steckten Infusionsnadeln, über die sie Flüssigkeit und Medikamente erhielt. Ihre Oberarme waren ebenfalls verbunden. Der Rest ihres Körpers war von der Bettdecke verhüllt.

Neben dem Bett standen das Beatmungsgerät und die Überwachungsmonitore. Die Schwester führte ihn zu dem Mädchen und zog einen Stuhl neben sie, auf den er sich setzen konnte. „Darf ich ihre Hand anfassen?", fragte er leise und die Schwester nickte.

„Natürlich. Du kannst auch mit ihr sprechen. Vielleicht hört sie es. Es gibt immer wieder Komapatienten, die sich an Gespräche und Berührungen erinnern, wenn sie wieder aufwachen. Pass' nur ein bisschen mit den Oberarmen auf. Sie hat Verbrennungen an den Armen, die sich nicht infizieren dürfen."

„Was ist mit dem Kopf?"

„Robin hat eine schwere Schädelfraktur durch einen Pferdehuf erlitten", antwortete die Schwester, da sie die Erlaubnis von Robins Vater hatte, dem Jungen seine Fragen zu beantworten, wenn er welche stellen würde.

Pierre hatte in seiner Zeit in verschiedenen Krankenhäusern eine Menge über Knochenbrüche und die verschiedenen Krankheiten gelernt und wusste so ziemlich genau, was das bedeutete. „Deshalb das künstliche Koma, richtig?"

„Genau. Wir müssen ihrem Gehirn die Möglichkeit geben, sich zu regenerieren."

Pierre nickte und wandte sich dem Mädchen zu, während die Schwester den Raum verließ. Der Junge nahm vorsichtig Robins Hand und hielt sie mit seiner umschlossen. „Hallo Robin", sagte er sanft. „Ich bin es, Pierre. Der Franzose, der keiner ist. Dein Vater hat mir erzählt, wo du bist und ich dachte mir, du möchtest vielleicht ein bisschen Gesellschaft haben. Ich weiß, wie langweilig es im Krankenhaus sein kann. Ich war oft genug in so einem Zimmer. Am Schlimmsten ist es, wenn man keinen Besuch bekommt. Dann fällt einem ganz schnell die Decke auf den Kopf. Aber manchmal hatte ich auch einen Zimmernachbarn. Dann war es nicht ganz so schlimm. Einmal hatte ich einen Jungen aus Spanien in meinem Zimmer, der hat die Schwestern immer geärgert, indem er Spanisch gesprochen hat..." Pierre erzählte Robin eine ganze Weile von seinen Krankenhausaufenthalten und den Sachen, die er dabei erlebt hatte. Die Schwestern störte das nicht. Solange ihre Patientin nicht irgendwie negativ reagierte, konnte der Junge reden, bis er schwarz wurde. Erst, als am Nachmittag die Eltern des Mädchens auftauchten, hatte der Monolog ein Ende und Pierre verließ die Station wieder, nachdem er die Kellers begrüßt hatte.

Am nächsten Morgen, pünktlich um neun Uhr, erschien der Junge erneut auf der Intensivstation. Wieder saß er da und erzählte endlose Geschichten, während er ihre Hand in der seinen hielt. Diesmal wurde der Junge jedoch am frühen Nachmittag gebeten, das Zimmer zu verlassen, nachdem mehrere Ärzte den Raum betreten hatten. Durch die Scheibe konnte er sehen, dass sie die Decke hochklappten und etwas an ihren Beinen machten.

Die besorgten Gesichter der Ärzte machten ihm Angst und er starrte gebannt durch die Scheibe. Kurz darauf kam einer der Ärzte aus dem Raum und rief nach einer Schwester. Er schien den Jungen gar nicht zu bemerken. „Rufen Sie die Eltern an. Wir brauchen eine Entscheidung – und zwar jetzt!" Die Schwester verschwand um die Ecke und kam zehn Minuten später wieder zurück. Als sie den Raum betrat, bemerkte Pierre eine plötzliche Hektik. Infusionen wurden abgehängt und auf das Bett gelegt, Kabel gelöst und kurz darauf wurde das Bett aus dem Zimmer gefahren.

„Was ist mit Robin?", fragte Pierre verwirrt. „Wo bringen Sie sie hin?"

„Wir müssen deine Freundin noch einmal operieren", teilte ihm die Schwester mit. Sofort rannte der Junge hinter dem entschwindenden Bett her. Erst vor dem Operationsbereich blieb er notgedrungen stehen, da er nicht weiter durfte, und setzte sich dort auf einen der Stühle. Eine halbe Stunde später trafen Herr und Frau Keller ein. „Pierre? Was machst du denn hier?"

„Ich habe Robin besucht, als sie sie weggebracht haben. Was ist mit ihr? Warum muss sie noch einmal operiert werden?"

Frau Keller trat zu dem Jungen und nahm ihn in die Arme. „Robin hat von dem Unfall sehr schwere Verletzungen am Bein davongetragen. Ihr Unterschenkel hat schwerste Brandverletzungen und einen Trümmerbruch erlitten. Und jetzt ist noch eine Infektion dazugekommen."

Pierre wusste nicht, was er sagen sollte, setzte sich auf einen der Stühle und zog die Beine an. Robins Eltern ließen sich ebenfalls nieder und schweigend warteten sie auf das Ende der Operation, während der Minutenzeiger der Uhr seine Runden drehte. Nachdem sich endlich die Flügeltür öffnete und Robin in ihrem Bett vorbeigeschoben wurde, sprangen die drei auf und blickten dem Arzt fragend entgegen. Er trat auf sie zu und gab Herrn Keller die

Hand. „Es tut mir leid. Die Entzündung war zu groß. Wir konnten nichts mehr tun."

Robins Mutter ließ sich erneut auf den Stuhl sinken und fing leise an zu weinen. Ihr Vater sah aus, als wenn er gleich zusammenbrechen würde und Pierre blickte verständnislos von einem zum anderen. „Was bedeutet das?", fragte er schließlich und der Arzt drehte sich zu ihm um, nachdem er Herrn Keller einen fragenden Blick zugeworfen hatte und dieser fast unmerklich nickte. „Robins Verletzungen waren so schwer, dass wir ihr den rechten Unterschenkel amputieren mussten, um ihr Leben zu retten."

„Sie haben… ihr das Bein abgeschnitten? Wie konnten Sie das tun? Robin ist Springreiterin!", rief der Junge entsetzt und rannte davon. Der Arzt wollte ihm nach, doch Herr Keller hielt ihn zurück. „Lassen Sie ihn. Wir kümmern uns um den Jungen. Wir können hier im Moment eh nichts tun. – Danke, dass Sie es wenigstens versucht haben." Der Arzt nickte und Herr Keller nahm seine Frau am Arm und ging langsam hinter Pierre her. Sie fanden ihn vor dem Krankenhaus an einen Baum gelehnt. Er weinte. Robins Vater strich ihm über den Kopf. „Sie hatten keine andere Wahl, Pierre. Es war die einzige Chance, sie zu retten."

„Aber wie soll sie dann jemals wieder reiten können?", schluchzte der Junge.

„Darüber machen wir uns später Gedanken. Jetzt muss sie erst einmal wieder aufwachen und gesund werden. – Komm', wir bringen dich nach Hause."

Pierre war bald im Krankenhaus bekannt wie ein bunter Hund. Man konnte die Uhr nach ihm stellen. Jeden Morgen um neun betrat er die Station, zog sich den Kittel an und setzte sich neben das Krankenbett des Mädchens. Stundenlang sprach er mit ihr, erzählte ihr alles Mögliche und hielt dabei ihre Hand in der seinen. Um drei Uhr nachmittags verschwand er wieder, denn um diese Zeit kamen meist Robins Eltern, um sie zu besuchen.

Eine Woche nach dem beinahe tödlichen Unfall bemerkten die Ärzte eine Veränderung. Pierre wusste nicht mehr, was er ihr noch erzählen sollte und hatte vor zwei Tagen plötzlich ein dickes Buch aus seiner Tasche gezogen, aus dem er dem Mädchen nun jeden Tag vorlas. Seine Stimme klang ruhig und gleichmäßig und schien eine beruhigende Wirkung auf das Mädchen zu haben. Während er las, verbesserten sich ihre Werte ein wenig und wenn er ging, wurden sie wieder etwas schlechter. Anfangs glaubten die Ärzte an einen Zufall, doch in den folgenden Tagen wiederholte sich das Spiel und die Unterschiede wurden deutlich sichtbar.

Selbst während der Verbandswechsel, bei denen die Werte oft schwankten – ein Zeichen dafür, dass das Mädchen trotz Koma die Schmerzen spüren konnte – blieben sie stabiler, wenn der Junge dabei vorlas. Von nun an fanden die Verbandswechsel immer statt, während Pierre von Winnetou und Old

Shatterhand erzählte, denn er hatte sich daran erinnert, dass Robin die Geschichten von Karl May gerne mochte.

Drei Wochen nach dem Unfall fing das Mädchen schließlich an, gegen die Maschine anzuatmen und als Pierre eines Morgens in das Zimmer kam, war der Beatmungsschlauch verschwunden. Auch der dicke Kopfverband war nun entfernt worden und Pierre konnte sehen, dass man Robin das schöne, blonde Haar abrasiert hatte, um den Schädelbruch zu versorgen. Auf ihrem Kopf standen nur noch ein paar Stoppeln.

„Jetzt können wir im Partnerlook gehen", stellte er lachend fest und strich ihr sanft über die blonden Haar-Reste. Dann setze er sich erneut neben das Bett, zog sein Buch hervor und fing an zu lesen. Wie immer hielt er ihre Hand umschlossen und erzählte von den Abenteuern des Indianers. Als er ein paar Stunden später kurz aufblickte, stockte er und ließ vor Schreck das Buch auf den Boden fallen. Robin lag mit offenen Augen vor ihm und blickte ihn an.

Auch die diensthabende Ärztin stockte, als der Junge plötzlich aufhörte zu lesen und kam alarmiert in das Zimmer gerannt. „Was ist los?", fragte sie und Pierre deutete auf das Mädchen. Mehrere Minuten lang starrte Robin die beiden an, während die Ärztin einige Untersuchungen machte. Dann schloss sie die Augen wieder.

„Was ist mit ihr?", fragte Pierre ängstlich.

„Keine Angst. Jetzt schläft sie einfach nur. Sie

74

wird noch eine Weile brauchen, bis sie wieder ganz wach wird. Aber das war ein großer Schritt in die richtige Richtung. Lies ruhig noch ein bisschen weiter, das beruhigt sie."

Der Junge hob das Buch hoch und suchte die Seite, an der er stehen geblieben war. Dann fing er mit anfangs leicht zitternder Stimme wieder an zu lesen.

Robin erwachte aus einem traumlosen Schlaf, war aber zu müde, um die Augen zu öffnen. Wieder hörte sie diese Stimme, die sie schon oft gehört hatte und die ihr deshalb so vertraut und beruhigend erschien, obwohl sie keine Ahnung hatte, wem sie gehörte. Sie versuchte, sich zu erinnern, doch in ihrem Kopf schien eine unendliche Leere zu herrschen. Deshalb versuchte sie, sich auf die Worte zu konzentrieren, die die Stimme sagte. Es dauerte eine Weile, doch schließlich begriff sie, dass die Stimme wohl eine Geschichte vorlas. Irgendwann verstand sie auch, dass sie diese Geschichte kannte. Sie hatte sie wohl schon einmal gehört. Dann verstummte die Stimme schließlich und sie spürte, wie ihr jemand einen Kuss auf die Stirn drückte und ihr sanft über den Kopf strich. Sie wollte die Person anblicken, konnte aber noch immer nicht die Augen aufschlagen. Sie war so unendlich müde. Und da es nun bis auf ein gleichmäßiges Piepen im Raum still war, schlief sie einfach wieder ein. Den Besuch von zwei weiteren Personen bekam sie gar nicht mehr mit.

Durch eine Berührung an ihrer Hand wachte sie erneut auf. Jemand hatte sie in seine genommen. Es dauerte eine Weile, bis sie es endlich schaffte, ihre Augen zu öffnen und die Person anzusehen, die ihren Blick auf ein Buch gerichtet hatte, und sie erneut die vertraute Stimme vernahm. Vor ihr saß ein Junge, vielleicht etwas älter als sie, der ihr vorlas.

Er bemerkte nicht, dass sie ihn anblickte. Neugierig ließ sie ihren Blick über sein Gesicht wandern. Er trug ein Kopftuch, sodass man seine Haare nicht sehen konnte. Sein Gesicht sah hübsch und freundlich aus und kam ihr, genau wie die Stimme, seltsam vertraut vor. Die dunklen Augen waren auf ein dickes Buch gerichtet und seine Stimme war angenehm und gleichmäßig. Da es sie noch sehr anstrengte, die Augen offen zu lassen, schloss sie sie schließlich wieder und lauschte der Geschichte, die der Junge vorlas. Vor ihrem geistigen Auge stellte sie sich Szenen vor, von denen er gerade erzählte. Sie hatte sogar eine ziemlich genaue Vorstellung davon, wie die einzelnen Personen und Pferde, die in der Geschichte vorkamen, auszusehen hatten, als wenn sie sie schon oft gesehen hätte. Dass ihr Kopf gerade Erinnerungen an ein Buch und einen Film durcheinanderwürfelte, war ihr jedoch nicht bewusst.

Einige Zeit später öffnete sich die Zimmertür und eine Frau sagte: „Hallo Pierre, wie geht's?"

Der Name löste irgendetwas in ihr aus. Pierre – sie

kannte diesen Namen. Irgendwie hatte er etwas mit den Bildern zu tun, die in ihrem Kopf abgespielt wurden, und zwar mit dem Indianer. Und plötzlich begriff sie, dass die Bilder nicht ihrer Fantasie entsprungen waren, sondern dass sie sich an Szenen eines Filmes erinnert hatte. Und der Schauspieler des Indianers hieß Pierre mit Vornamen. Aber der konnte ja wohl kaum hier sein, denn er war seit einigen Jahren tot.

Soweit sie wusste, war der Junge der einzige im Raum gewesen. Hieß er vielleicht genauso wie dieser Schauspieler, an den sie sich gerade erinnert hatte? Kannte sie einen Pierre? Und wenn ja, woher? Plötzlich tauchten andere Bilder vor ihr auf. Ein schüchterner Junge, der ihr erklärte, dass er deutsch sprach. Er war sehr blass und dünn und wirkte krank, viel kränker, als heute Morgen, obwohl er auch da recht blass wirkte. Dann saß sie plötzlich mit ihm an einem Strand. Er zog sein Kopftuch herunter und sie strich ihm sanft über den weichen Flaum. Und plötzlich wusste sie wieder, wer er war. „Pierre?", fragte sie leise und wieder einmal ließ der Junge sein Buch vor Schreck auf den Boden fallen. Auch die Schwester, die gerade dabei war, ihre Verbände zu wechseln, hielt in der Bewegung inne.

Robin öffnete die Lider und blickte in zwei dunkle Augen, die sich über sie beugten und in denen es verdächtig schimmerte. „Robin? Hörst du mich?"

Das Mädchen nickte leicht mit dem Kopf, woraufhin ein Lächeln über sein Gesicht huschte.

„Wo... bin... ich?", fragte sie schließlich und es klang, als wenn sie jedes einzelne Wort erst suchen musste, bevor sie es schließlich aussprach.

„Im Krankenhaus", gab der Junge Auskunft. „Du hattest einen Unfall. Weißt du das nicht mehr?" Sie schüttelte leicht den Kopf, doch auf den warnenden Blick der Schwester hielt er es für klüger, ihr noch nicht zu sagen, was alles passiert war. Erst einmal sollte sie wieder zu Kräften kommen. „Ruh' dich ein bisschen aus, Robin. Nachher kommen deine Eltern. Die werden sich total freuen, wenn sie sehen, dass du wach bist."

„Liest... du... weiter?", fragte sie stockend.

„Natürlich! Wenn du das magst?" Sie nickte und Pierre angelte unter das Bett, um das Buch aufzuheben, das ihm darunter gerutscht war. Kurz darauf las er weiter und Robin schloss die Augen, um ihm zu lauschen. An diesem Tag blieb der Junge, bis Herr und Frau Keller schließlich das Zimmer betraten. Erst dann klappte er das Buch zu, stand auf und gab Robin wie immer einen Kuss auf die Stirn. „Deine Eltern sind jetzt da, Robin. Ich lass' euch mal alleine."

Die Eltern blickten ihn überrascht an, doch als sie sich wieder dem Mädchen zuwandten, bemerkten auch sie, dass sie die Augen geöffnet hatte. „Mama?... Papa?", fragte sie stockend und mit wenigen Schritten waren die Eltern an ihrer Seite. Ihre Mutter hatte Tränen in den Augen und strich ihr sanft über das Gesicht, während der Junge sich diskret zurückzog.

Nachdem er am nächsten Morgen die Intensivstation betrat, fand er das Zimmer leer vor. Erschrocken wandte er sich an eine der Schwestern. „Was ist mit Robin passiert?", fragte er und in seiner Stimme lag eine Spur von Panik.

Beruhigend legte ihm die Schwester die Hand auf den Arm. „Keine Sorge, Pierre. Ihr geht es gut. Sie ist nur in ein anderes Zimmer verlegt worden."

Erleichtert atmete der Junge aus und nachdem ihm die Schwester erklärt hatte, wo er hin musste, lief er die Gänge entlang, bis er das entsprechende Zimmer gefunden hatte. Als er das Zimmer betrat, blickte ihm Robin bereits entgegen. Sie wirkte etwas klarer, als am Tag davor und lächelte ihn an. „Hallo... Pierre."

„Guten Morgen, Robin. Geht es dir etwas besser?" Sie nickte und die Schwester, die mit Pierre zusammen das Zimmer betreten hatte, fuhr die Kopfstütze ein wenig nach oben, sodass sie ihn besser sehen konnte. „Soll ich dir wieder vorlesen?", fragte der Junge nun und sie nickte erneut. Er zog das Buch aus seiner Tasche und schlug es auf. Während er las, beobachtete sie ihn genau. Die Müdigkeit war verschwunden und sie hatte keine Schwierigkeiten, die Augen offen zu halten und der Geschichte zu folgen.

Zwei Stunden später legte sie ihm plötzlich die Hand auf den Arm. Überrascht hielt er inne und blickte sie fragen an. „Warum... bin... ich... hier?"

fragte sie immer noch stockend und wieder hatte er das Gefühl, dass sie die einzelnen Worte suchen musste. Eine Folge ihrer Kopfverletzung?

Pierre blickte sich um. Sie waren alleine. Was durfte er ihr sagen? Wusste sie inzwischen, was mit ihrem Bein passiert war?

„Bitte", brachte sie nun flehend hervor und Pierre fühlte sich hin und her gerissen. Konnte sie die Wahrheit schon verkraften oder sollte er sie anlügen? Schließlich entschied er sich dafür, ihr zu mindestens einen Teil der Wahrheit zu sagen. Sie hatte ein Recht darauf.

„Es gab einen Brand in einem Stall. Dabei bist du gestürzt und hast dich schwer verletzt", sagte er leise und Robin schloss kurz die Augen, sah eine Feuerwand vor sich auftauchen und ein Pferd wiehern.

Dann riss sie sie wieder auf. „Wann?", fragte sie nur, doch der Junge wusste, wovon sie sprach.

„Vor über einem Monat. Du hattest eine Kopfverletzung und lagst drei Wochen im Koma."

„Mein… Bein… tut… weh", stellte sie fest und zu Pierres Entsetzen beugte sie sich zu ihrem Bein hinunter und wollte die Decke zur Seite schlagen.

Schnell ergriff er ihre Hand und hielt sie fest. „Das solltest du besser nicht machen. Warte, ich hole Hilfe." Damit drückte er auf den Notrufknopf und wenige Minuten später betrat eine der Schwestern den Raum. „Robin hat Schmerzen im Bein", sagte er und die Schwester bemerkte, wie er ihre Hand von ihrem Bein fernhielt.

Sie nickte verständnisvoll. „Ich hole gleich den Arzt", sagte sie und verschwand aus dem Raum. Es dauerte keine zwei Minuten, bis der Arzt und die Schwester zurückkamen. Pierre wollte sich entfernen, doch der Arzt bedeute ihm, zu bleiben. Er kannte den Jungen inzwischen seit mehreren Wochen und wusste, welche beruhigende Wirkung er auf das Mädchen hatte. Vielleicht würden sie ihn noch brauchen.

Ängstlich blickte das Mädchen von einem zum anderen, während Pierre noch immer ihre Hand umklammert hielt. Er spürte deutlich, wie sie anfing zu zittern, während ihr der Arzt erklärte, was für schwere Verletzungen sie an ihrem Bein gehabt hatte und dass ihnen schließlich nichts Anderes übrig geblieben war, als ihr das Bein abzunehmen.

Mit einer ruckartigen Bewegung beugte sie sich nach vorne und warf die Decke zur Seite. Dann starrte sie geschockt auf den Stumpf, den sie dort erblickte und fing plötzlich an, heftig zu atmen. Es klang fast wie eine Ertrinkende, die nach Luft schnappte.

Sofort drückte sie der Arzt zurück in die Kissen und die Schwester fuhr die Kopfstütze nach unten. Während sie den Blutdruck kontrollierte, prüfte er ihren Puls, der viel zu hoch war. „Notfallwagen!", rief er und die Schwester verschwand aus dem Raum, um kurz darauf mit einem Rollwagen zurück zu kommen. Der Arzt stülpte dem Mädchen eine

Maske über und zog ein Medikament auf, das er ihr über den Zugang verabreichte.

Pierre hielt noch immer ihre Hand umklammert, unfähig sich zu bewegen, und starrte auf das Mädchen, das sich verzweifelt gegen den Arzt und die Schwester zu wehren versuchte. Dann spürte er plötzlich, wie ihre Hand ruhiger wurde. Das Zittern ließ etwas nach und auch der Widerstand verebbte. Ihre Atmung beruhigte sich wieder und der Arzt atmete tief durch. „Das war zu erwarten", stellte er fest.

„Was war das?", fragte Pierre nun verwirrt.

Der Arzt blickte ihn an, als wenn er erst jetzt seine Anwesenheit bemerkte. Er hatte den Jungen völlig vergessen, als er sich um die Patientin gekümmert hatte. „Nur eine Reaktion auf den Schock über den Verlust ihres Beines. Nichts Schlimmes. Wir haben ihr etwas zur Beruhigung gegeben. Es tut mir leid, dass du das mit ansehen musstest, aber das ist völlig normal, nach so einer Mitteilung. Wenn du magst, kannst du gerne bei ihr bleiben und weiter vorlesen. Es beruhigt sie, wenn du da bist. Sag' einfach Bescheid, wenn etwas ist, okay?"

Pierre nickte und blickte in das Gesicht der Freundin, die nun wieder mit geschlossenen Augen in ihrem Bett lag. Dann zupfte er die Bettdecke gerade und schlug sie wieder über ihre Beine, sodass ihr Blick nicht gleich auf den Stumpf fiel, wenn sie erwachte. Anschließend ergriff er das Buch und ihre Hand und fing wieder an zu lesen. Seine Stimme war noch nicht wieder ganz fest und zitterte leicht, doch mit der Zeit wurde es besser.

Am nächsten Morgen betrat er erneut das Zimmer. Robin war wieder wach und starrte an die Decke. Doch sie reagierte weder auf seine Ansprache noch auf irgendeine Berührung, blickte ihn die ganze Zeit nicht an und zeigte auch sonst kein Anzeichen, ob sie sich über seinen Besuch freute oder lieber alleine bleiben wollte.

Während er las, warf er ihr immer wieder Blicke zu, doch an ihrem Verhalten änderte sich nichts. Das blieb auch während der nächsten Tage nicht viel anders. Für Pierre war das schlimmer, als die Zeit, in der sie im Koma gelegen hatte. Er war sich nicht sicher, ob sie überhaupt noch wollte, dass er sie besuchte und in der vorletzten Ferienwoche, nachdem er seit fast sechs Wochen jeden Tag bei ihr am Bett gesessen hatte, klappte er schließlich sein Buch zu und stand auf. „Wenn du lieber alleine sein möchtest, kann ich das verstehen. Vermutlich wird es eh langsam langweilig, wenn ich dir vorlese." Er wollte sich umdrehen und den Raum verlassen, doch bevor er den ersten Schritt tun konnte, schnellte ihre Hand nach oben und ergriff sein Handgelenk.

Sanft zog sie ihn auf die Bettkannte und Pierre blickte sie überrascht an. Er war sich in den letzten Tagen nicht einmal sicher gewesen, ob sie überhaupt irgendetwas von ihrer Umgebung wahrnahm. Doch ihre Reaktion zeigte ihm deutlich, dass sie jedes Wort verstanden hatte.

„Bitte bleib'", bat sie leise und ihre Worte waren nicht mehr so abgehackt, sondern kamen flüssig aus ihrem Mund hervor. „Lass' mich nicht allein."

Pierre legte das Buch auf den Nachttisch und nahm ihre Hand. „Willst du das wirklich?"

Robin nickte und versuchte, sich aufzurichten, wobei ihr der Junge behilflich war. Dann ergriff sie die Bettdecke nahe ihrem Knie und blickte ihm in die Augen. „Hilf mir", bat sie ihn.

Der Junge legte seine Hand auf ihre und gemeinsam zogen sie die Decke zur Seite. Er spürte, wie sie sich verkrampfte, als sie vorsichtig über den Stumpf strich und das Bein zu bewegen versuchte. Tränen traten ihr in die Augen und plötzlich klammerte sie sich an ihn. Pierre legte die Arme um sie und hielt sie einfach fest, ließ sie weinen und strich ihr über den Rücken, bis ihre Tränen schließlich versiegten und er sie sanft zurück auf das Kissen gleiten ließ. Nachdem sie ihre Stimme wiedergefunden hatte, blickte sie ihm erneut ins Gesicht. „Danke Pierre. Danke, dass du es so lange bei mir ausgehalten hast. Du hast mir mal gesagt, dass du nie wieder ein Krankenhaus betreten willst und ich weiß es sehr zu schätzen, dass du es dennoch jeden Tag tust. Ohne dich hätte ich längst aufgegeben."

Pierre war erstaunt, wie deutlich sie plötzlich wieder sprach. Nur hin und wieder schien sie nach einem Wort zu suchen, das ihr nicht gleich einfiel, ansonsten hörte sie sich genau wie früher an. „Das habe ich gern gemacht. Das war ich dir schuldig." Pierre plagte noch immer das schlechte Gewissen, weil er Jumping Jack nicht hatte retten können und hatte für einen Moment vergessen, dass sie davon ja noch gar nichts wusste. Erschrocken verstummte er und senkte den Kopf.

„Warum?", fragte sie prompt. „Was genau ist an dem Tag geschehen?"

„Robin, ich weiß nicht, ob ich der Richtige bin, um dir das zu erzählen. Vielleicht solltest du lieber mit deinem Vater reden."

„Ich möchte es aber von dir wissen. Ich will endlich begreifen, was das für Bilder und Geräusche sind, die in meinem Kopf herumschwirren. Was genau ist passiert? Wie wurde ich verletzt? Und warum warst du da und glaubst, du bist mir irgendetwas schuldig?"

Der Junge antwortete nicht, sondern stand auf und ging zum Fenster, durch das er nach draußen blickte. Er hörte, wie Robin hinter ihm die Kopfstütze nach oben fuhr und er spürte deutlich ihre Blicke in seinem Rücken. „Bitte, Pierre", flehte sie ihn an und der Ton stieß ihm ein Messer in die Brust. Langsam drehte er sich um und sie konnte seine feuchten Augen sehen.

„Was genau in dem Stall passiert ist, weiß ich auch nur aus Erzählungen und Vermutungen. Wir waren zusammen auf dem Turnier in Neustadt.

Erinnerst du dich? Es war das erste Turnier, das du seit einigen Wochen wieder reiten wolltest. Die Wettkämpfe gingen bis abends und deshalb wollten wir dort übernachten. Ich hatte ein Zelt dabei und du wolltest im Wagen schlafen. Wir hatten Marcus belauscht und er hat sehr gemeine Sachen über dich gesagt. Du wolltest dann alleine sein und bist weggegangen." Pierre machte eine Pause und Robin erinnerte sich plötzlich an das Gespräch, das er erwähnt hatte.

„Ich bin in den Wald gegangen", erinnerte sie sich. „Und als ich zurückkam, hast du schon geschlafen."

„Das kann sein. Ich habe eine Weile auf dich gewartet und gelesen. Dann habe ich das Licht ausgemacht. Ich hatte total vergessen, dass ich den Schlüssel zum Auto hatte. Hätte ich doch bloß etwas länger gewartet. Vielleicht wäre das dann alles nicht passiert."

„Der Schlüssel?"

„Ja, dein Vater hatte mir den Autoschlüssel gegeben. Ich sollte ihn dir nach dem Turnier geben, aber ich habe es vergessen."

„Ich erinnere mich. Ich bin zurückgekommen und bei dir brannte kein Licht. Aber wecken wollte ich dich auch nicht, deshalb bin ich zu… zu Jack in die Box gegangen und habe mich schlafen gelegt."

„Deshalb warst du also im Stall. Wir hatten uns schon gewundert. – Ich weiß nicht, was genau danach passiert ist. Fakt ist jedoch, dass es irgendwann gebrannt hat. Oben im Dachstuhl auf dem Heuboden. Du hast es irgendwie geschafft, alle Pferde aus dem Stall zu schaffen. Dann muss irgendetwas passiert sein. Deinen Verletzungen nach zu urteilen, musst du einen schweren Tritt gegen das Bein bekommen haben und einen gegen den Kopf. Später sind dann noch brennende Holzscheite auf dich gefallen, die schwere Verbrennungen verursacht haben."

Robin hörte ihm stumm zu und versuchte sich zu erinnern, was passiert war. Als er ihre Verletzungen erwähnte, hörte sie plötzlich das Krachen von splitternden Knochen. Sie schloss die Augen einen Moment und sah das panische Tier, wie es auf die Hinterläufe stieg. Seine Hufe krachten auf ihr Bein, bevor es erneut stieg. „Da war diese Feuerwand und ich bin irgendwie zwischen die Hufe dieses Wallachs geraten. Er stieg. Ich glaube nicht, dass er mich treffen wollte. Er war einfach in Panik und als er runter kam, landete er auf meinem Bein. Wurde noch jemand verletzt?"

Pierre schüttelte den Kopf. Für ein paar Minuten herrschte Schweigen, doch dann stellte sie die Frage, vor der er sich fürchtet: „Was ist mit den Tieren? Gab es irgendwelche Verluste?" Der Junge stand erneut auf und kämpfte mit seinen Gefühlen. Das ungute Gefühl, dass sie seit einigen Tagen beschlichen hatte, schien sich zu bestätigen. „Jack?", fragte sie leise und der Junge wirbelte herum.

„Woher…?"

„Du hast mir in den letzten Tagen immer wieder vom Storchenhof erzählt", erklärte sie, während ihr erneut Tränen in die Augen traten. „Du hast von allen möglichen Tieren gesprochen, aber Jack hast du mit keinem Wort erwähnt. – Und Purzel auch nicht." Hier brach ihre Stimme ab, als ihr klar wurde, dass Jack nicht das einzige Opfer gewesen war.

Auch Pierre schwieg – was hätte er auch sagen können, um ihren Schmerz zu lindern? Als sie sich wieder einigermaßen im Griff hatte, sagte sie mit belegter Stimme: „Kannst du mir sagen, was passiert ist?"

Der Junge trat näher und ergriff wieder ihre Hand, während er ihr mit zitternder Stimme berichtete, wie Jack panisch davongerannt war und er versucht hatte, das Pferd einzufangen, wie Jack ihn dann fast über den Haufen gerannt und schließlich mit dem Fahrzeug zusammengeprallt war. „Es tut mir so leid, Robin. Ich konnte ihm nicht mehr helfen – nur für ihn da sein, als er…"

„Hat er sehr gelitten?"

„Ich glaube nicht. Es ging sehr schnell."

„Und was ist mit Purzel passiert?"

„Das weiß ich leider nicht genau. Er lag wohl neben dir im Stall. Dein Vater hat vermutet, dass er dir helfen wollte und vermutlich hat er dir sogar das Leben gerettet."

„Wieso?", fragte Robin verwundert.

„Er muss es irgendwie in den Stall geschafft haben und hat angefangen, zu bellen. Damit hat er die Feuerwehrleute auf dich aufmerksam gemacht. Sie konnten dich gerade noch rechtzeitig da rausholen."

„Vielleicht hätten sie mich besser liegen lassen sollen", sagte das Mädchen traurig.

Pierre blickte sie entrüstet an. „Nein, Robin! Das hätte ich mir nie verziehen. Ich bin doch Schuld an allem."

„Wieso du?"

„Na, wenn ich nicht vergessen hätte, dir den Schlüssel zu geben, wärst du doch gar nicht im Stall gewesen."

„Ich hätte genauso gut an den blöden Schlüssel denken können. Außerdem hätte das auch nicht viel geändert. Ich wäre vermutlich trotzdem in den Stall gerannt, als ich bemerkte, dass es brennt. – Weißt du, warum das Feuer ausgebrochen ist?"

„Ich habe in der Zeitung gelesen, dass es vermutlich Brandstiftung war. Jemand scheint heimlich auf dem Heuboden geraucht zu haben."

„Marcus!", sagte das Mädchen nun, weil dieser Satz eine weitere Erinnerung in ihr wachgerufen hatte und Pierre blickte sie überrascht an.

„Du glaubst, dein Ex hat etwas damit zu tun?"

„Erinnerst du dich an das Gespräch, das wir belauscht haben? Marcus hat etwas von einem Joint gesagt und der andere meinte, er wüsste ein sicheres Plätzchen zum Rauchen."

„Stimmt, das hatte ich ganz vergessen. Aber das allein ist doch kein Beweis dafür, das Marcus und der andere auf dem Heuboden alles in Brand gesteckt haben."

„Das nicht. Aber ich bin durch ein Geräusch geweckt worden und habe die beiden im Stall gehört. Sie sind an Jacks Box vorbeigegangen. Marcus hat etwas davon gesagt, dass sie abhauen müssten und als der andere scheinbar irgendjemanden informieren wollte, hat er widersprochen und gesagt, man würde sie dann verdächtigen. Und ein paar Minuten später hörte ich das Knistern des Feuers und habe angefangen, die Tiere nach draußen zu bringen."

„Du könntest tatsächlich Recht haben, Robin. Vielleicht solltest du das der Polizei erzählen. Die haben nämlich scheinbar noch immer keine Spur."

„Hast du dein Handy dabei?", fragte sie sofort und als er es ihr reichte, wählte sie die Nummer der Polizeistation. Eine Stunde später klopften zwei Polizisten an die Tür, denen sie in allen Einzelheiten von ihren Beobachtungen beziehungsweise von dem Erlauschten erzählte und die sich gewissenhaft Notizen machten. Die Aufregung darüber, dass sie vielleicht zur Aufklärung des Feuers beitragen konnte, half ihr ein bisschen über den Verlust der geliebten Tiere hinweg. Erst in der Nacht stürzte die Trauer über sie herein und sie lag viele Stunden wach und weinte um die beiden tierischen Freunde.

GESPRÄCH UNTER MÄNNERN

Von nun an ging es aufwärts. Bis zum Ende der Ferien besuchte Pierre sie weiterhin, las aber nur noch selten aus seinen Büchern vor. Meist unterhielten sie sich, sprachen über das Erlebte und Robin verarbeitete so ein wenig den Verlust ihres Beines und ihrer Tiere. Auch Pierre tat es gut, zu wissen, dass sie ihm nicht die Schuld am Tod ihres Pferdes gab. Ihre ganze Wut richtete sich gegen ihren Exfreund, der das gesamte Unglück über sie gebracht hatte und dem dies sogar nachgewiesen werden konnte.

In der letzten Ferienwoche klopfte es plötzlich an die Tür, als die beiden gerade in ein Gespräch vertieft waren. Nachdem sich die Tür öffnete, stand ein Bundeswehrsoldat in der Tür, der etwas unschlüssig seine Mütze in der Hand knetete.

„Christian!", rief Robin erfreut und breitete die Arme aus. Pierre trat etwas zur Seite und gab Robins Bruder Gelegenheit, seine Schwester in die Arme zu schließen. „Es tut mir so leid, dass ich jetzt erst komme, Prinzessin. Ich habe erst vor drei Tagen von deinem Unfall erfahren. Wir waren komplett von der Außenwelt abgeschottet."

„Mach' dir keine Gedanken, Christian. Es ist

schön, dass du kommen konntest."

„Leider nur ein paar Tage. Ich muss Montag wieder zurück. Dabei würde ich viel lieber hier bleiben."

„Christian, ich bin schon groß. Es ist okay. Mama und Papa sind ja da und Pierre kommt mich jeden Tag besuchen. Ich glaube, in den letzten Wochen war er mehr hier, als bei sich zu Hause." Sie lächelte den Jungen dankbar an und Christian ließ schließlich seine Schwester los und wandte sich dem Jungen zu, der inzwischen kein Kopftuch mehr trug, weil er langsam wieder richtige Haare auf dem Kopf hatte, die zwar noch sehr kurz, aber eindeutig schwarz waren und immer dichter wurden.

Christian trat auf ihn zu. „Hallo, Pierre. Ich bin Robins Bruder. Meine Eltern haben mir schon viel von dir erzählt. Du hast so viel für Robin getan, dass wir dir nie genug danken können."

Pierre winkte ab. „Ich habe es gern getan", sagte er nur. „Ich gehe dann mal lieber, damit ihr in Ruhe reden könnt."

Christian hielt ihn zurück. „Nein, bitte bleib'", bat er. Er hatte das Gefühl, ein bisschen Unterstützung gut gebrauchen zu können. Seine Eltern hatten ihn zwar informiert, aber er war sich noch nicht sicher, ob er das hier durchstehen würde. Pierre hatte wochenlang neben seiner Schwester ausgeharrt und könnte ihm helfen, mit der Situation klarzukommen.

Der Junge spürte den inneren Kampf, den der junge Soldat gerade ausfocht und nickte. Auch

Robin schien zu bemerken, dass das Krankenzimmer eine deprimierende Wirkung auf ihren Bruder hatte. „Wollen wir lieber in den Park gehen?"

„Ja, gerne", sagte Christian erleichtert.

Sie und Pierre waren schon ein paar Mal zusammen in den Park gegangen und Pierre ging wie selbstverständlich zum Rollstuhl, der in der Ecke stand, und schob ihn neben ihr Bett. Er bemerkte den ängstlichen Blick, den Robins Bruder auf das Gefährt warf und blickte ihn an. „Wollen Sie lieber draußen warten?"

„Nein!", sagte er schnell, „Nein, ich…"

„Es ist okay, Christian. Wir mussten uns alle erst mal an den Anblick gewöhnen. Aber ich habe es inzwischen akzeptiert. Und das solltest du auch tun. Denn daran wird sich nichts mehr ändern." Damit zog sie die Decke von ihren Beinen und setzte sich auf die Bettkante. Für einige Sekunden starrte ihr Bruder auf den Stumpf, der knapp unterhalb des Knies noch immer unter einem leichten Verband versteckt wurde. Pierre machte Anstalten, ihr in den Stuhl zu helfen, doch Christian hielt ihn zurück. „Lass' mich das bitte machen", sagte er tapfer, trat neben seine Schwester und hob sie schließlich in den Rollstuhl. Sie lächelte ihn dankbar an und ihr Freund breitete eine dünne Wolldecke über ihren Schoß, damit sie vor den Blicken der anderen geschützt war.

Zusammen gingen sie in den Park und die beiden Jungen setzten sich schließlich auf eine Parkbank, während sie sich unterhielten. „Ich muss mich dann mal auf die Socken machen", teilte Pierre schließlich mit. „Mein Bus fährt in zehn Minuten."

„Ich kann dich auch gerne mitnehmen, Pierre", sagte Christian. „Ich habe mir am Flughafen einen Leihwagen genommen und muss sowieso mal nach Hause und mich umziehen. Ich bin die letzten zwei Tage nicht aus den Klamotten rausgekommen und brauche dringend eine Dusche."

„Mir war doch so, als ob hier irgendetwas müffelt", grinste Robin und boxte ihm in die Seite.

„Hey, sei nicht so frech, sonst komme ich dich nicht besuchen", schimpfte ihr Bruder und das erste Mal, seit er das Krankenzimmer vor zwei Stunden betreten hatte, lächelte er sie offen an. Das Eis war gebrochen und er war wieder der alte, liebevolle Bruder, der er immer gewesen war und mit dem man herrlich lachen konnte.

Sie bemerkten nicht einmal, als Robins Eltern mit erstauntem Blick auf die drei zutraten. „Christian? Wo kommst du denn her?"

„Hallo Mutti. Ich habe alles stehen und liegen lassen und bin zu meinem Vorgesetzten gegangen, nachdem wir telefoniert hatten. Ich bin vor ein paar Stunden am Flughafen gelandet."

„...und hast es nicht für nötig befunden, uns zu informieren", grinste sein Vater und nahm ihn in die Arme.

„Entschuldigt. Aber ich wollte erst mal zu unserer Prinzessin. Wir werden uns dann auch mal auf die

Socken machen. Ich habe versprochen, Pierre nach Hause zu bringen. Wir sehen uns ja dann zu Hause. – Robin, ich komme morgen wieder vorbei, okay?"

Das Mädchen nickte und als die beiden sich verabschiedet hatten, machten sie sich auf den Weg zum Parkplatz, wo besagter Leihwagen auf sie wartete. „Macht es Ihnen wirklich nichts aus, mich nach Hause zu bringen?", fragte Pierre vorsichtig, da ihm die Erschöpfung von Robins Bruder nicht entgangen war.

„Das hatte ich ganz vergessen, Pierre. Sag' bitte *du* zu mir. Du gehörst ja fast zur Familie. Und nein, es macht mir gar nichts aus, dich nach Hause zu bringen. Du warst in den letzten Wochen für meine Schwester da. Etwas, was mein Job gewesen wäre und das wirklich nicht selbstverständlich ist. Und dafür werden wir dir ewig dankbar sein. Dass ich dich mitnehme, ist ja wohl das mindeste."

„Danke."

„Wir haben zu danken, Pierre."

Eine halbe Stunde später hielten sie vor dem Haus der Chevaliers und der Junge wollte aussteigen. Christian hielt ihn erneut zurück. „Pierre? Mein Vater hat mir erzählt, dass er dir Reitunterricht gibt. Traust du dir schon zu, morgen Nachmittag mit mir einen kleinen Ausritt zu machen? Von mir aus auch nur im Schritt. Aber ich würde mich gerne mal mit dir unterhalten – dich besser kennenlernen."

Der Junge überlegte kurz und nickte dann. „Ich

denke, das bekomme ich schon hin, wenn ich ein liebes Pferd habe", stellte er fest.

„Dann machen wir das. Ich nehme dich morgen Nachmittag wieder mit zurück und dann schwingen wir uns in den Sattel. Bis morgen."

„Bis morgen."

Am nächsten Morgen teilte Robin dem Jungen eine Neuigkeit mit. „Du hast dir doch Gedanken gemacht, dass ich ab nächster Woche den ganzen Tag alleine bin, Pierre. – Brauchst du nicht. Ich werde gar keine Zeit für Langeweile haben."

„Wieso das?"

„Ich habe endlich einen Platz in der Reha bekommen. Da werden die mich von morgens bis abends triezen. – Aber ein bisschen werde ich deine Besuche bestimmt vermissen", gab sie schließlich zu. „Du hast mir so geholfen in den letzten Wochen."

„Vielleicht kann ich dich ja trotzdem besuchen. Wenigstens an den Wochenenden."

„Das wird wohl nicht gehen, Pierre. Mit dem Auto sind es drei Stunden bis zur Klinik. Selbst meine Eltern werden nur ab und zu kommen können. Das ist vermutlich das Schlimmste: zu wissen, dass ich sechs Wochen alleine durchhalten muss."

„Sechs Wochen? So lange?"

Robin nickte. „Ich muss ja wieder komplett neu laufen lernen und bekomme eine Prothese angepasst. Aber die Ärzte sagen, dass ich, wenn ich das richtige Hilfsmittel habe, ein relativ normales Leben führen kann. Mit gewissen Einschränkungen natürlich. Aber ich kann wieder ganz normal zur Schule gehen und vielleicht sogar Sport machen."

„Auch reiten?", fragte er vorsichtig.

„Ja, vielleicht schon. Ich müsste es vielleicht neu lernen und mich ein bisschen umstellen, aber möglich ist es."

„Toll", entfuhr es dem Jungen. „Dann muss ich während deiner Abwesenheit ganz viele Reitstunden nehmen und wir können später vielleicht zusammen reiten." Dann wurde er wieder ernst. „Und wie machst du das mit der Schule? Du wirst eine Menge verpassen in den sechs Wochen."

„Das muss ich natürlich alles nacharbeiten, wenn ich wieder fit bin. Wird ein ganz schönes Stück Arbeit."

„Und wenn nicht, kommst du einfach in meine Klasse, und machst die zehnte noch einmal. Ich musste wegen meiner vielen Fehlzeiten ja auch zurückgehen, weil ich es sonst nicht geschafft hätte."

„Pierre?"

„Ja?"

„Wenn wir uns so lange nicht sehen können, sind wir dann immer noch Freunde?" Robins Stimme klang unsicher, als sie ihn das fragte und sie hatte Angst vor der Antwort.

„Natürlich sind wir das", sagte er mit fester Stimme.

Sie atmete hörbar aus. „Meinst du… könnte ich

dich vielleicht manchmal anrufen, wenn ich jemanden zum Quatschen brauche?"

„Wenn du willst, können wir sogar eine feste Zeit ausmachen. Dann kannst du mir abends immer erzählen, was du alles gemacht hast. Und ich kann dich über die Schule und den Stall auf dem Laufenden halten. Würde dir das gefallen?"

Anstatt einer Antwort fiel sie ihm um den Hals und gab ihm einen Kuss auf die Wange. „Irgendwann muss ich mal deinen Eltern danken, dass sie die Idee hatten, hierherzuziehen", grinste sie glücklich und dem Jungen stieg die Schamesröte ins Gesicht.

Ein paar Stunden später ritten Christian und Pierre nebeneinander in Richtung Strand, nachdem Christian für eine Weile bei seiner Schwester gewesen war. Er hatte für Pierre eines der besten Pferde ausgesucht, von dem er wusste, dass es sich durch nichts aus der Ruhe bringen ließ. Er wollte ja nicht riskieren, dass der Reitanfänger, der er immer noch war, irgendwie einer Gefahr ausgesetzt wurde. Als sie so nebeneinander her ritten, warf Christian ihm immer wieder Blicke zu und stellte fest, dass er sich zu viele Sorgen machte. Zu mindestens im Schritt machte der Junge seine Sache sehr gut. Sein Vater hatte ihm bereits viel beigebracht. Natürlich war er weit von einem guten Reiter entfernt, aber für jemanden, der vor zweieinhalb Monaten das erste Mal auf einem Pferd gesessen hatte, war er ziemlich weit.

„Darf ich dich etwas fragen, Pierre?"

Der Junge blickte auf. „Natürlich. Habe ich irgendetwas falsch gemacht?"

„Nein, überhaupt nicht. Im Gegenteil. Ich denke eher, dass du alles richtig gemacht hast. Aber mich würde interessieren, warum."

„Warum was?"

„Warum du dich so intensiv um meine Schwester gekümmert hast."

Pierre dachte einen Moment nach. „Ich glaube, das hatte mehrere Gründe. Erstens habe ich mich schuldig gefühlt, weil ich Jumping Jack nicht retten konnte. Ich habe mir solche Vorwürfe gemacht, als er in meinen Armen gestorben ist. Ich weiß, wieviel er Robin bedeutet hat."

„Ich hoffe, dass du inzwischen auch weißt, dass du nichts hättest tun können, um ihn zu retten. Mehrere Zeugen haben gesehen, dass Jack mitten in der Flucht einfach umgedreht ist und dich sogar fast umgerannt hätte, was Pferde eigentlich nur in der größten Panik tun. Nicht einmal eine Mauer hätte ihn daran hindern können, auf die Straße zu rennen. Du hast es versucht – nur das allein zählt."

„Danke."

„Und zweitens?"

„Ich habe selber viele Wochen und Monate in Krankenhäusern verbracht und dabei habe ich gelernt, dass das Schlimmste die Stunden sind, in denen man alleine ist. Ich wollte Robin einfach das

Gefühl geben, dass sie eben nicht alleine ist. Dass da jemand ist, der an sie glaubt und ihr Gesellschaft leistet, mit ihr zusammen kämpft. Das hat mir während meiner Krankheit auch am meisten geholfen, den Mut nicht zu verlieren und an die Zukunft zu glauben."

„Was für eine Krankheit hattest du denn? Oder möchtest du nicht darüber reden?"

„Ich hatte Leukämie. Seit meinem sechsten Lebensjahr. Die letzten Jahre waren alles andere als ein Zuckerschlecken."

„Das tut mir leid, Pierre. Das habe ich nicht gewusst", sagte Christian leise.

„Das konntest du auch nicht. Ich gehe damit auch nicht hausieren. Selbst deine Eltern wissen es nicht. Ich habe es Robin anvertraut, als sie mich mal nach meinem Kopftuch gefragt hat, das ich anfangs immer getragen habe."

„Stimmt, jetzt weiß ich es wieder. Ich habe dich mal gesehen, als ich das letzte Mal zu Besuch da war", erinnerte sich Robins Bruder und kam dann zum eigentlichen Thema zurück: „Gibt es auch noch einen dritten Grund?" Pierre senkte verlegen den Blick und Christian registrierte amüsiert die leichte Röte, die seine Wangen bedeckte. „Darf ich mal einen Schuss ins Blaue abgeben?" Der Junge blickte auf. „Du magst sie, richtig? Seit wann?"

„Eigentlich schon seit unserer ersten Begegnung. Obwohl sie damals fast ein bisschen abweisend war", gab er schließlich zu.

100

„Da stand sie ja auch noch unter dem Einfluss von diesem… diesem…" Christian fiel kein passendes Wort für Robins Exfreund ein.

„Brandstifter?", fragte Pierre.

„Wieso Brandstifter?"

„Weil Marcus doch für den Brand im Stall verantwortlich war." Darauf wusste Christian nichts zu sagen, doch sein Begleiter bemerkte, wie seine Fingerknöchel ganz weiß wurden, weil er sich so in die Zügel verkrampfte. „Es tut mir leid", sagte Pierre schnell. „Ich dachte, du wüsstest es."

„Nein, das wusste ich noch nicht. Bisher dachte ich nur, Marcus wäre eingebildet, unsensibel und ein komplettes Arschloch, der einfach nur mit Robin ins Bett wollte. Aber dass er Menschenleben aufs Spiel setzen würde, habe selbst ich nicht vermutet."

Christian brauchte einige Minuten, bis er sich wieder beruhigt hatte. So lange ritten sie nebeneinander her und hatten inzwischen einen Wald erreicht. Schließlich fand er seine Sprache wieder und hatte auch seine Stimme wieder unter Kontrolle. „Weiß sie es?", fragte er leise.

„Natürlich, sie hat die Polizei ja darauf gebracht."

„Nein, ich spreche nicht von Marcus. Ich spreche von dir! Hast du es ihr gesagt?"

„Was?"

„Was du für sie empfindest."

Pierre schüttelte den Kopf. „Das könnte vielleicht alles zerstören."

Christian blickte seinem Begleiter in das offene

Gesicht. Er war so ganz anders als Marcus es gewesen war. In seinen Augen las er tiefe Gefühle, Sanftmut und Zuneigung. Er wollte das Beste für seine Schwester und stellte seine eigenen Gefühle hinten an. Der Junge wurde ihm immer sympathischer und er hoffte, dass seine Schwester das auch irgendwann fühlen würde. „Vielleicht hast du Recht. Lass' sie erst einmal wieder gesund werden. Ihr seid beide noch jung und habt noch viel Zeit, euch besser kennenzulernen."

„Du hast nichts dagegen?"

Christian lachte. „Natürlich nicht. Wie könnte ich auch? Außerdem würde Robin sich von mir eh nichts sagen lassen, selbst wenn ich irgendetwas gegen dich haben würde."

Rehabilitation

Am Montag ging es für Pierre wieder in die Schule und er konnte Robin erst am Nachmittag besuchen. Christian war an diesem Morgen auch wieder abgereist. Er musste zurück und war auf dem Weg zum Flughafen noch einmal bei ihr vorbeigekommen. Das Mädchen sollte am nächsten Tag in die Reha-Klinik verlegt werden und war entsprechend nervös. Obwohl Pierre selber traurig über den vorrübergehenden Abschied war, tat er doch alles, um ihn ihr zu erleichtern und dem Mädchen Mut zu machen.

Als er sich schließlich von ihr verabschiedete, hielt sie ihn zurück. „Und du denkst daran? Jeden Abend um acht?"

„Wie könnte ich das vergessen?"

Und der Junge hielt Wort. Jeden Abend um punkt acht Uhr rief er Robin über WhatsApp an. Meist sprachen sie ein bis eineinhalb Stunden lang über ihren Tag und die Physiotherapie und Pierre erzählte ihr vom Storchenhof und der Schule. Dadurch hatte sie das Gefühl, wenigstens ein bisschen an ihrem alten Leben teilhaben zu können.

Doch der Junge spürte deutlich, wie traurig sie

war, wenn er nach ihren Gesprächen auflegen musste. Vor allem, als sie eine Woche später ihre Prothese bekam und mit großen Anfangsschwierigkeiten zu kämpfen hatte. Und als er in der zweiten Schulwoche am Freitag aufgrund eines pädagogischen Tages zu Hause bleiben durfte, hatte er bereits einen Entschluss gefasst. Seine Eltern blickten ihn ein wenig irritiert an, als er ihnen am Mittwochabend davon erzählte, stimmten jedoch schließlich zu.

Und so saß Pierre am Freitagmorgen im ersten Zug, der ihn zu seiner Freundin bringen würde. Er hatte sich genau erkundigt. Nicht weit von der Klinik entfernt befand sich eine Jugendherberge, in der er übernachten konnte. Am Sonntag würde er gegen Mittag den Zug zurücknehmen und seine Eltern wollten ihm am Bahnhof abholen. Auf der langen Bahnfahrt kümmerte er sich um seine Hausaufgaben, die er extra zu diesem Zweck mitgenommen hatte und lernte noch für eine Weile Englischvokabeln, um die Zeit totzuschlagen. Zwischendurch blickte er sich die wechselnde Landschaft an, aß von seinen Vorräten oder träumte einfach vor sich hin.

Nach etwas über vier Stunden fuhr der Zug schließlich am Zielbahnhof ein und mit seinem Gepäck in der Hand bahnte er sich seinen Weg durch die Menschenmassen. Er hatte sich genau aufgeschrieben, wie er zur Herberge und zum Krankenhaus kommen würde und fragte sich zur

Bushaltestelle durch. Eine halbe Stunde später hatte er sich in seinem Zimmer, das er für die nächsten Tage bewohnen würde, häuslich eingerichtet und machte sich zu Fuß auf den Weg zum Reha-Zentrum, das nur etwa zwanzig Minuten entfernt lag.

Er wusste, dass Robin gerade Physio haben musste. Durch ihre Telefonate hatte er ihren Therapieplan im Kopf und wusste auch, dass es ihre letzte Behandlung für diese Woche war, da am Wochenende keine Therapien durchgeführt wurden. Er wartete, bis die Therapiezeit zu Ende sein sollte, und klopfte dann an die Tür des Physio-Raums. Nach einem „Herein", drückte er die Klinke nach unten und öffnete die Tür. Es war das erste Mal seit dem Unfall, dass er Robin – oder besser gesagt ihre Rückseite – in einer senkrechten Position bewundern konnte. Sie stand mit dem Rücken zu ihm auf ihrem gesunden Bein und der neuen Prothese und hatte zwei Krücken an den Armen, mit denen sie versuchte, das Gleichgewicht zu halten.

„Kann ich dir irgendwie helfen?", fragte der Therapeut, ein junger Mann Mitte zwanzig mit einem lustigen Gesicht voller Sommersprossen.

„Ja, ich wollte Robin abholen. Ich dachte, sie wäre schon fertig", sagte Pierre schüchtern und beim Klang seiner Stimme wirbelte das Mädchen herum und hätte fast das Gleichgewicht verloren.

„Pierre?", rief sie vollkommen perplex, doch dann breitete sich ein breites Grinsen auf ihrem Gesicht aus. Mit wenigen Schritten war sie bei ihm, ließ die Krücken einfach fallen und fiel ihm um den Hals. Pierre hielt sie fest und drückte sie an sich, während der Therapeut lächelnd näher trat und die Krücken wieder aufhob. „Seit einer knappen Woche versuchen wir, dich zum Laufen zu bekommen und kaum taucht ein junger Mann auf, klappt es plötzlich. Kannst du mir das vielleicht mal erklären, Robin?" Seine Stimme sollte vorwurfsvoll klingen, doch das Grinsen in seinem Gesicht wollte nicht so ganz dazu passen.

Robin lächelte verlegen, während sie sich an Pierre festhielt. „Keine Ahnung, Tom."

„Na dann machen wir mal Schluss für heute. Aber am Montag will ich mehr davon sehen, verstanden?"

„Ich werde das ganze Wochenende üben, versprochen."

„Na, übertreibe es mal nicht. Vielleicht solltest du erst einmal wieder mit deinem Rollstuhl Vorlieb nehmen. Nicht dass noch etwas passiert. Du weißt, welche Übungen du machen sollst, bis wir uns wiedersehen?" Robin nickte und ließ sich in den Rollstuhl fallen, den ihr Tom gerade gebracht hatte. „Na dann, viel Spaß euch beiden."

Robin grinste noch immer wie ein Honigkuchenpferd, als Pierre sie aus dem Zimmer schob. „Jetzt erzähl' schon, Pierre. Wie kommst du hier her?"

„Mit dem Zug", gab er zurück.

„Ganz alleine?"

„Natürlich. Ich bin doch schon ein großer Junge. Ende des Jahres werde ich siebzehn. Da kann ich schon mal eine kleine Bahnfahrt alleine hinter mich bringen."

„So meine ich das doch nicht", sagte Robin lächelnd, während er sie in den Park schob. „Aber wieso bist du hier?"

Jetzt blieb der Junge stehen, ging um den Rollstuhl herum und kniete sich vor sie hin. „Du kannst vielleicht blöde Fragen stellen. Und ich dachte immer, dass du ein schlaues Mädchen wärst, Robin-Marie", grinste er frech. „Wegen dir natürlich. Du klangst so traurig in den letzten Tagen und da dachte ich mir, du könntest ein bisschen Aufmunterung gebrauchen. Und außerdem…"

„Ja?"

„…außerdem habe ich dich vermisst", gab er schließlich zu und umarmte sie erneut.

Ein gerührtes Lächeln glitt über ihr Gesicht. „Ich habe dich auch vermisst, Pierre."

Pierre blieb den ganzen Nachmittag bei ihr. Um kurz vor sechs war es Zeit für sie, zum Abendessen zu gehen. „Musst du nicht auch langsam los? Wann geht denn dein Zug zurück?"

Pierre grinste. „Am Sonntagmittag."

„Wie? Du bleibst über Nacht?"

„Sogar zwei Nächte. Ich habe mir ein Zimmer in der Jugendherberge genommen. Wenn du magst, kann ich also noch ein bisschen bleiben. Ich muss nur schauen, ob ich irgendwo etwas zu essen bekomme. Meine Vorräte habe ich bereits auf der Fahrt aufgegessen."

„Wenn du noch etwas bleiben möchtest – wir haben hier ein Café, das auch belegte Brote und ich glaube sogar Pizzabaguette verkauft. Ich könnte fragen, ob ich mein Essen dort einnehmen kann, dann könnten wir uns noch ein bisschen unterhalten."

„Gute Idee."

Zusammen machten sie sich auf den Weg ins Speisezimmer und kurz darauf trug Pierre ein Tablett in das Café und stellte es auf einem Tisch ab, während Robin den Rollstuhl ebenfalls an den Tisch lenkte. „Ich schau' mal, was es hier Leckeres gibt. Bin gleich wieder da. Soll ich dir noch etwas mitbringen?"

„Nein danke, ich bin versorgt."

„Hast du eigentlich was von deinem Bruder gehört?", fragte der Junge, als sie später zusammen beim Essen saßen.

„Ja, er hat mir gestern erst eine Mail geschrieben. Anrufen kann er leider nicht, aber wenigstens hat er ein bis zweimal die Woche Zugang zum Internet und schreibt mir regelmäßig."

„Das ist gut."

„Sag' mal, wann musst du eigentlich in der Jugendherberge sein? Nicht dass du irgendwann vor verschlossener Tür stehst."

„Willst du mich etwa loswerden?"

„Wie käme ich dazu? Am liebsten würde ich dich gar nicht mehr gehen lassen." Der Satz war draußen, bevor Robin richtig darüber nachgedacht hatte und sie senkte verlegen den Kopf, als ihr bewusst wurde, was sie gerade von sich gegeben hatte.

Pierre lächelte und nahm ihre Hand. „Keine Angst. Die Türen schließen erst um zehn. Ich kann noch ein bisschen bleiben", sagte er sanft. Dann fiel ihm etwas Anderes ein. „Sag' mal, darfst du eigentlich am Wochenende die Klinik verlassen?"

„Ja, wieso?"

„Ich dachte, vielleicht hast du Lust, ein wenig die Gegend unsicher zu machen. Mal raus zu kommen – etwas Anderes zu sehen. Auf dem Weg zur Herberge habe ich sogar einen Zoo gesehen, falls du Lust hast."

„Oh ja. Können wir da hin?"

„Alles, was du willst, Prinzessin. Du entscheidest", grinste Pierre und hatte sie dabei unbewusst mit dem Spitznamen angeredet, der normalerweise ihrem Bruder vorbehalten war. Doch zu ihrer eigenen Verwunderung störte es sie nicht im Geringsten.

„Könntest du mich bitte in mein Zimmer bringen?", fragte sie einige Minuten später, als sie ihre Teller leer gegessen hatten. „Ich glaube, ich muss dringend die Prothese ausziehen. Ich habe mich noch nicht ganz daran gewöhnt."

„Natürlich", antwortete er. In ihrem Zimmer reichte er ihr die Krücken, damit sie den Rollstuhl vor der Tür stehen lassen konnte. Das Zimmer war zu klein, um sich mit dem Gefährt darin bewegen zu können. Auf dem gesunden Bein humpelte sie mit Hilfe der Krücken zu ihrem Bett und ließ sich erschöpft auf die Bettkante sinken.

„Kann ich dir irgendwie helfen?", fragte Pierre.

„Nein danke. Das kann ich inzwischen ganz gut. Aber wenn du magst, kannst du mir aus dem Bad mal die Körperlotion holen."

Als Pierre kurz darauf wieder in das Zimmer kam, hatte sie die Prothese bereits ausgezogen und an die Wand gelehnt. Das erste Mal betrachtete er ihren Stumpf ohne einen Verband. Die Haut war ein wenig gerötet von dem Gummistrumpf, den sie unter der Prothese tragen musste, aber sonst sah die Haut gut verheilt aus. „Darf ich?", fragte er, als er sich neben ihr niedergelassen hatte und als sie nicht widersprach, drückte er sich ein wenig Creme auf die Hand und rieb sie mit sanften Bewegungen auf die geröteten Stellen. Dankbar blickte ihn Robin an und für eine lange Zeit sagte keiner von beiden ein Wort.

Schließlich erhob sich der Junge, um die Creme wieder zurückzubringen. Im Bad lehnte er sich einen Moment an die Wand, um das Gefühlschaos unter Kontrolle zu bringen, dass gerade durch seinen Körper wirbelte. Einige Male atmete er tief durch, bis sich sein Herzschlag wieder ein wenig beruhigt hatte. Dann setzte er ein fröhliches Lächeln auf und ging zurück in Robins Schlafzimmer. „So, also in den

Zoo wollen wir morgen. Und wann soll ich dich abholen?"

Robin antwortete nicht sofort. Es schien, als wenn sie sich erst auf die Frage konzentrieren musste, die er ihr gestellt hatte. „Von sieben bis acht gibt es Frühstück. Weißt du, wann der Zoo aufmacht?"

„Nee, aber das bekomme ich raus." Froh darüber, etwas zu tun zu haben, griff er sein Handy und rief sich die Webseite des Zoos auf. „Um halb zehn. – Schau' mal, die haben Fotos auf der Webseite von den Jungtieren, die diesen Sommer geboren wurden."

Robin rutschte ein wenig näher an ihn heran und blickte ebenfalls auf sein Handy. Während sie sich die Fotos gemeinsam anschauten, spürte er die Wärme, die von ihrem Körper ausging. Erneut merkte er, wie sein Blut in Wallung geriet und schloss für einen Moment die Augen, um seinen Herzschlag wieder zu beruhigen. Als er die Augen wieder öffnete, lächelte Robin ihn liebevoll an. „Alles in Ordnung mit dir?"

„Ja, klar. War nur ein langer Tag. Vielleicht sollte ich jetzt besser gehen. Und du musst dich auch etwas erholen, damit du fit bist für morgen. Ich hole dich um neun ab, in Ordnung?"

Robin verstand nicht, warum er es plötzlich so eilig hatte. Gerade hatte sie noch seinen Körper neben sich gespürt und das Gefühl gehabt, als wenn irgendetwas zwischen ihnen passierte und im nächsten Moment wirkte er fast abweisend. Doch

dann schob sie es auf die lange Reise und fortge-
schrittene Stunde und nickte schließlich. „Vielleicht
hast du Recht. Aber bitte sei vorsichtig, wenn du im
Dunkeln zurück zur Herberge läufst. Wir sind hier
in einer Großstadt."

Gerührt gab er ihr einen Kuss auf die Wange.
„Wenn du willst, schicke ich dir noch eine Nachricht,
wenn ich angekommen bin."

Robin nickte und nahm ihn zum Abschied in die
Arme. „Danke, dass du hergekommen bist."

Er lächelte, stand auf und wandte sich zur Tür.
Als diese ins Schloss fiel, ließ sich das Mädchen auf
ihr Bett fallen und lächelte glücklich. Dann raffte sie
sich auf und humpelte ins Badezimmer, um sich für
die Nacht fertig zu machen.

Indes hatte Pierre das Reha-Zentrum verlassen
und den missbilligenden Blick der Dame am
Empfang absichtlich ignoriert. Scheinbar war es
nicht üblich, sich um diese Zeit noch hier
aufzuhalten. Nachdem er das Gebäude verlassen
hatte, lehnte er sich für ein paar Minuten an einen
Baum und atmete tief durch. Was zum Teufel war
nur mit ihm los? Bisher hatte es ihn doch auch nicht
gestört, wenn er sie berührt hatte, und plötzlich
spielte sein Körper verrückt, wenn er ihr zu nahe
kam. Er musste dieses merkwürdige Gefühl unter
Kontrolle bringen – und das so schnell wie möglich,
sonst würde er ihre Freundschaft gefährden.

Eine halbe Stunde später kam er in der Herberge
an, legte sich in sein Bett und schrieb eine WhatsApp

an Robin, in der er ihr mitteilte, dass er gut angekommen sei. Kaum hatte er das Handy zur Seite gelegt, um sich umzuziehen, deutete ein Piepen an, dass er eine Nachricht hatte. Neugierig öffnete er es erneut und las Robins Antwort. Am Ende war es fast elf, als er sein Handy schließlich endgültig zur Seite legte und sich in die Bettdecke kuschelte. Mit einem seligen Lächeln auf den Lippen schlief er endlich ein.

Trotz der späten Stunde, zu der er ins Bett gegangen war, sprang er schon früh aus den Federn und konnte es kaum erwarten, wieder zum Reha-Zentrum zu laufen. Da es jedoch noch zu früh fürs Frühstück war, ging er erst einmal ausgiebig duschen und genoss das Kribbeln, das das Wasser auf seiner Haut verursachte. Als einer der Ersten betrat er den Speisesaal und labte sich an der Auswahl an verschiedenen Brötchen. Frisch gestärkt machte er sich schließlich auf den Weg zu seiner Freundin, die ihn bereits vor dem Gebäude erwartete. Gut gelaunt liefen, beziehungsweise rollten sie zur Bushaltestelle und stiegen schließlich vor dem Zoo aus, der glücklicherweise über eine eigene Haltestelle verfügte. Die Tore waren noch verschlossen und ein Blick auf die Uhr zeigte ihnen, dass sie sich noch ein bisschen gedulden mussten.

Wenig später betraten sie den Tierpark und schlenderten gemütlich über das weitläufige Gelände. Heute war wieder alles so, wie in den Wochen nach dem Koma. Sie unterhielten sich, lachten zusammen und nahmen sich gegenseitig auf den Arm. Von dem gestrigen Gefühlschaos merkte der Junge nichts mehr und war im Stillen sogar froh darüber, weil er mit diesen Gefühlen aktuell nicht umzugehen verstand.

Gegen Mittag lud Pierre sie zu Pommes und Cola ein und sie ruhten sich im Schatten eines großen Baumes ein wenig aus, bevor sie weitergingen. Hin und wieder ging Robin ein paar Schritte mit ihren Krücken – einmal, um ihren Freund zu entlasten, der es ja auch nicht gewohnt war, die ganze Zeit einen Rollstuhl zu schieben, andererseits aber auch, um ein wenig zu üben und besser an die Umzäunungen der einzelnen Gehege zu kommen.

„Wollen wir noch in das Nacht-Tier-Haus, bevor wir gehen?", fragte Robin, als sie schon fast am Ende angekommen waren.

„Gerne, aber ich fürchte, da können wir den Rollstuhl nicht mitnehmen. Traust du dir das schon zu?"

„Klar, ich muss ja nicht unbedingt auf der Prothese laufen. Notfalls benutze ich nur das gesunde Bein, das halte ich im Moment noch etwas länger aus."

„Na gut, aber sag' bitte Bescheid, wenn es nicht mehr geht."

„Und dann? Trägst du mich auf Händen zu meiner Kutsche?", lachte sie vergnügt, doch Pierre war nicht nach Scherzen zumute und antwortete ernst: „Wenn's sein muss, ja."

Robin stemmte sich aus dem Rollstuhl und gab

ihm einen Kuss auf die Wange. „Danke." Jetzt grinste der Junge wieder und gemeinsam machten sie sich auf den Weg in das Gebäude, nachdem Pierre den Rollstuhl neben dessen Eingang ordentlich an der Seite geparkt hatte.

„Huch, ist das dunkel hier", stellte Robin erstaunt fest.

Pierre grinste. „Ist ja auch ein *Nacht*-Tier-Haus."

„Stimmt", gab sie zu, konnte aber das leicht ungute Gefühl nicht verdrängen. Sie hatte noch nie Angst im Dunkeln gehabt, warum also schnürte es ihr die Brust zu? Sie gingen einen schmalen, dunklen Gang nach unten, der zu den Glasvitrinen führte, durch die man die einzelnen Spezies betrachten konnte. Nur eine Notbeleuchtung sorgte dafür, dass man erkennen konnte, wohin man lief. Eine der Lampen war defekt und flackerte, wodurch sich das Licht zu bewegen schien.

Plötzlich flammten Bilder vor Robins Augen auf: eine Feuerwand, die in der Dunkelheit flackerte, ein dunkler Gang, in dem Pferde ängstlich wieherten und sie hörte, wie es knisterte. Pierre konnte in der Dunkelheit ihren Gesichtsausdruck nicht erkennen, bemerkte jedoch, dass sie plötzlich stehen blieb.

„Alles okay mit deinem Bein?" Das Mädchen gab keine Antwort und als er sie am Arm berührte, spürte er, wie ihre Arme so stark zitterten, dass die Krücken anfingen zu wackeln und sie plötzlich nach Luft schnappte. „Robin?", fragte er erneut, doch die einzige Reaktion waren ein paar Krücken, die polternd zu Boden fielen. Pierre reagierte sofort, griff ihr unter den Armen durch und hob sie hoch. Er war inzwischen nicht mehr so schwach, wie zu dem Zeitpunkt, als er das erste Mal den Storchenhof betreten hatte. Die Reitstunden, die frische Luft und die gute Ernährung durch seine Eltern hatten ihn kräftiger werden lassen, sodass es ihm nicht allzu große Schwierigkeiten machte, das Mädchen nach draußen zu bringen, wo er sie vorsichtig in den Rollstuhl setzte. Langsam schlug sie die Augen auf und atmete tief durch.

Ein junger Mann hatte die Krücken aufgehoben und brachte sie nach draußen, wo er sie Pierre in die Hand drückte. „Brauchst du Hilfe?", fragte er freundlich, doch der Junge schüttelte den Kopf.

„Vielen Dank. Aber ich denke, es geht schon wieder. Vielleicht war der Ausflug doch noch ein bisschen zu anstrengend. Sie läuft noch nicht lange an Krücken." Der Mann wünschte ihnen noch alles Gute und verschwand wieder in dem Gebäude.

„Alles in Ordnung, Robin?", fragte Pierre nun doch ein wenig besorgt, als er ihr blasses Gesicht bemerkte.

„Alles gut", schwindelte sie, obwohl sie sich immer noch etwas wackelig fühlte. „Du hast vermutlich Recht: ich habe mir zu viel zugemutet. Vielleicht lassen wir das besser mit dem Nacht-Tier-Haus." Robin wusste selber nicht so genau, warum sie ihm nicht die Wahrheit sagen wollte. Während Pierre sie zum Ausgang schob, dachte sie kurz darüber nach, verwarf den Gedanken dann aber wieder. Da musste sie selber durch!

Auch an diesem Abend aßen sie zusammen und anschließend brachte Pierre sie wieder in ihr Zimmer. Der Tag an der frischen Luft, die viele Bewegung und vor allem die Panikattacke hatten sie doch mehr angestrengt, als sie eigentlich zugeben wollte. Doch Pierre war feinfühlig genug, um auch so zu merken, dass sie ein bisschen Ruhe benötigte. Als er ihr erneut bei der Versorgung des Stumpfs half, blickte er ein wenig besorgt auf die Rötungen. „Weißt du, ob das normal ist?"

„Keine Ahnung. Ich schätze mal, dass das einfach wegen der Umstellung ist."

„Könnte aber auch sein, dass irgendetwas nicht richtig passt und deshalb scheuert. Vielleicht solltest du das mit dem Therapeuten am Montag mal besprechen. Du hast da schon eine leicht offene Stelle."

„Wo?" Pierre zeigte es ihr, da die Stelle sehr versteckt war und Robin war erstaunt. „Das habe ich gar nicht bemerkt. Danke für die Info, ich werde das am Montag gleich mit Tom besprechen."

„Tu das. Ich lasse dich jetzt besser allein, damit du dich ausruhen kannst. Morgen früh komme ich nochmal vorbei. Mein Zug fährt erst um drei." Er beugte sich zu ihr hinunter und gab ihr einen Kuss auf die Stirn, genau wie er es auch im Krankenhaus immer getan hatte.

„Schreibst du mir wieder, wenn du angekommen bist?"

Er lächelte. „Klar."

Auch an diesem Abend schrieben sie noch eine Weile hin und her, bis sie schließlich die Telefone zur Seite legten. Während der Junge mit einem Lächeln auf dem Gesicht ins Land der Träume entschwand, lag Robin noch lange mit offenen Augen in ihrem Bett und starrte an die Decke. Sie hatte Angst, die Augen zu schließen. Zu frisch war die Erinnerung an die Bilder, die ihr im Zoo erschienen waren. Warum hatte sie plötzlich Angst vor der Dunkelheit? Der Unfall war bereits über zwei Monate her und bisher hatte sie doch auch keine Schwierigkeiten mit der Verarbeitung gehabt.

Schließlich ließ sie die Nachttischlampe die ganze Nacht brennen und fiel in einen unruhigen Schlaf. Immer wieder wachte sie schweißgebadet auf und am nächsten Morgen war sie alles andere als ausgeruht und ging erst einmal ausgiebig duschen, um die Müdigkeit zu vertreiben. Es half nur bedingt und als Pierre schließlich mit seinen Taschen in der Klinik auftauchte, blickte er sie besorgt an. „Alles okay bei dir? Du siehst müde aus."

„Natürlich, habe nur ein bisschen schlecht geschlafen. Aber es ist alles in Ordnung."

„Dann sollten wir besser hierbleiben und nicht in die Stadt gehen, wie wir geplant hatten. Oder möchtest du lieber in den Park runter gehen?"

„Lieber in den Park. Hier im Zimmer ist es so

stickig bei dem Wetter."

„Also gut", lachte er, „einmal Park. Bitte einsteigen, ich bringe Sie zu ihrem Zielort."

Robin grinste. „Du spinnst. – Ich glaube, die Prothese lasse ich heute hier", sagte sie dann und lief mit den Krücken vors Zimmer, um sich in den Rollstuhl fallen zu lassen. Im Park setzten sie sich zusammen auf eine Bank, um sich zu unterhalten. Dabei beobachtete Pierre das Mädchen genau, weil er das Gefühl hatte, das irgendetwas anders war.

„Habe ich irgendetwas getan oder dich ge-ärgert?", fragte er schließlich gegen Mittag.

Robin blickte überrascht auf. „Nein, wieso glaubst du das?"

„Ich weiß auch nicht. Irgendwie bist du so komisch, seit wir gestern im Zoo waren. Seit deinem Zusammenbruch im Nacht-Tier-Haus. Als wenn du plötzlich vor mir Angst hättest."

Robin schwieg und senkte verlegen den Kopf. Sie hatte Angst, er könnte sie auslachen, wenn sie ihm erzählte, dass sie Angst vor der Dunkelheit hätte. Doch dann hob sie den Kopf und blickte ihm in die dunklen Augen, die sie liebevoll anblickten. Nein, er würde nicht lachen – das wurde ihr in diesem Moment klar. „Ich hatte keinen Schwächeanfall gestern", gestand sie schließlich und Pierre blickte verwirrt.

„Nein? Was dann?"

„Als wir gestern in dieses Haus sind… dieser dunkle Gang, da hatte ich fast sowas wie Platzangst.

Und als dann die eine Lampe zu flackern anfing, war plötzlich alles wieder da."

„Was war da?", fragte er sanft und nahm ihre Hand in seine.

„Der Stall, die panischen Pferde und das flackernde Feuer. Ich war wieder auf dem Hof, in dem brennenden Stall und ich habe keine Luft bekommen. Es war, als wenn mich jemand unter Wasser drücken würde, ich konnte nicht mehr atmen."

„Hattest du das schon öfter?"

„Nein, es war das erste Mal. Ich dachte gestern, dass das vielleicht wegen der Anstrengung war, aber heute Nacht hatte ich Angst, das Licht auszumachen und als ich endlich eingeschlafen bin, hatte ich wieder diese Bilder vor Augen. Ständig bin ich aufgewacht und habe kaum geschlafen."

„Kein Wunder, dass du so erschöpft aussiehst. Vielleicht sollte ich dich besser nach oben bringen, damit du wenigstens heute Mittag ein bisschen schlafen kannst. Und wenn das nicht aufhört, musst du mit deinem Arzt sprechen, Robin. Hier gibt es doch bestimmt auch Psychologen, die dir vielleicht helfen können."

„Ich hab' doch keinen an der Waffel", widersprach sie heftig.

„Natürlich nicht", versuchte er, sie zu beruhigen, „Aber du hattest einen schweren Unfall, ein Trauma, wenn du so willst. Und jeder Mensch verarbeitet so etwas anders. Manche brauchen dabei Hilfe." Pierre machte eine kurze Pause. „Ich auch", gab er dann zu.

„Du?"

„Ja, wegen meiner Krankheit. Ich habe vor ein paar Jahren mal fast aufgegeben. Ich wollte die Therapie und ihre Nebenwirkungen nicht mehr ertragen. Ich wollte einfach nur sterben. Meine Eltern wussten sich nicht mehr zu helfen und haben mich zu einem Psychologen gebracht. Mit ihm konnte ich über meine Ängste und Gefühle reden und er hat mir geholfen, meinen Mut zum Kämpfen wiederzufinden. Und heute bin ich froh, dass sie es getan haben. Sonst hätte ich dich nie kennengelernt."

Während Robin ihm zuhörte, wurde ihr zum ersten Mal richtig bewusst, dass sein Leidensweg viel länger und beschwerlicher gewesen war, als ihrer, und auch sie war froh, dass er in ihr Leben getreten war. Sanft legte sie ihre Hand an seine Wange und blickte ihn an. Sie bemerkte gar nicht, wie sein Gesicht sich ihr näherte, so fasziniert war sie von seinen Augen. Dann legten sich seine Lippen sanft auf ihre und ein Gefühl der Wärme und Geborgenheit machte sich plötzlich in ihr breit. Für einen Moment schloss sie die Augen und genoss dieses aufregende, neue Gefühl. Doch genauso schnell, wie der Moment gekommen war, war er auch wieder vorbei, da Pierre plötzlich zurückzuckte, als ihm klar wurde, was er da tat, und erschrocken aufsprang.

„Entschuldige bitte… es… es tut mir leid… ich hätte nicht…" Der Junge brach ab, entfernte sich ein paar Schritte und lehnte sich gegen einen Baum, um die Kontrolle wiederzufinden. Robin hingegen war immer noch perplex und versuchte zu verstehen, was da gerade passiert war. Sie war ihm überhaupt nicht böse, auch wenn er das zu denken schien, doch sie brauchte ein paar Sekunden, um ihre eigenen Gefühle zu ordnen. Dann schnappte sie sich ihre Krücken und stemmte sich auf das gesunde Bein. Mit wenigen Schritten war sie bei ihm, nahm beide Krücken in die linke Hand, um sich abzustützen, und legte ihm die rechte auf die Schulter. „Pierre?" Robin drehte den Jungen zu sich um und war erstaunt über die Tränen, die in seinen Augen blitzten. Sanft wischte sie sie weg und legte ihm erneut die Hand an die Wange. „Es gibt nichts, wofür du dich entschuldigen müsstest", sagte sie leise und zog sein Gesicht näher. Diesmal war sie es, die ihre Lippen auf seine legte und Pierre ließ es überrascht geschehen. Als sie ihn los ließ und ihre Gehhilfen wieder in beiden Händen hielt, grinste sie ihn verlegen an. Auch der Junge wusste nicht, was er sagen sollte, doch das Leuchten in seinen Augen war nicht zu übersehen. Langsam gingen sie zurück zur Bank und setzten sich wieder. Schweigend legte er seinen Arm um sie und Robin ließ ihren Kopf an seine Schulter sinken. Eine ganze Weile saßen sie so, ohne ein Wort zu sagen und Pierre hing seinen Gedanken nach, als er plötzlich bemerkte, dass Robin eingenickt war. Lächelnd blickte er in das schlafende Gesicht, dass ihm in den letzten Wochen so vertraut geworden war und gab ihr einen Kuss auf die kurzen, blonden Haare, die seit dem Unfall wieder gewachsen waren.

Erst gegen zwei Uhr weckte er sie sanft auf. Es wurde Zeit für ihn zu gehen, damit er seinen Zug nicht verpasste, auch wenn er viel lieber hier geblieben wäre. Aber vielleicht konnte er sie noch einmal am Wochenende besuchen kommen, so lange sie hierbleiben musste.

Eine Stunde später saß er im Zug nach Hause, doch dieses Mal bekam er nicht viel von der Landschaft mit, weil er die gesamten vier Stunden mit Robin Nachrichten austauschte.

WIEDER DAHEIM

In der nächsten Woche erlebte Robin einen weiteren Rückschlag. Die Wunde an ihrem Bein hatte sich entzündet und musste erst wieder ausheilen, bevor die Prothese richtig angepasst werden konnte. Deshalb war sie oft deprimiert und suchte Halt in den regelmäßigen Gesprächen mit Pierre. Am Wochenende bekam sie Besuch von ihrer Mutter, die sie ebenfalls ein bisschen aufheitern wollte, was aber nicht so recht funktionierte. Wenigstens hatte sie keine Albträume mehr, auch wenn sie nach wie vor nachts ein kleines Licht brennen ließ. Doch die Bilder, die sie in Angst versetzten, waren nicht wieder aufgetaucht. Deshalb hatte sie auch darauf verzichtet, sie bei ihren Eltern oder ihrem Arzt zu erwähnen, was Pierre allerdings nicht wusste.

Zwei Wochen nach seinem ersten Besuch, fuhr er wieder mit dem Zug zu ihr. Da er jedoch bis nach der Schule warten musste, kam er erst freitagabends dort an, sodass er direkt in die Jugendherberge ging und sie lediglich per Telefon Kontakt aufnehmen konnten. Doch den gesamten Samstag und den Sonntagmorgen verbrachten sie zusammen. Inzwischen hatte Robin eine neue Prothese bekommen, die wesentlich besser saß und machte kleine, aber deutliche Fortschritte bei ihren Gehübungen. Sie konnte sogar mit ihm ein wenig im Park spazieren gehen, auch wenn es nach wie vor recht anstrengend für das Mädchen war und die Bewegungen alles andere als flüssig aussahen. Robin tankte bei seinem Besuch neue Kraft und Zuversicht, die er ihr in den Telefonaten aus der Ferne nicht hatte vermitteln können.

„Meinst du, du schaffst es in zwei Wochen noch einmal, zu kommen, Pierre? Es würde mir viel bedeuten", sagte sie bei der Verabschiedung am Sonntagmittag.

„Aber kommst du dann nicht schon nach Hause?", fragte er überrascht, da zu diesem Zeitpunkt die veranschlagten sechs Wochen der Reha eigentlich um sein würden.

„Ich muss leider noch länger bleiben. Die Infektion hat die Therapien zurückgeworfen, weil ich durch die Schmerzen nicht trainieren konnte. Ich muss leider noch ein bis zwei Wochen länger bleiben."

„Dann werde ich wohl noch einmal den weiten Weg auf mich nehmen müssen", grinste er und gab ihr einen Kuss. „Ich kann dich ja nicht so lange alleine lassen. Wer weiß, auf was für Gedanken du sonst kommst."

Robin boxte ihn liebevoll in die Seite. „Sei nicht so frech", schimpfte sie.

„Sonst?"

125

Robin überlegte einen Moment. „Sonst lasse ich dich nicht gehen und du verpasst deinen Zug."

„Keine gute Idee, Robin. Dann darf ich vielleicht nicht noch einmal kommen", stellte er fest und umarmte sie zum Abschied. „Pass' auf dich auf, Prinzessin."

Pierre hielt sein Versprechen und besuchte sie auch zwei Wochen später wieder. Der Junge war erstaunt über die Fortschritte, die sie in den letzten Wochen gemacht hatte. Sie konnte inzwischen sogar einzelne Schritte ohne Gehhilfen laufen und hatte diese nur für den Fall, dass sie das Gleichgewicht verlor, was hin und wieder noch vorkam. Es war nun einmal doch etwas Anderes, ob man auf einem fühlenden Fuß, oder einem Stück Metall und Kunststoff herumlief. Dennoch war Pierre stolz auf seine Freundin und zeigte ihr das auch. Zusammen gingen sie in die Stadt und setzten sich in ein gemütliches Café. Da es inzwischen kälter wurde, und Robin deshalb eine lange Hose anhatte, wurde sie auch nicht mehr von allen angestarrt, wie das sonst immer der Fall gewesen war und Robin machte einen viel unbeschwerteren Eindruck, als noch zwei Wochen zuvor.

Am Nachmittag machten sie es sich in ihrem Krankenzimmer bequem, da es angefangen hatte, zu regnen. Pierre hatte ihr schon das letzte Mal ein paar ihrer Lieblingsfilme mitgebracht und schließlich beschlossen sie, sich einen der Filme anzusehen, dessen

Buch er ihr während ihres Komas vorgelesen hatte. Es war schön, eine gemeinsame Leidenschaft zusammen zu genießen und während sie den Abenteuern auf dem Bildschirm folgten, schmiegte sich Robin vertrauensvoll in Pierres Arme. Der Junge warf ihr einen überraschten Blick zu, als sie ganz deutlich seine Nähe suchte. Sie hatten sich zwar inzwischen ein paar Mal geküsst, doch dieses Suchen nach seiner Nähe bemerkte er heute zum ersten Mal. Lächelnd zog er sie ein wenig näher und ohne es selber zu bemerken, streichelte er ihr sanft den Arm, der auf seinem Oberschenkel ruhte. Das Mädchen genoss die sanften Berührungen seiner Hand und fing schließlich an, mit ihren Fingern an seinem Oberschenkel entlangzufahren, was in ihm ein Feuer entfachte, das nach kurzer Zeit außer Kontrolle geraten wollte.

Sanft nahm er ihre Hand von seinem Bein, stand auf und trat an das offene Fenster, um die vom Regen kalte Luft einzuatmen und sein in Wallung geratenes Blut wieder abzukühlen. Er wusste, was Marcus an Robins Geburtstag mit ihr gemacht hatte, beziehungsweise was er mit ihr vorgehabt hatte. Auch wusste er, dass sie noch nicht soweit war und genaugenommen fand er sich selber auch zu jung für diesen Schritt, auch wenn ihm sein Körper gerade ganz etwas anderes klar zu machen versuchte. Er musste dieses Gefühl unterdrücken, sonst würde er ihre Beziehung gefährden. Sie war erst seit ein paar Monaten sechzehn, er würde bald siebzehn werden

– sie hatten noch so viele Jahre.

Robin war ebenfalls aufgestanden und hinter den Jungen getreten. Sanft legte sie die Hand auf seine Schulter. „Habe ich etwas falsch gemacht?"

Pierre drehte sich zu ihr um. „Nein, hast du nicht. Es tut mir leid, aber ich kann das nicht – nicht hier und nicht jetzt."

„Ist es deshalb?", fragte sie traurig und klopfte gegen ihre Prothese. Ein dumpfer Ton hallte durch das stille Zimmer, da sie den Film auf Pause gestellt hatte.

Pierre schloss sie in die Arme. „Natürlich nicht, Prinzessin. Das hat überhaupt nichts damit zu tun. – Es ist nur: ich weiß nicht, ob wir schon so weit sind. Ich möchte nicht, dass du es mir irgendwann vorwirfst. Gib uns noch etwas Zeit… bitte."

Robin nickte, nahm seine Hand und führte ihn zurück zu ihrem Bett. Von nun an achtete sie darauf, ihn nicht in Verlegenheit zu bringen und genoss es einfach, in seinen Armen zu liegen. Pierre hatte Recht: die Rehaklinik war wirklich nicht der passende Ort dafür.

Zwei Wochen später, zwei Tage vor den Herbstferien, durfte Robin endlich nach Hause. Ihre Mutter holte sie in der Reha-Klinik ab und Robin freute sich auf den Storchenhof und ihr Zimmer – sie konnte langsam kein Krankenzimmer mehr sehen. Seit über einem viertel Jahr war sie nicht mehr zu Hause gewesen. Ob sich irgendetwas verändert hatte?

Würden die Pferde sie noch erkennen?

Als ihre Mutter das Fahrzeug abstellte und Robin ausstieg, blickte sie sich erwartungsvoll um. Alles sah genauso aus, wie sie es in Erinnerung hatte: das Haus, die Stallgebäude und die Koppeln. Alles war wie immer. Erleichtert atmete sie den Duft nach Heu und Pferd ein. Wie hatte sie das vermisst!

„Darf ich ein bisschen über den Hof gehen, Mutti?", fragte sie, während Frau Keller ihr Gepäck aus dem Auto lud.

„Natürlich, Mäuschen. Geh' nur. Ich bringe deine Sachen in dein Zimmer, dann kannst du nachher in Ruhe auspacken. Pierre kommt heute Nachmittag vorbei, wenn er mit den Hausaufgaben fertig ist."

„Danke, Mutti", sagte Robin und die Vorfreude auf seinen Besuch kribbelte ihr im Bauch. Inzwischen lief das Mädchen ohne Gehhilfen, aber aus Sicherheitsgründen noch recht langsam. Man konnte ein leichtes Hinken bemerken, doch wenn man nicht so genau hinschaute, lief sie fast wie jeder andere – nur eben etwas gemächlicher. Auch das würde im Laufe der Zeit besser werden, aber für den Anfang war sie schon froh, dass sie es überhaupt so weit geschafft hatte.

Sie ließ sich Zeit, während sie über den Hof ging. Da noch Schule war, waren nur wenige Einsteller aktuell mit ihren Pferden beschäftigt. Von Weitem konnte sie sehen, wie ihr Vater zwei Damen im mittleren Alter auf dem Platz unterrichtete und ein Mann führte gerade sein Tier aus dem Stall, um es aufzusatteln. Es war ruhig auf dem Hof – zu ruhig, wie sie fand, doch sie brauchte eine Weile, um zu verstehen, was fehlte: Purzel rannte ihr nicht zwischen den Füßen herum, sprang nicht an ihren Beinen hoch und bellte auch nicht, wenn ihm irgendetwas nicht passte. Der kleine Jack-Russel würde nie wieder irgendetwas anbellen. Während ihr das klar wurde, liefen ihr ein paar Tränen über die Wangen. Bisher hatte sie den Verlust der beiden Tiere verdrängen können, doch hier auf dem Hof traf sie die Erkenntnis wie ein Schlag ins Gesicht.

Eigentlich hatte sie zu Jacks Box gehen wollen, doch angesichts der Tatsache, dass ihr das Fehlen des kleinen Hundes bereits so nahe ging, hielt sie es für besser, dem Stall fern zu bleiben. Dafür war später auch noch Zeit. Stattdessen wischte sie sich die Tränen weg und lief in Richtung Reitplatz, wo ihr Vater gerade den beiden Reitschülerinnen erklärte, wie man eine Volte richtig ritt. Während er aus dem Sattel sprang und die eigentliche Reiterin wieder aufsitzen ließ, fiel sein Blick auf seine Tochter. Ein Lächeln breitete sich auf seinem Gesicht aus und er bat die beiden Reiterinnen, einen Moment allein weiter zu üben.

„Robin!", rief er glücklich und beugte sich unter dem Zaun hindurch, um sie in die Arme zu schließen. „Ist das schön, dass du wieder da bist. Wir haben dich alle so vermisst." Robin lächelte matt und ihr Vater hielt sie ein Stückchen von sich entfernt, um ihr ins Gesicht sehen zu können. „Ist alles in Ordnung?"

„Ja, Papa, alles in Ordnung. Ich musste nur gerade an Purzel denken."

Herr Keller zog seine Tochter erneut in die Arme und strich ihr über das kurze Haar. „Er fehlt uns allen, Robin. Purzel war ein wunderbarer kleiner Kerl."

Robin nickte, löste sich aus seiner Umarmung und entfernte sich vom Reitplatz. Herr Keller blickte ihr noch kurz nach, bevor er sich wieder seinen Reitschülerinnen zuwendete. Das Mädchen ging derweil an den Koppeln entlang und betrachtete die wenigen Pferde, die sich aktuell dort tummelten. Die meisten Tiere befanden sich aufgrund der kälter werdenden Temperaturen im Stall.

Lässig lehnte sie sich an den Koppelzaun, um die Tiere eine Weile zu beobachten, während sie das um diese Jahreszeit spärliche Gras auszupften. Nach einer Weile hob eines der Pferde den Kopf, betrachtete sie einen Moment und kam dann langsam auf sie zugelaufen. Robin kannte das Pferd, es gehörte ihrer Mutter. Sie selbst hatte auf Bonnie reiten gelernt, als sie klein war. Erwartungsvoll streckte sie dem Braunen die Hand entgegen, doch als die Stute nur noch zwei Meter von ihr entfernt war, zog sie sie plötzlich zurück, als wenn sie einen elektrischen Schlag bekommen hätte. Robins Atmung beschleunigte sich, ihr Herz fing an zu rasen und ihre Hände wurden feucht.

Die Stute kam immer noch näher und streckte

neugierig die Nase über den Koppelzaun, um das Mädchen zu begrüßen. Doch Robin sah etwas anderes. Sie sah ein steigendes Pferd, Hufe, die durch die Luft wirbelten und auf sie niederprasselten, einen mächtigen Pferdeleib, der über ihr stand und auf sie einschlug. Robin wollte schreien, doch ihre Stimme versagte ihr den Dienst.

Panisch lief sie rückwärts, stolperte und fiel auf den Boden. Mit den Armen versuchte sie, ihren Kopf zu schützen und schloss die Augen. Doch der erwartete Schlag kam nicht. Das Mädchen lag eine ganze Weile zitternd am Boden, bis sie endlich hörte, wie sich Hufe entfernten und sie vorsichtig hervorlugte. Die Stute ging zurück zu ihren Artgenossen und Robin atmete erleichtert auf. So schnell sie konnte, rappelte sie sich auf und versuchte, so viel Raum wie möglich zwischen sich und die Koppel zu bringen.

Noch immer war ihr Puls viel zu hoch, sie konnte ihren eigenen Herzschlag deutlich hören, während sie zurück zum Haus ging. Ihre Mutter war im Büro und hörte nicht, wie sie das Haus betrat. Zielstrebig ging sie in ihr Zimmer und erst als sie die Tür hinter sich schloss, atmete sie erleichtert auf und ließ sich auf ihr Bett fallen. Langsam beruhigte sich ihre Atmung wieder und sie blickte sich in ihrem Zimmer um. Alles sah wie immer aus: ihre Schultasche stand unter dem Schreibtisch, ihr Bett war ordentlich gemacht, die Bücher standen in den Regalen und selbst ihre Kuscheltiere saßen wie immer auf der Ablage hinter ihrem Bett. Ihre Mutter hatte ihre Tasche neben das Bett gestellt, genau wie die Gehhilfen, die sie benötigte, wenn sie keine Prothese trug

Nachdem sie sich umgesehen hatte, hob sie ihre Tasche auf das Bett und fing an, ihre Sachen auszupacken. Als sie alles sortiert und weggeräumt hatte, schob sie die Tasche unter das Bett. Ihr Blick fiel auf ihren Wecker: 13:00 Uhr. Ob Pierre schon Schluss hatte? Sie war sich nicht sicher, ob er heute nach der sechsten Stunde fertig war, oder noch länger Unterricht hatte. Aber sie wollte ihn nicht in Schwierigkeiten bringen, wenn mitten in der Schule sein Handy brummen würde. In ihrer Schule war während des Aufenthaltes dort Telefonverbot, deshalb wollte sie warten. Irgendwann würde er schon auftauchen. Seufzend legte sie sich aufs Bett und starrte an die Decke, als sie plötzlich von einem Piepen aufgeschreckt wurde. Erwartungsvoll nahm sie das Handy in die Hand, lächelte und schrieb zurück.

⊕ *Bist du schon zu Hause? Musste gerade an dich denken. P.*

⊕ *Ich auch. Bin seit zwei Stunden da. Hat sich nichts verändert. Schon Schulschluss?* ☺

⊕ *Was soll sich auch verändert haben? – Bin gerade im Bus.*

⊕ *Weiß ich auch nicht. Dachte nur. Kommst du nachher?*

⊕ *Klar, muss doch meine Prinzessin begrüßen☺. Aber erst essen☻ und English-Hausi☹*

☺ *Kann es kaum erwarten. Habe dich vermisst.*

☺ **Ich dich auch. Bis später. Freue mich.**

☺ *Und ich erst!*

Lächelnd legte sie das Telefon auf ihren Nachttisch, schloss die Augen und stellte sich Pierres Gesicht vor, das sie zärtlich anlächelte. Als sie die Augen wieder öffnete, dachte sie zuerst, dass ihr Gehirn ihr einen Streich spielen würde, denn sie blickte genau in die dunklen Augen, die ihr inzwischen so vertraut waren. Der Junge saß auf ihrer Bettkannte und lächelte sie an. Verwirrt setzte sie sich auf. „Aber wir haben doch gerade erst geschrieben?"

Pierre lächelte. „Das ist schon über zwei Stunden her, Robin. Es ist so schön, dass du wieder hier bist." Damit nahm er sie zärtlich in die Arme und gab ihr einen Willkommenskuss.

Immer noch verwirrt blickte sie auf den Wecker: 15:30 Uhr. Tatsache! Sie musste nach dem Schreiben eingeschlafen sein. „Entschuldige bitte. Ich bin wohl eingenickt."

„Ich weiß, Prinzessin. Und du sahst so friedlich aus."

„Bist du schon länger da?", fragte sie überrascht.

„Seit zwanzig Minuten. Ich habe es zu Hause einfach nicht mehr ausgehalten. Englisch kann ich auch heute Abend fertig machen. Du bist wichtiger."

Robin lächelte gerührt. „Lass' das aber nicht deine Eltern hören, sonst bekommst du demnächst Besuchsverbot."

„Kann ich mir nicht vorstellen. So lange meine Noten nicht drunter leiden, kann ich machen, was ich will. Meine Eltern sind da ganz entspannt. Sie wollen, dass ich mein Leben genießen kann. Ich musste mich lange genug an Vorschriften und Einschränkungen halten."

Robin nickte verständnisvoll. Inzwischen konnte sie sich wenigstens ein bisschen vorstellen, wie sein Leben während der Krankheit gewesen sein musste. „Das ist gut so", sagte sie leise.

„Warst du schon bei den Pferden? Oder wollen wir zusammen gehen?", fragte Pierre jetzt und Robins Magen zog sich bei seinen Worten zusammen.

„Ich war schon vorhin bei den Pferden. Wollen wir nicht lieber ein bisschen spazieren gehen? Ich wäre gerne ein wenig mit dir allein."

Pierre grinste. „Natürlich. Wenn dir das lieber ist. Ich bin dabei." Er griff seine Jacke, die er über ihren Stuhl gehängt hatte, nahm auch ihre vom Haken und hielt sie ihr anschließend hin, damit sie hineinschlüpfen konnte. Zusammen gingen sie die Treppe hinunter, was Robin noch etwas Probleme bereitete. Doch solange sie ein Geländer hatte, an dem sie sich festhalten konnte, war alles in Ordnung. Anschließend schlenderten sie über Wiesen und Felder in Richtung Meer. Robin sog die salzige Luft ein, die ihnen entgegenströmte, als der Wind vom Meer her auf sie zuwehte. „Glaubst du, das geht mit dem Sand?", fragte Pierre besorgt, als sie schließlich an den Strand kamen.

Robin blickte etwas unschlüssig auf den lockeren Sandboden. „Ich habe ehrlich gesagt keine Ahnung. Das haben wir in der Reha nie geübt. Aber wenn du mir hilfst, schaffen wir das schon." Sie ergriff den Arm des Jungen und machte einen ersten Schritt. Da der Sand nachgab, war es eine recht wackelige Angelegenheit und strengte unheimlich an, doch nach einer Weile gewöhnte sie sich an den weichen Boden und es ging etwas besser. Schließlich ließen sie sich in den Sand fallen und blickten aufs Meer hinaus. Robin legte ihren Kopf auf seine Schulter und seufzte. „Wie habe ich das vermisst."

„Was meinst du?", fragte er grinsend. „Mich als Kopfstütze zu missbrauchen oder aufs Meer zu blicken?"

„Beides", lachte sie vergnügt. Eine ganze Weile saßen sie so zusammen und genossen einfach die Nähe des Anderen. Gegen fünf machten sie sich langsam wieder auf den Rückweg, da Pierre um sechs Uhr eine Reitstunde bei ihrem Vater hatte. Als sie den Storchenhof betraten, wurde es bereits langsam dämmrig.

„Schaust du bei der Stunde zu, Robin?", fragte Pierre erwartungsvoll, als sie sich dem Stall näherten.

Sofort spürte Robin, wie sie nervös wurde, während sie auf den Stall zuliefen. Sie wollte nicht dorthin, es war gefährlich! „Sei mir bitte nicht böse, Pierre. Aber das Laufen im Sand hat mich doch ganz schön angestrengt. Ich würde mich gerne etwas hinlegen." Das Mädchen bemerkte das enttäuschte Gesicht ihres Freundes, als sie ihm einen Kuss gab und sich zum Gehen wandte. Es zerriss ihr fast das Herz, ihn anlügen zu müssen, aber wie sollte sie ihrem Freund erklären, dass *sie*, die einst talentierte Springreiterin, die sich nicht vorstellen konnte, auch nur einen Tag ohne ihre Pferde überstehen zu können, plötzlich Angst vor diesen Tieren hatte?

Traurig machte sich Pierre auf den Weg zu dem Schulpferd, dass er regelmäßig in der Reitstunde ritt, um es zu putzen. Dabei dachte er über Robin nach. Früher hatte sie keine Gelegenheit ausgelassen, um sich bei den Pferden herumzutreiben. Sie hätte sich auch auf die Bank in der Halle setzen können, wenn sie müde war. Oder hatte er vielleicht irgendetwas gesagt oder getan, dass sie nicht mehr bei ihm bleiben wollte? Gedankenverloren striegelte er das Pferd und bemerkte dabei gar nicht, wie Herr Keller hinter ihn trat. „Ich denke mal, seine linke Seite ist langsam sauber genug, Pierre. Was hältst du davon, mal auf die andere zu wechseln?"

Pierre schreckte auf und blickte in das grinsende Gesicht von Robins Vater. „Was?... Ach ja... stimmt... sofort", stotterte er verwirrt.

Herr Keller blickte ihn irritiert an. „Alles okay, Junge?"

„Ja, natürlich. Ich war nur in Gedanken", sagte er schnell und beeilte sich, sein Pferd fertig zu putzen. Während der Reitstunde schaffte Pierre es, seine Gedanken in den Hintergrund zu drängen und konzentrierte sich auf den Unterricht. Er hatte in den letzten Monaten große Fortschritte gemacht und Herr Keller war sehr zufrieden mit ihm.

Nachdem er schließlich das Pferd abgesattelt und zurück in den Stall gebracht hatte, schaute er noch einmal kurz bei Robin vorbei, die in ihrem Zimmer saß und las. „Habe ich irgendetwas falsch gemacht, weil du vorhin nicht mitgekommen bist, Robin?", fragte er vorsichtig, als er ihr Zimmer betrat.

Das Mädchen zuckte zusammen, als wenn er ihr eine Ohrfeige gegeben hätte. „Nein, natürlich nicht. Ich war einfach nur erschöpft. Es tut mir leid. Das nächste Mal komme ich bestimmt mit", beeilte sie sich schnell zu sagen und Pierres Gesicht hellte sich wieder ein wenig auf, bevor er sich verabschiedete und nach Hause ging.

Doch auch in den nächsten Tagen fand Robin immer wieder eine Ausrede, um nicht in den Stall oder zu den Pferden zu müssen. Als er am letzten Schultag direkt nach der Schule auf den Storchenhof kam, erzählte sie ihm, dass sie die letzten Stunden im Stall gewesen wäre und viel lieber mit ihm an den Strand wollte. Und als am Wochenende ein Herbststurm über den Hof fegte, bat sie ihn, doch lieber in ihrem Zimmer zusammen einen Film zu schauen. Auch zu seiner nächsten Reitstunde am Sonntagnachmittag konnte sie nicht in die Halle kommen, weil die Prothese schmerzte und sie diese dringen für eine Weile ausziehen müsse.

Pierre kam das langsam komisch vor. Seit sie aus der Rehaklinik entlassen worden war, hatte er Robin noch nicht ein einziges Mal im Stall, auf den Koppeln oder in der Reithalle gesehen, auch wenn sie das Gegenteil behauptete. War die Erinnerung an Jumping Jack noch so schmerzhaft für sie, dass sie die anderen Tiere und deren Zuhause mied, weil sie Angst vor dem Schmerz hatte? Während der Reitstunde fragte er Anna-Lena, die nach wie vor mit ihm zusammen in der Stunde ritt, ob sie das Mädchen schon einmal gesehen hatte. Doch die Reitschülerin verneinte.

Nach der Reitstunde setzte er sich noch eine Weile ins Reiterstübchen, trank ein Glas Cola und unterhielt sich mit einigen anderen Reitern. Doch auch dort hatte niemand das Mädchen in der Nähe der Pferde bemerkt. Seine Vermutung schien sich zu erhärten. Schließlich ging er in den Stall und blieb eine Weile vor der Box stehen, in der Jumping Jack gestanden hatte. Sie war noch immer leer, doch Herr Keller hatte das Namensschild und sein Ersatzhalfter sowie die Stalldecke entfernt. Nachdenklich strich er über die Stelle, an der das Schild gehangen hatte. „Ich dachte, es würde es Robin leichter machen, wenn ich seine Sachen weglege. Sie sind seit ein paar Wochen in einer Kiste in der Sattelkammer, für den Fall, dass sie sie haben möchte. Aber bisher hat sie noch nicht gefragt", erklärte Herr Keller, als er den Jungen so nachdenklich an der Boxentür fand.

„War Robin denn schon hier?", fragte dieser überrascht.

„Gesehen habe ich sie nicht, aber sie hat mir gesagt, dass sie bereits hier war. – Eigentlich müsste ich ein anderes Pferd in die Box stellen, aber ich habe es noch nicht übers Herz gebracht. Und im Moment wird sie nicht gebraucht. Vielleicht lassen wir sie einfach leer, bis Robin irgendwann ein neues Pferd bekommt."

„Darf sie denn wieder Reiten?"

„Die Ärzte haben grünes Licht gegeben. Sie benötigt jedoch einen speziellen Steigbügel, damit sich die Prothese nicht verhakt, beziehungsweise in den Bügel rutscht. Wir haben bereits einen solchen Bügel besorgt, aber bisher möchte sie es noch nicht versuchen. Sie soll selbst entscheiden, wann sie soweit ist. Und dann werden wir nach einem passenden Pferd für sie Ausschau halten. Robin kann ohne Pferde nicht leben. Es wird bestimmt nicht lange dauern, bis sie wieder im Sattel sitzt."

Herr Keller sagte das mit einer solchen Über-zeugung, dass Pierre sich seinen Kommentar verkniff, dass er sich darüber noch nicht so sicher wäre. Doch ihm war eine Idee gekommen. Nachdem er am Montagvormittag auf den Storchenhof kam und Robin zu ihrem gemeinsamen Spaziergang abholte, lenkte er das Gespräch absichtlich auf die beiden Tiere, die bei dem Feuer gestorben waren. Er hatte zwar ein schlechtes Gewissen, weil er wusste, dass er ihr damit wehtat, doch anders wusste er sich nicht zu helfen. Als er Jack und Purzel erwähnte, hatte das Mädchen Tränen in den Augen, fing sich aber recht schnell wieder. Es schien ihr zu helfen, über die beiden zu reden. Bisher hatten sie das immer vermieden. Und als sie eine Stunde später zurück zum Hof gingen, schien es fast, als wenn sie endlich die Tatsache akzeptierte hätte, dass die beiden nicht mehr da waren. „Vielleicht sollte ich die beiden ruhen lassen und sie so in Erinnerung behalten, wie sie waren. Es hilft weder ihnen noch mir, wenn ich weiterhin um sie trauere. Sie sind jetzt seit über drei Monaten tot und nichts wird die beiden zurückbringen." Robins Stimme zitterte nicht mehr, während sie das sagte und Pierre war richtig stolz auf seine Freundin. Aber die Gelegenheit, seinen Plan umzusetzen war zu günstig, um sie ungenutzt verstreichen zu lassen.

„Wenn du das so siehst, sollest du dann nicht vielleicht Jacks Box räumen? Du weißt schon: Halfter und Decke wegräumen, Namensschild entfernen. So was halt." Pierre hielt die Luft an, als er auf ihre Reaktion wartete.

„Vielleicht hast du Recht. Seine Box erinnert mich jedes Mal stark an ihn, wenn ich den Stall betrete. Ich werde mit Papa sprechen, ob es in Ordnung ist, wenn ich das Schild und seine Sachen wegräume."

Pierre blickte Robin eine Minute lang schweigend an. Er hatte also richtig vermutet. Sie war seit ihrer Rückkehr noch nicht im Stall gewesen. Der Junge nahm ihre Hand und zog sie auf eine Bank in der

Nähe des Hauses. „Was ist los, Robin?", fragte er mit ernster Stimme, als sie sich gesetzt hatte.

„Was soll den los sein?"

„Du lügst mich an, und deine Eltern auch."

„Was soll das? Warum sollte ich dich anlügen?", fragte sie entrüstet und blickte ihn irritiert an.

„Weil du noch gar nicht im Stall gewesen bist", sagte er leise.

Robin wurde nervös. „Natürlich bin ich das... ich war schon ganz oft... ich muss mich doch um die Tiere kümmern." Robin stiegen Tränen in die Augen, während sie sich stotternd verteidigte.

„Und warum weißt du dann nicht, dass dein Vater die Box bereits geräumt hat?" In seiner Stimme war kein Vorwurf zu hören. Sie war sanft und leise, vielleicht etwas traurig.

Robin senkte den Kopf, während ihr die Tränen immer noch über die Wangen rollten. „Ich habe mich nicht getraut", sagte sie schließlich. „Ich dachte, wenn ich sein Schild sehe, seine Decke anfasse – dann kommt der Schmerz wieder zurück, dann ist er wieder allgegenwärtig."

Pierre nahm sie in die Arme. „Ich glaube, genau deshalb hat dein Vater die Sachen weggeräumt. Er hat sie für dich aufgehoben, falls du sie haben möchtest. Das hat er mir gestern erst erzählt."

„Das ist gut", sagte sie schließlich und war fast ein wenig erleichtert, dass sie sich ihm anvertraut hatte. Für einen Moment überlegte sie, ob sie ihm auch von ihrer Angst vor Pferden erzählen sollte, entschied sich dann aber dagegen.

VERTRAUENSBRUCH

Pierre war zufrieden mit dem Ergebnis. Jetzt wusste er, dass sie einfach Angst vor der Erinnerung an Jack hatte. Damit konnte er leben, das würde bestimmt mit der Zeit vergehen. Er hatte keine Ahnung, dass sie noch ein anderes Problem hatte, von dem sie ihm nichts erzählte. Bei seiner nächsten Reitstunde am nächsten Vormittag fragte er sie erneut, ob sie nicht zusehen wollte. Da sie merkte, wie wichtig ihm das zu sein schien, sagte sie zu, wollte aber vorher noch einmal auf die Toilette gehen, wie sie sagte. Sie tauchte erst in der Halle auf, als Pierre sein Pferd bereits in die Reitbahn gebracht hatte und setzte sich auf eine der Zuschauerbänke. Während des Warmreitens blieb der Junge kurz mit seinem Tier an der Bande stehen. „Warum sitzt du denn so weit hinten?", fragte er verwundert, da Robin sich auf der hintersten Bank liedergelassen hatte.

„Hier kann ich besser sehen – die Bank ist höher", antwortete sie schnell, was dem Jungen einleuchtete. Nach der Reitstunde, noch bevor Anna-Lena und Pierre ihre Pferde aus der Halle führten, war Robin verschwunden. Überrascht blickte sich der Junge um, konnte sie jedoch nicht entdecken. Deshalb ging

er erst einmal zum Sattelplatz, um das Pferd abzusatteln.

„Kannst du ihn auf die hintere Weide bringen?",
bat Herr Keller den Jungen, als er das Pferd gerade
in den Stall führen wollte. „Wir sollten das Wetter
heute ausnutzen und ihn noch ein bisschen nach
draußen lassen."

„Klar, mach' ich", antwortete Pierre und machte
sich zusammen mit dem Pferd auf den Weg zur
angegebenen Koppel, auf der im Moment kein
weiteres Pferd stand. Die anderen würden nach der
nächsten Reitstunde, die in wenigen Minuten anfing,
nachkommen, sodass der Wallach nicht lange alleine
bleiben würde. Als Pierre an der Weide ankam, sah
er, dass Robin mitten auf der Weide auf dem Boden
an einem Baum lehnte und vor sich hin starrte. Der
Junge betrat die Weide, schloss das Gatter und ließ
den Wallach laufen. Dann ging er langsam auf das
Mädchen zu.

„Warum bist du denn so schnell verschwunden?",
fragte er verwundert, als er näher kam.

Robin blickte auf, doch dann veränderte sich ihr
Gesichtsausdruck schlagartig. Sie riss ängstlich die
Augen auf und fing an zu zittern. Dann schlug sie
plötzlich die Arme über den Kopf, als wenn sie sich
vor etwas schützen wollte, und versuchte, rückwärts
von dem Baum weg zu robben. Pierre war so
perplex, dass er erst einmal zu keiner Reaktion fähig
war. Warum zum Teufel hatte sie plötzlich Angst
vor ihm?

„Robin, ich bin es. Ich tu dir doch nichts", versuchte er, sie zu beruhigen und ging langsam auf das Mädchen zu. Er hatte gar nicht bemerkt, dass ihm das Pferd gefolgt war und direkt hinter ihm stand, so sehr konzentrierte er sich auf seine Freundin. Als die beiden ihr immer näher kamen, fing sie plötzlich hysterisch an zu schreien: „Nein, nicht! Lass' mich!"

Der hohe Ruf des Mädchens erschreckte das Pferd, das sich wiehernd zurückwarf und ans andere Ende der Koppel stürmte. Pierre drehte sich erschrocken um und endlich begriff er, dass es nicht er war, vor dem das Mädchen Angst hatte, sondern das Pferd. Er ging die letzten Schritte auf Robin zu, zog sie hoch und schloss sie in die Arme. Ängstlich starrte sie auf das Pferd, das inzwischen am Zaun stehengeblieben war und zu ihnen herüberblickte, während sie sich panisch an ihn klammerte. Sie zitterte so heftig, dass sie nicht laufen konnte, woraufhin er sie einfach hochhob und zum Gatter trug. Nachdem sie schließlich die Koppel verlassen hatten, brachte er sie zu einem alten Baumstamm, der etwas entfernt auf dem Boden lag und eine natürliche Sitzgelegenheit bot. Dort setzte er sie ab und nahm sie einfach tröstend in die Arme, bis sie sich schließlich wieder beruhigte.

„Warum?", fragte er endlich leise und seine Stimme klang unendlich traurig.

Robin hob den Kopf und blickte ihm in die feuchten Augen. „Ich weiß nicht. Ich vermute, es hat mit dem Brand zu tun. Aber ich weiß es erst, seit ich zurück bin."

Pierre schüttelte den Kopf. „Das meine ich gar nicht. – Warum hast du kein Vertrauen zu mir? Ich dachte eigentlich, dass uns die letzten Monate zusammengeschweißt hätten; dass wir den Weg gemeinsam gehen, egal welche Hürden er bringt. Habe ich mich so getäuscht? War ich nur Mittel zum Zweck? Ein dummer Junge, der eben gerade da war, als du jemanden brauchtest?"

Robin war so perplex, dass sie kein Wort hervorbrachte. Der Junge verstand das als Bestätigung, woraufhin er aufstand und mit hängendem Kopf und zügigen Schritten zurück zum Stall ging. „Pierre! Nein!", rief sie verzweifelt, als ihr klar wurde, wie tief sie ihn mit ihrem Verhalten verletzt haben musste. Doch ihr Freund hörte sie nicht mehr und sie war nicht in der Lage, ihm schnell genug hinterherzulaufen. Als sie endlich am Hof ankam, war Pierre bereits verschwunden.

In der nächsten halben Stunde versuchte sie mehrfach, ihn anzurufen, aber nach dem ersten Versuch, auf den er nicht reagierte, hatte er sein Handy ausgeschaltet und sie erreichte nur die Mailbox. Schließlich ging sie ins Büro ihrer Mutter. „Mami, ich brauche deine Hilfe", bat sie, als sie den Raum betrat, in dem ihre Mutter arbeitete.

„Ist etwas passiert, Schatz?"

„Ja, ich habe Mist gebaut. Kannst du mir bitte die Adresse von Pierre geben?"

„Natürlich, Robin. Willst du zu ihm? Soll ich dich schnell fahren?"

„Würdest du das tun, Mami? Bitte, können wir gleich fahren?"

Frau Keller merkte, wie wichtig ihrer Tochter die Angelegenheit war und nickte. „Komm', ich fahre dich schnell rüber. Aber dann muss ich zurück. Wir bekommen in einer halben Stunde eine Lieferung."

„Das macht nichts. Ich kann zurück laufen. Mach' dir keine Sorgen, Mami."

Zehn Minuten später stieg Robin aus dem Auto und winkte ihrer Mutter. Dann drehte sie sich nervös um. Sie stand vor einem kleinen Häuschen mit Garten an einem Hang, an dessen Tür eine deutsche und eine französische Flagge über dem Namen Chevalier hingen. Hier war sie richtig.

Robin merkte, wie ihr Herz zu klopfen begann. Sie war noch nie hier gewesen, war Pierres Eltern noch nie begegnet und stand nun vor der Tür, um eine Katastrophe abzuwenden, die sie selbst verursacht hatte. Sie atmete tief durch, straffte die Schultern und trat auf die Tür zu. Da sie keine Klingel entdecken konnte, benutzte sie einfach den alten Türklopfer, der mitten auf der massiven Tür hing.

Kurz darauf wurde die Haustür geöffnet und eine Frau mit kurzen, braunen Haaren und einem freundlichen Lächeln öffnete ihr. „Ja?", fragte sie neugierig.

„Guten Tag. Ich… ich bin Robin… Robin Keller… ich würde gern… ist Pierre da?", fragte sie stotternd und ihre Hände zitterten heftig.

148

„Robin? Das ist aber schön, dass du uns mal besuchen kommst. Pierre hat uns schon so viel von dir erzählt. Wie geht es dir denn?"

„Gut, danke… Ist er da?"

Frau Chevalier lächelte. „Ja, ich glaube ich habe ihn vor einigen Minuten kommen hören. Er hat sein Zimmer im Untergeschoss, das einen eigenen Eingang vom Garten hat. Er hat gerne seine Freiheit. Du kannst hier über die Treppe nach unten gehen. Die hintere Tür."

„Danke, Frau Chevalier", sagte das Mädchen und machte sich auf den Weg die Treppe hinunter, die zwar recht steil war, jedoch über zwei Handläufe verfügte, an denen sie sich festhalten konnte. Im Untergeschoss erblickte sie mehrere Türen. An der hintersten hing ein großes Plakat von Winnetou. Hier war sie richtig!

Leise klopfte sie an die Tür, doch es erfolgte keine Reaktion. Sie versuchte es erneut – mit dem gleichen Ergebnis. Schließlich legte sie die Hand auf die Klinke und drückte sie hinunter. Dann öffnete sie die Tür und blickte sich neugierig um. Links von ihr stand ein großes Bett an der Wand, auf dem eine Decke mit Pferdemotiven lag, daneben ein Nachtschrank mit einem Wecker. Gegenüber befand sich ein großer Schreibtisch und darüber einige Regalbretter, auf denen sie unter anderem die Bücher wiederfand, die er ihr im Krankenhaus vorgelesen hatte. Daneben ein Kleiderschrank. Sie schloss die Tür und bemerkte dabei, dass in dem Teil des

Zimmers, dass bisher von der Tür verdeckt gewesen war, eine Couch und eine Schrankwand mit Fernseher, Stereoanlage und jeder Menge DVDs stand. Und dann endlich entdeckte sie Pierre. Er hockte zusammengekauert mit dem Rücken zu ihr in der Ecke, hatte die Beine angezogen und Kopfhörer auf den Ohren, was erklärte, warum er ihr Klopfen nicht gehört hatte. Das Beben seiner Schultern verriet, dass er weinte. Robin wurde das Herz noch schwerer, als es ohnehin schon war. Was hatte sie mit ihrer Feigheit nur angerichtet? Nach allem, was er für sie getan hatte, hatte sie ihn zurückgestoßen, hatte nicht genug Vertrauen zu ihm gehabt, um ihm ihre Ängste mitzuteilen. Er musste unheimlich enttäuscht von ihr sein.

Langsam ging sie auf den Jungen zu und legte ihm die Hand auf die Schulter. Erschrocken riss Pierre sich den Kopfhörer von den Ohren und wirbelte herum. Seine Augen waren rot und geschwollen und es war ihm sichtlich peinlich, dass sie ihn so sah. Schnell stand er auf und fingerte mit zitternden Händen an der Stereoanlage herum, damit er sein Gesicht vor ihr verstecken konnte. „Warum bist du gekommen?", fragte er tonlos und sie konnte deutlich die Bitterkeit in seiner Stimme hören.

„Ich… ich wollte mich entschulden. Es tut mir so leid, Pierre. Ich wollte dich nicht verletzen."

Der Junge drehte sich langsam zu ihr um. „Warum tust du es dann?" Seine Stimme war leise und anklagend und schnitt ihr direkt in die Brust.

„Weil ich ein Idiot bin! Ich hätte wissen sollen, dass du es verstehen würdest. Ich hatte einfach Angst – Angst, dass du mich alleine lässt, wenn ich dir sage, dass... dass ich... dass ich eine panische Angst vor Pferden habe." So, jetzt hatte sie es endlich ausgesprochen und ihre Stimme klang verzweifelt, als sie leise weitersprach: „Ich brauche dich, Pierre. Ohne dich wäre ich heute nicht, wo ich bin, hätte vielleicht längst aufgegeben. Du hast mir Kraft gegeben, mich getröstet und mir in den Hintern getreten, wenn ich nicht mehr konnte. Mir war nicht klar, dass ich dir mit meinem Schweigen so wehtun würde. Ich könnte dir doch nie absichtlich wehtun. Ich liebe dich doch." Auch Robin hatte inzwischen Tränen in den Augen. Was sollte sie nur tun, damit er ihr glaubte?

Langsam kam Pierre auf sie zu. „Stimmt das?", fragte er leise und plötzlich war seine Stimme ganz sanft. „Liebst du mich?"

Robin nickte, ergriff seine Hände und gab ihm einen zärtlichen Kuss auf den Mund. Sie schmeckte das Salz seiner Tränen, aber das störte sie nicht. „Es tut mir so leid", flüsterte sie, als sie sich von seinen Lippen löste und blickte ihm offen ins Gesicht. Seine Augen schienen sie zu durchbohren, in sie hineinsehen zu wollen und scheinbar gefiel ihm, was er dort entdeckte, denn nach einer Weile verzogen sich seine Mundwinkel zu einem sanften Lächeln. „Mir tut es auch leid, Robin. Ich hätte nicht so schnell weglaufen sollen. Aber als du nichts gesagt hast, dachte ich wirklich, ich hätte mit meiner Vermutung Recht und wäre nur Mittel zum Zweck gewesen." Er senkte verlegen den Kopf.

Robin legte ihm die Hand an die Wange und gab ihm einen Kuss. „So etwas darfst du nie, nie wieder denken, Pierre. Du bist in den letzten Monaten das Wichtigste für mich geworden. Ich weiß nicht, was ich tun kann, damit du mir glaubst."

„Versprich mir, dass du mir in Zukunft die Wahrheit sagst, egal, wie schlecht es dir geht." Pierre zog sie zu seiner Couch und drückte sie sanft auf die Sitzfläche. „Ich kann dir nicht helfen, wenn du mich anlügst. Du musst mir schon ein bisschen vertrauen."

„Das tue ich – ganz bestimmt", sagte Robin. „Ich werde dich nicht noch einmal enttäuschen."

Der Junge lächelte sie an und nahm sie zärtlich in die Arme. Sie genoss die Wärme seines Körpers, die durch das dünne Shirt, das er trug, zu spüren war, und fühlte sich geborgen – vollkommen sicher. Schließlich ließ er sie los und lächelte sie aufmunternd an. „Und jetzt sagst du mir, was eigentlich los ist."

Robin nickte und erzählte ihm von ihrer Begegnung mit der Stute Bonnie, die sie seit vielen Jahren kannte und vor der sie plötzlich Angst bekommen hatte. Sie beschrieb ihm, was sie dann gesehen hatte, obwohl sie inzwischen selber wusste, dass diese Bilder nur ihrer Fantasie entsprungen waren. „Ich verstehe das nicht. Seit ich denken kann, liebe ich Pferde, bin auf ihnen geritten und habe fast meine gesamte Freizeit mit den Tieren verbracht. Und jetzt kann ich nicht mal mehr in ihre Nähe, ohne zu zittern und in Panik auszubrechen. Ich habe Angst, meinem Vater unter die Augen zu treten, weil ich die Enttäuschung in seinen Augen nicht ertragen könnte. Er musste nach seinem Sturz schon seinen eigenen Traum als Springreiter aufgeben. Er hat so viele Hoffnungen in mich gesetzt, die bei dem Brand zerstört wurden und jetzt kann ich ihm nicht einmal mehr den Wunsch erfüllen, dass ich wieder in den Sattel steige. – Du musst mir etwas versprechen, Pierre. Ich habe gesehen, dass du ein guter Reiter werden kannst. Vielleicht findet er in dir eine neu Aufgabe, jemanden, den er ausbilden und fördern kann. Mein Vater braucht das."

„Robin, ich reite gerade einmal seit einigen Monaten. Niemand weiß, ob ich jemals gut genug werden kann, um mit dem Springen anzufangen." Das Mädchen schwieg. Natürlich hatte er Recht, es war noch viel zu früh. Dann fiel Pierre etwas ein: „Was ist eigentlich mit den Albträumen, die du in der Reha hattest? Hast du das mit deinem Arzt besprochen?"

Verlegen senkte sie den Blick. „Nein, habe ich nicht. Sie waren am nächsten Tag wieder weg und ich dachte, es wäre nicht notwendig. Kann ich nicht mit dir darüber sprechen?"

„Ich bin aber kein Therapeut, Robin."

„… aber mein Freund."

„Also gut", gab er schließlich nach, „wir versuchen, ob wir irgendetwas erreichen können. Aber wenn du bis zum Ende der Herbstferien keine Verbesserung merkst, dann schleife ich dich eigenhändig zu einem Therapeuten. Einverstanden?"

Erleichtert nickte das Mädchen. „Aber bis dahin ist das unser Geheimnis, okay?"

„Na gut. Und was ist mit dem Stall? Hast du mir da die ganze Wahrheit gesagt? Oder ist da noch etwas Anderes?"

„Nein, das stimmt wirklich. Ich war noch nicht im Stall. Ich wollte nicht an Jack erinnert werden, wenn ich an seiner leeren Box stehe. Vielleicht sollte ich meinem Vater sagen, dass er dort ein anderes Pferd unterstellt. Das macht es für mich vielleicht leichter, wieder rein zu gehen, falls wir es schaffen sollten, meine Angst vor Pferden unter Kontrolle zu bringen."

„Du wirst es schaffen, Robin. Vielleicht wird es eine Weile dauern, aber ich bin mir sicher, dass du irgendwann wieder auf einem Pferd sitzt. Es kann gar nicht anders sein. Robin-Marie Keller ist eine Reiterin – schon immer gewesen. Und du wirst es wieder sein. Immerhin hast du mir im Krankenhaus einen Ausritt versprochen." Er grinste sie frech an.

„Na, dann muss ich versuchen, dieses Versprechen zu halten."

Den Rest des Nachmittages versuchten sie, Ideen zu sammeln, wie sie Robins Angst vor Pferden und die Bilder, die sie in ihrer Gegenwart sah, verbannen konnten. Stundenlang redeten sie über ihre Gefühle und das, was während des Brandes geschehen war. Pierre hatte sich an die Seitenlehne seiner Couch gelehnt und Robin saß mit dem Rücken zu ihm zwischen seinen Beinen und lehnte sich an seine Brust, während er seine Arme auf ihrem Brustkorb verschränkt hatte und ihr hin und wieder einen Kuss auf die blonden Haare gab. So konnte Robin ihre Beine auf der Couch ausstrecke. Sie entspannte sich völlig in seinen Armen und vergaß sogar die Zeit.

Plötzlich klopfte es an die Tür und das Mädchen zuckte erschrocken zusammen. Sie wollte sich aufsetzten, doch Pierre hielt sie mit den Armen fest. „Keine Angst. Niemand hier wird dich auffressen", lächelte er und bat den Anklopfenden, einzutreten.

Leise öffnete sich die Tür und eine Männerstimme fragte: „*Pierre? Puis-je déranger toi un instant?* (Pierre? Darf ich dich einen Augenblick stören?)"

„*Oui, bien sûr.* (Ja, natürlich.)", antwortete der Junge und Robin warf einen Blick auf seinen Vater. Herr Chevalier war etwas kleiner als ihr eigener Vater, hatte rabenschwarze, kurze Haare und die gleichen dunklen Augen, wie sein Sohn, die sie kurz neugierig musterten und ihr eine verlegene Röte ins Gesicht zauberten. Dann wandte er sich wieder an seinen Sohn: „*Maman a fait le repas. Est-ce que Robin restera pour le diner? Voulez-vous manger dans la cuisine, ou puis-je apporter quelquerchoses ici pour vour?* (Mama hat das Essen zubereitet. Robin bleibt doch

155

bestimmt zum Essen. Wollt ihr in der Küche essen oder soll ich euch etwas bringen?)"

Pierre warf Robin einen Blick zu, doch ihr Französisch war leider nicht gut genug, sodass sie alles verstanden hätte. *„Merci papa. Nous serons la. S´il te plaît, tu ne peux nous donner que quelques minutes?* (Danke, Papa. Wir kommen nach oben. Gib' uns bitte noch ein paar Minuten.)"

„Bien sûr, mon fils. (Natürlich, mein Sohn.)" Damit schloss er die Tür leise wieder und verschwand, während Robin ihn immer noch ein wenig irritiert anblickte. Sie wusste zwar, dass Pierres Vater Franzose war, aber sie hatte den Jungen noch nie Französisch sprechen hören. Sein Deutsch war so rein und ohne Akzent, dass sie irgendwie der Meinung gewesen war, dass er auch zu Hause nichts Anderes sprechen würde. Entsprechend überrascht war sie nun, als sie ihn mit seinem Vater gehört hatte. Und mit einem Mal bereute sie es, dass sie in der Schule nicht besser aufgepasst hatte. Sie hatte sich nie sonderlich für den Unterricht interessiert, doch als sie den beiden eben zugehört hatte, fand sie die Sprache plötzlich aufregend und schön.

„He? Träumst du?", riss sie Pierre aus ihren Gedanken und gab ihr einen Kuss auf die Wange, als sie sich zu ihm umblickte.

„Nein… ich… ich war nur so überrascht."

„Warum? Weil mein Vater plötzlich im Zimmer stand?", grinste er.

„Nein. Weil er französisch gesprochen hat", gab

sie schließlich zu.

Pierre lachte. „Das haben Franzosen so an sich. Aber keine Angst, er spricht auch ganz gut Deutsch, falls du Angst vor einer Unterhaltung haben solltest. Hast du überhaupt Französisch in der Schule? Oder hast du dich für Latein entschieden?"

„Nein, nein. Ich habe Franz. Aber im Moment habe ich eher das Gefühl, ich hätte mir mehr Mühe in der Schule geben sollen. – Ich habe ehrlich gesagt, kein Wort verstanden."

„Das wundert mich nicht. Wir haben sehr schnell gesprochen. Mein Vater hat uns mitgeteilt, dass das Abendessen fertig ist und gefragt, ob wir hochkommen wollen. Ich habe ihn gebeten, uns noch ein paar Minuten Zeit zu geben."

„Ach so", stellte Robin fest, doch dann wurde ihr erst klar, was er gerade gesagt hatte. „Aber ich kann doch nicht einfach… das geht doch nicht, Pierre."

„Warum nicht? Darf ich meine Freundin nicht zum Essen einladen?"

„Doch natürlich. Aber ich kann doch nicht so einfach unangemeldet bei euch zum Essen auftauchen. Außerdem wissen meine Eltern nicht Bescheid."

Pierre zog sie von der Couch hoch und gab ihr einen Kuss auf die Nasenspitze. „Ruf' sie an! Sag' ihnen, dass ich dich später nach Hause bringe. Sie werden dir schon nicht den Kopf abreißen."

Zögernd folgte sie seiner Aufforderung und ihre Eltern hatten tatsächlich nichts dagegen einzuwenden, wenn sie zum Abendessen bei Pierre blieb.

Sie musste nur versprechen, dass sie nicht im Dunkeln alleine nach Hause laufen würde, woraufhin der Junge ihnen versprach, sie zu begleiten. Zehn Minuten später betrat er Hand in Hand mit dem Mädchen die Küche, das sich dort schüchtern auf einen Stuhl drücken ließ. Pierres Eltern behandelten sie wie eine alte Freundin, als wenn sie schon seit Jahren Gast in diesem Hause wäre, und nachdem Pierre seinen Vater gebeten hatte, deutsch zu sprechen, kam dieser der Aufforderung auch sofort nach. Seine Aussprache war nicht so rein, wie die seines Sohnes – man konnte deutlich den leichten Akzent hören – doch sie konnte ihn gut verstehen. Die Eltern schienen nett zu sein und sich sehr für das Mädchen zu interessieren, um das sich ihr Sohn so intensiv gekümmert hatte. Sie registrierten auch mit Freude die Blicke, die sich die beiden jungen Menschen immer wieder zuwarfen und Frau Chevalier entging auch nicht, dass ihr Sohn hin und wieder die Hand des Mädchens zärtlich berührte. Ein Lächeln flog über ihr Gesicht und sie war einfach glücklich, dass es Pierre so gut ging, seit sie in den Norden gezogen waren.

Im Anschluss an das Essen gingen die beiden zurück in Pierres Zimmer, nachdem sich Robin für das Abendessen bedankt hatte. Sie hatten noch etwas Zeit, bis Robin nach Hause musste und setzten sich gegenüber auf sein großes Bett. Pierre nahm ihre Hände in seine und blickte sie fragend an: „Mir ist gerade eine Idee gekommen. Wenn wir an deiner

Angst arbeiten wollen, brauchen wir ein Pferd – ein möglichst liebes Tier, das nicht gleich durchgeht, wenn du heftig reagierst. Aber wir brauchen auch jemanden, der uns hilft. Christian kommt nicht zufällig demnächst nach Hause, oder?"

„Nein, leider nicht. Er würde uns bestimmt helfen, aber er kann frühestens Weihnachten kommen – wenn überhaupt."

„Was hältst du davon, wenn ich mit Anna-Lena spreche. Ich habe sie inzwischen bei den Reitstunden kennengelernt und sie scheint ein ganz nettes Mädchen zu sein. Ich glaube, sie ist nur ein gutes Jahr jünger als du und ich könnte mir vorstellen, dass sie uns helfen würde."

„Glaubst du wirklich?"

„Es wäre einen Versuch wert. Soll ich morgen nach der Reitstunde mal mit ihr sprechen?"

Robin nickte. Vielleicht hatte er Recht. Alleine würden sie ihr Problem nie in den Griff bekommen.

GEDULDSPROBE

Pierre hielt Wort. Nach der Reitstunde am Diens-
tagvormittag fragte er Anna-Lena, ob sie vielleicht
noch Zeit hätte, weil er etwas mit ihr besprechen
wollte.

„Klar", antwortete das Mädchen. „Meine Eltern
sind eh den ganzen Tag auf der Arbeit und zu Hause
langweile ich mich zu Tode. Ich würde am liebsten
den ganzen Tag hier verbringen."

Pierre lächelte erfreut. Das wäre vielleicht eine
Idee. Zeit genug, um ihnen zu helfen, hätte sie schon
mal. Zusammen gingen sie zu dem Baumstamm, auf
dem er am Morgen zuvor mit Robin gesessen hatte
und bat sie, sich zu setzen, während er ein wenig
nervös vor ihr stand. „Ist irgendetwas passiert?",
fragte sie verwundert.

„Ja, schon. Aber vorher musst du mir was versprechen, Anna-Lena. Ich brauche deine Hilfe und
auch wenn du nicht mitmachen willst, möchte ich
dich bitten, dass du niemandem etwas davon erzählst. Kannst du mir das versprechen?"

„Natürlich. Wenn dir das so wichtig ist? Es bleibt
unser Geheimnis."

„Danke." Pierre atmete hörbar auf und setzte sich
neben sie. „Du weißt doch, dass Robin einen

schweren Unfall hatte, oder?"

„Na ja. Schon. Allerdings weiß ich nicht, was genau passiert ist. Ihr Vater hat nur erzählt, dass sie bei einem Brand schwer verletzt wurde und… und dass sie…" Das Mädchen wusste nicht so recht, wie sie sich ausdrücken sollte.

„… dass sie ihr Bein verloren hat?"

Anna-Lena nickte. „Ich kann mir das gar nicht vorstellen. Ich meine, das muss doch schrecklich sein. Ich habe gehört, dass Robin eine tolle Spring- reiterin war und dann ist plötzlich alles vorbei. Ich reite noch nicht lange, aber wenn ich mir vorstelle, dass mir das passieren würde – es würde mich total fertig machen. Ich habe Robin erst einmal kurz in der Halle gesehen, seit sie wieder hier ist. Eigentlich sieht sie ganz normal aus, außer dass sie etwas hinkt. Aber ich habe irgendwie das Gefühl, dass sie sich von den Tieren fernhält."

„Siehst du? Genau das ist das Problem, bei dem du mir helfen sollst. Aber um das zu verstehen, sollte ich dir vielleicht erst einmal erzählen, was damals passiert ist." Anna-Lena nickte und Pierre erzählte ihr alles von dem Unfall, was Robin ihm erzählt hatte. Ihre Augen wurden immer größer und am Ende sagte sie. „Ich glaube, dann würde ich auch nicht mehr zu den Pferden wollen, wenn mir das passiert wäre."

„Da liegt der Unterschied zu Robin. Sie möchte gerne zu den Pferden. Sie liebt diese Tiere, aber immer, wenn sie einem Pferd nahe kommt, sieht sie diese Bilder vor sich: das steigende Pferd, das auf sie eintrampelt und sie schwer verletzt. Sie fängt an zu zittern, kann sich nicht mehr auf den Beinen halten und ihr Puls und ihre Atmung fangen an zu rasen. Sie muss begreifen, dass ihr die Tiere nichts tun wollen und genau da kommst du ins Spiel. Wir wollen versuchen, sie langsam an die Pferde heran zu führen. Stückchen für Stückchen, sozusagen. Aber ich kann nicht gleichzeitig auf ein Pferd aufpassen und Robin beruhigen. Wir brauchen jemanden, der unser Testobjekt festhält, es beruhigt und dafür sorgt, dass es im richtigen Moment näher kommt oder sich entfernt. – Glaubst du, du könntest uns helfen?"

Das Mädchen dachte einen Moment nach. „Natürlich. Ich bin dabei. Aber wir sollten das weit weg vom Stallbetrieb machen, damit das Pferd und auch Robin nicht abgelenkt werden. Vielleicht auf einer der Weiden, die jetzt nicht mehr oder nur selten benutzt werden. Und wir brauchen ein liebes Pferd."

„Darüber habe ich schon mit Robin gesprochen. Sie hat Bonnie vorgeschlagen, die Stute ihrer Mutter. Sie hat auf dem Tier reiten gelernt und Bonnie ist auch schon etwas älter und ruhiger."

„Na gut", sagte Anna-Lena und stand auf. „Wann fangen wir an?"

Pierre lächelte. „Von mir aus gleich. Ich muss nur Robin holen."

„Dann tue das. Ich werde mir inzwischen mal Bonnie ausborgen. Wir treffen uns in einer halben

Stunde auf der Koppel da drüben."

Das Mädchen drehte sich um und wollte zum Stall gehen, doch Pierre hielt sie zurück. „Danke, Anna-Lena, dass du uns hilfst. Aber bitte denke daran, dass es unter Umständen Tage oder sogar Wochen dauern kann, bis wir einen Fortschritt erzielen. Wir müssen Geduld haben und dürfen sie zu nichts drängen."

„Schon klar. Keine Angst, Pierre. Robin kann sich glücklich schätzen, einen Freund wie dich zu haben." Damit ging sie endgültig zum Stall, während der Junge sich auf den Weg zu Robins Zimmer machte.

Eine viertel Stunde später kam er zusammen mit Robin zurück zu der Koppel. Kurz darauf führte Anna-Lena die braune Stute herbei und nachdem Pierre ihr das Gatter geöffnet hatte, brachte sie das Tier in die Umzäunung. „Und jetzt?", fragte sie neugierig.

„Ich habe keine Ahnung", gab Pierre zu. „Eventuell solltest du einfach versuchen, die Stute herum zu führen, vielleicht so in zehn, zwölf Metern Entfernung. Ich versuche, mit Robin an den Zaun zu kommen und sobald ich das Gefühl habe, sie bleibt ruhig, verkürzt du den Abstand einen halben Meter. So können wir uns langsam vortasten, um erst einmal herauszufinden, wo die magische Grenze ist. An der müssen wir dann arbeiten."

„Klingt wie ein Plan. Also dann los." Anna-Lena

nahm die Stute am Halfter und führte sie in der angegebenen Entfernung langsam auf und ab, während sie sie beruhigend streichelte.

Pierre ging zu seiner Freundin und hielt ihr die Hand hin. „Bist du bereit?" Robin zögerte kurz. „Komm'! Ich verspreche dir, dass dir nichts geschehen wird." Er zog sie auf die Füße, legte ihr den Arm um die Schulter und führte sie langsam in Richtung Zaun. Mit der linken Hand hielt er ihre linke umschlossen und achtete auf jede Veränderung. Robin war aufgeregt, aber er konnte bisher keine Anzeichen einer Reaktion auf das Pferd erkennen. Beruhigend strich er ihr mit der um sie gelegten rechten Hand ihren Oberarm. Schließlich erreichten sie den Zaun und Robin beobachtete genau jede Bewegung des brauen Pferdes. Pierre gab seiner Führerin ein Zeichen und Anna-Lena verkürzte den Abstand ein wenig. Noch immer blieb seine Freundin ruhig, woraufhin der Abstand wieder verkürzt wurde.

Erst als Anna-Lena nur noch etwa fünf Meter von den beiden entfernt war, bemerkte Pierre, wie sich Robin verkrampfte. Ihre Atmung wurde schneller und er konnte ihren Herzschlag durch die Haut spüren, dann versagten ihr die Beine und Pierre fing das Mädchen auf, während Anna-Lena entsetzt stehen blieb und sie anstarrte. Es dauerte einige Minuten, bis sich der Herzschlag und die Atmung wieder beruhigten. Pierre hatte ihre Hände ergriffen und versuchte, mit ihr gemeinsam zu atmen.

164

„Meinst du, wir sollten es noch einmal versuchen?",
fragte er beunruhigt, doch Robin nickte.

„Wir müssen! So lange, bis es klappt", sagte sie
mit fester Stimme und stemmte sich hoch. Auch
dieses Mal und bei noch drei weiteren Versuchen,
war das Ergebnis identisch. Bei etwa fünf Metern
war Schluss. Näher kamen Pferd und Mädchen nicht
an Robin heran, ohne dass sie die Kontrolle verlor.

„Ich glaube, das reicht erst einmal, Robin. Du
musst dich ausruhen. Vielleicht können wir es später
noch einmal versuchen."

„Ich kann gerne heute Nachmittag noch einmal
wieder kommen", bot Anna-Lena an und Robin
nickte.

„Das wäre super-nett von dir. Es tut mir leid, dass
ich mich so anstelle."

„Das macht doch nichts. Ich bringe schnell Bonnie
in den Stall, bevor sie noch jemand vermisst. Und
um vier bin ich wieder hier. Ist euch das recht?"

Die beiden nickten dankbar und Pierre brachte
seine Freundin zurück ins Haus, wo er mit ihr ein
paar Entspannungsübungen machte, die er während
seiner Krankheit gelernt hatte. Anschließend fühlte
sich das Mädchen schon wieder etwas besser.

In den nächsten Tagen trafen sich die drei zweimal täglich, um mit Robin und Bonnie zu arbeiten,
doch erst am Freitag konnten sie die ersten Erfolge
verzeichnen. Bis auf drei Meter kam Bonnie nun an
den Zaun, ohne dass Robin einen Anfall hatte. Von

da an wurde es stetig weniger und am Mittwoch-vormittag schaffte es das Mädchen seit vier Monaten das erste Mal, ein Pferd zu berühren. Anna-Lena war total aus dem Häuschen; sie hatte zwischenzeitlich schon befürchtet, dass sie sich die Mühe umsonst machten.

Auch Pierre war unheimlich stolz auf seine Freundin, auch wenn sie noch lange nicht ihr Ziel erreicht hatten. Noch immer war ein Zaun zwischen Robin und der Stute, doch der erste Körperkontakt war hergestellt. Als nächstes durfte Robin die Stute mit Karotten füttern und traute sich schließlich auch, die weiche Nase und die Blesse des Tieres zu streicheln.

„Morgen kann ich euch leider nicht helfen, Robin. Meine Eltern wollen den Samstag nutzen und einen Ausflug mit mir machen. Meint ihr, ihr kommt den Tag ohne mich klar?"

„Ich denke schon. Du hast uns sehr geholfen in den letzten zwei Wochen. Aber ich denke, den Rest schaffen wir auch so. Aber du kannst natürlich gerne weiter mitmachen, wenn du magst und wenn du während der Schulzeit noch die Zeit haben solltest", sagte Pierre.

„Mal sehen. So regelmäßig natürlich nicht. Ich habe einige AGs in der Schule und deshalb oft lange Unterricht. Aber ein bis zweimal die Woche schaffe ich es bestimmt."

„Danke, Anna-Lena", sagte Robin und nahm das Mädchen in die Arme.

Nachdem sie sich mit der Stute entfernt hatte,

nahm Pierre Robins Hand. „Ich würde gerne morgen mit dir etwas Anderes machen, wenn du nichts dagegen hast."

Robin blickte auf. „Was denn?"

„Im Kino läuft ab sechs Uhr ein Winnetou-Marathon. Alle drei Filme hintereinander. Meine Eltern haben uns Karten besorgt. Mein Vater würde uns auch um elf wieder abholen und du könntest sogar bei uns übernachten, wenn das okay für dich wäre."

„Aber das ist doch bestimmt sehr teuer", stellte Robin fest.

Pierre grinste. „Ich habe es mir zum Geburtstag gewünscht."

„Und das sagst du mir erst jetzt? Wann hast du denn Geburtstag?"

„Morgen."

„Und ich habe nicht mal ein Geschenk für dich. Ich bin eine verdammt schlechte Freundin, wenn ich nicht mal weiß, wann du Geburtstag hast", stellte sie traurig fest.

Pierre zog sie in seine Arme. „So lange kennen wir uns ja auch noch nicht. Außerdem wäre es das größte Geschenk für mich, wenn du den Tag mit mir verbringen würdest."

„Natürlich mache ich das. Aber du hättest mir wirklich etwas sagen können. Ständig dreht sich alles nur um mich und dabei vergessen wir, dass du auch Bedürfnisse hast. Es tut mir leid, Pierre."

„Das muss es nicht. Dich bei mir zu haben, ist

jeden Tag ein Geschenk. Mehr will ich gar nicht."

Nachdem Robin ihre Eltern um Erlaubnis für den kommenden Tag gefragt hatte, verabredeten sie sich für den nächsten Vormittag. Sie wollten einen Ausflug in die Stadt machen zu einem Bücherflohmarkt, da Pierre noch ein paar Bücher in seiner Sammlung fehlten, bevor sie schließlich am Abend von seinem Vater ins Kino gefahren werden würden.

Gut gelaunt sprang Robin am nächsten Morgen aus dem Bett, ging duschen und legte anschließend ihre Prothese an, bevor sie sich ihre Hose und eine hübsche Bluse anzog, die Haare ordentlich kämmte und sich anschließend im Spiegel betrachtete. Inzwischen waren ihre Haare wieder gewachsen, aber es würde noch lange dauern, bis sie wieder lang genug für einen Pferdeschwanz sein würden, was ihr persönlich besser gefallen hatte, als die Kurzhaarfrisur, die sie aktuell trug. Auch Pierres Haare waren in den letzten vier Monaten dichter und kräftiger geworden und seine jetzige Frisur stand ihm ausgesprochen gut. Robin liebte es, ihm durch die weiche Mähne zu streichen und vermisste nicht wirklich die Kopftücher, die er anfangs immer getragen hatte, als sein Kopf noch mehr einer Glatze mit einem Babyflaum glich – eine Folge der jahrelangen Chemotherapie, die sich glücklicherweise, genau wie die Krankheit selber, in Luft aufgelöst hatte.

Robin blickte auf die Uhr. Es war noch viel zu früh, um zu ihm zu fahren. Sie waren erst in zwei

Stunden verabredet. Deshalb beschloss sie, noch ein bisschen über den Hof zu laufen und anschließend einen gemütlichen Spaziergang bis zum Haus seiner Eltern zu machen. Deshalb informierte sie ihre Mutter und machte sich auf den Weg. Da es Wochenende war, war auf dem Hof bereits Betrieb. Überall wuselten Einsteller und Pferde herum. Robin blieb kurz stehen. Ob sie es schon schaffen würde, mitten durch die Pferde zu laufen? Entschlossen straffte sie die Schultern, griff den Riemen ihres Rucksacks, in dem sie ihre Übernachtungssachen verstaut hatte, fester und lief einfach los. Und siehe da – es klappte. Ihr Puls beschleunigte sich nur minimal und die Atmung hielt sie mit dem Trick von Pierre auch unter Kontrolle. Sie schaffte es sogar, zwei Pferde zu streicheln, bevor sie weiterging; und als sie am Ende des Hofes angekommen war, fühlte sie sich so glücklich wie schon lange nicht mehr. Sie hatte es geschafft! Mit der Hilfe ihrer Freunde hatte sie die Angst besiegt.

Robin konnte es kaum erwarten, Pierre diese Neuigkeit zu erzählen und machte sich direkt auf den Weg zu den Chevaliers. Ihren gemütlichen Spaziergang hatte sie völlig vergessen und erst als sie an der Tür klopfte, fiel ihr plötzlich ein, dass sie gar nicht wusste, ob die Familie bereits auf war oder nicht. Doch ihre Sorge war unberechtigt, denn nur wenige Sekunden nach ihrem Klopfen, öffnete sich die Tür und Pierres Vater stand vor ihr.

„Guten Morgen, Herr Chevalier. Es tut mir leid,

ich bin ein bisschen zu früh, aber ich muss Pierre etwas Dringendes erzählen", sprudelte es aus ihr hervor.

Der Mann lächelte sie nur wissend an und öffnete die Tür. „Du kennst ja den Weg", sagte er freundlich und ließ sie eintreten. Robin bedankte sich und ging zügig die Treppe hinunter und auf seine Zimmertür zu, um zu klopfen. Auch diesmal bekam sie keine Reaktion und als sie die Tür öffnete, war sein Zimmer leer. Doch aus dem Nebenraum hörte sie das Rauschen von Wasser. Vermutlich stand er gerade unter der Dusche. Dann würde sie eben warten müssen. Neugierig ging sie in sein Zimmer. Das Bett war bereits gemacht und auf seinem Stuhl lagen fein säuberlich frische Klamotten, die er wohl anziehen wollte. Aus dem Radio kam Musik und Robin lauschte den sanften Tönen der Lieder, die sie zum Träumen anregten, während sie gedanken-verloren aus dem Fenster blickte. Dabei bemerkte sie gar nicht, wie die Dusche ausgestellt wurde und sich schließlich die Tür öffnete und wieder schloss.

„Robin?", fragte Pierre leise und das Mädchen wirbelte herum.

„Guten Morgen", lächelte sie und blickte auf den Jungen, der nur mit einem Handtuch bekleidet vor ihr stand. Seine Brust und seine Arme waren noch feucht von der Dusche und die Tropfen glitzerten im Licht seiner Zimmerlampe. Langsam ging das Mädchen auf ihn zu, während Pierre sie noch immer ein wenig überrascht anblickte. „Alles Liebe zum

Geburtstag", sagte sie leise, als sie bei ihm ankam und ihre Lippen trafen sich zu einem zärtlichen Kuss. Pierre lief ein Kribbeln über den Rücken, während sie ihm sanft über die feuchte Brust strich. Der Junge schloss für einen Moment die Augen, als sich ihre Lippen erneut trafen und er spürte deutlich, wie sich Aufregung in seinem Körper breit machte, während sie ihre Finger nun über seinen Rücken gleiten ließ. Robin fühlte, wie die Feuchtigkeit durch ihre Bluse drang, als sie ihn an sich zog. Durch den dünnen Stoff konnte sie auch die warme Haut fühlen und wie schon so oft in den letzten Tagen beschleunigten sich Puls und Atmung, doch dieses Mal war es ein angenehmes Gefühl, das ihr Körper ihr signalisierte. Ihre Reaktion hatte nichts mit Panik oder Angst zu tun, sondern mit dem aufsteigenden Verlangen, ihm ganz nahe zu sein, sich in seine Hände zu begeben, ihm vollständig zu vertrauen.

Mit weichen Küssen liebkoste sie seine Brust und führte seine Hand an ihre eigene. Pierre wusste gar nicht, wie ihm geschah, als er schließlich die sanften Hügel mit seinen Händen berührte. Ohne nachzudenken wanderten seine Finger zu der Knopfleiste ihrer Bluse und schoben kurz darauf den dünnen Stoff über ihre Schultern. Nun spürte sie deutlich die Hitze, die sein Körper ausstrahlte, während er an ihrem Rücken den Verschluss ihres BHs öffnete, der kurz darauf ihrer Bluse folgte. Pierre wusste nicht, ob er das Unvermeidliche noch stoppen konnte, als sie mit nacktem Oberkörper vor ihm stand und er

171

ihr sanft über die zarte Haut fuhr. In einem letzten halbherzigen Versuch, die Vernunft siegen zu lassen, öffnete er den Mund, um etwas zu sagen, doch ihr Finger legte sich auf seine Lippen und seine Frage blieb ihm im Halse stecken. Während der Finger von ihren weichen Lippen abgelöst wurde, die sich sanft und gleichzeitig fordernd auf seine eigenen legten, spürte er, wie sie das Handtuch löste und auf den Boden fallen ließ. Als sie ihn an sich drückte, konnte sie deutlich das Verlangen spüren, das in seinem Körper brannte.

Ihr Freund ließ sie sanft auf das Bett gleiten, beugte sich zu ihr herunter und liebkoste ihren nackten Oberkörper, bevor seine Hände schließlich tiefer wanderten und den Verschluss ihrer Hose öffneten. Sanft streifte er ihr die störenden Kleidungsstücke vom Körper, bevor er sie auch an den bisher verdeckten Stellen sanft berührte. Robin hatte die Augen geschlossen, sich vertrauensvoll in seine Hände begeben, während er sie streichelte, bis ihr Körper schließlich bereit war und ihre Oberschenkel sich für ihn öffneten. Ihre Lippen trafen sich erneut, als er schließlich dem Verlangen nachgab und sanft ihn ihren Körper eindrang.

Er spürte den Widerstand, der ihn stoppen wollte und blickte fragend in das Gesicht seiner Freundin, die ihm aufmunternd zulächelte. Mit einer schnellen Bewegung durchbrach er die Sperre und für eine Sekunde verzog Robin das Gesicht, bevor es sich wieder entspannte und sie ihn ermunterte, weiter zu machen. Ihre Körper schmiegten sich eng aneinander, bewegten sich im Rhythmus des Liebesspiels, während nach wie vor die sanften Töne des Radios auf sie einrieselten. Erst als ihre Körper schließlich genug hatten, ließ er sich neben sie sinken und entfernte das Kondom, von dem Robin nicht einmal bemerkt hatte, dass er es übergestreift hatte.

Doch obwohl sein Verstand heute seinen Gefühlen eindeutig zu unterliegen schien, hatte er ihn doch nicht ganz abgeschaltet, als Robin die Initiative ergriffen hatte. Glücklicherweise hatte er nach seinem Besuch in der Rehaklinik, als er Robin erklärt hatte, sie wären noch zu jung für diesen Schritt, ein Päckchen Kondome besorgt. Warum, wusste er selber nicht so genau. Eigentlich hatte er ja noch warten wollen, doch jetzt war er froh, dass er es getan hatte. Und noch glücklicher war er, dass sie diesen Schritt gemeinsam gegangen waren, denn es war wunderschön gewesen. Er schmiegte sich eng an ihren Körper, der immer noch nackt auf der Tagesdecke lag.

Sie schlang ihre Arme um den Jungen und das erste Mal, seit sie ihm zum Geburtstag gratuliert hatte, öffnete sie den Mund: „Ich bin froh, dass wir es getan haben", flüsterte sie. „Danke, Pierre."

Er lächelte sie an und zog sie noch enger an seinen erhitzten Körper, der sich nur langsam wieder beruhigte. Als sie sich schließlich aufrafften, um sich anzuziehen, war es bereits halb elf. Der Flohmarkt, mit seinen tausenden von niedergeschriebenen Geschichten, war bereits im vollen Gange, aber das störte keinen von beiden. Sie hatten heute Vormittag ihre eigene Geschichte geschrieben, ein ganz besonderes Kapitel in dem Buch, das sie gemeinsam erarbeiteten.

Während sie über den Markt liefen, hielt Pierre sie die ganze Zeit im Arm, als wenn er sie gar nicht mehr loslassen wollte und das Lächeln auf dem Gesicht des Mädchens schien alle um sie herum anzustecken. Das blieb auch so, als sie sich am Nachmittag zum Kaffee in der gemütlichen Küche der Chevaliers trafen und nachdem die Eltern das Pärchen eine Weile beobachtet hatten, erhob sich sein Vater und wandte sich an seinen Sohn: *„Puis-je parler avec toi un instantt s'il te plaît?* (Kann ich dich bitte einen Augenblick sprechen?)"

„Bien sûr. (Natürlich)", antwortete sein Sohn und folgte ihm ins Wohnzimmer. Von der anschließenden Unterhaltung, die natürlich in Französisch und sehr leise geführt wurde, verstand Robin kein Wort, doch den Blicken der beiden Männer konnte sie entnehmen, dass sie selbst der Grund dieses Gesprächs war.

„Habe ich etwas falsch gemacht?", fragte sie vorsichtig Pierres Mutter, die die Männer ebenfalls beobachtet hatte.

„Nein, Robin. Bestimmt nicht. Pierre war noch nie so glücklich und unbeschwert, wie in den letzten Wochen. Ich denke, Arnaud möchte nur sichergehen, dass Pierre... sich seiner Verantwortung bewusst ist – dass er gewisse... wie soll ich das sagen?"

Robin konnte sich vorstellen, was ihr auf der Seele lag. „...dass er gewisse Vorkehrungen trifft, bevor er seinen Gefühlen freien Lauf lässt?", fragte sie leise und lief dabei rot an.

Seine Mutter atmete erleichtert auf. „Entschuldige bitte. Ich weiß, dass ihr alt genug seid und viel reifer, als wir es damals waren. Natürlich werden wir es nicht verhindern können, aber es muss ja nicht gleich etwas passieren, wenn..."

„...wenn wir miteinander schlafen?" Robin war nun ganz ruhig und es war an Pierres Mutter, leicht zu erröten. Sie senkte verlegen den Kopf und ihr letzter Satz war fast ein entschuldigendes Flüstern. „Wir möchten einfach nicht, dass er im entscheidenden Moment etwas Wichtiges vergisst."

Robin lächelte verstehend. „Das hat er nicht.", sagte sie nur und bis Pierres Mutter begriff, was sie gerade gesagt hatte, waren auch Pierre und sein Vater wieder an den Tisch getreten. Pierre beugte sich zu ihr herunter und gab ihr einen Kuss auf den Mund und da wurde seiner Freundin klar, dass er ein ganz ähnliches Gespräch mit seinem Vater geführt hatte, wie sie mit seiner Mutter. Den Blicken des Mannes konnte sie entnehmen, dass auch er nun Bescheid wusste, aber die Eltern schienen es beide zu akzeptieren. Immerhin war ihr Sohn jetzt siebzehn.

Als sie wenig später zurück in sein Zimmer

gingen, um sich kurz frisch zu machen, bevor sein Vater sie ins Kino fuhr, drehte sie sich grinsend zu ihm um. „Lass' mich raten: dein Vater wollte sichergehen, dass du aufgeklärt bist und nichts Unüberlegtes tust – oder wenn doch, dann doch wenigstens mit entsprechenden Sicherheitsvorkehrungen?"

Pierre grinste über ihren Vergleich, doch so Unrecht hatte sie gar nicht. „Ja, so ungefähr. Woher weißt du das?"

„Ich habe mit deiner Mutter gesprochen. Die hat auch so etwas in der Art gesagt. – Hast du es deinem Vater erzählt?"

„Nicht direkt, aber ich denke, er ist dennoch im Bilde."

„Ich befürchte, deine Mutter auch. Mir ist da eine Bemerkung herausgerutscht", sagte sie entschuldigend.

Pierre nahm sie in die Arme. „Das macht überhaupt nichts. Sie wissen, was du mir bedeutest und dass es früher oder später passiert wäre. Jetzt ist es halt etwas früher gewesen. Solange *du* es nicht bereust, ist alles in Ordnung."

„Bestimmt nicht!", sagte sie und schmiegte sich in seine Arme.

Unerwarteter Rückschlag

Robin genoss die Stunden im abgedunkelten Kinosaal. Es war ein kleines Kino mit nur zehn Reihen, das jedoch bis auf den letzten Platz besetzt war. Fast fünf Stunden lang lag sie in seinen Armen und zusammen verfolgten sie das Geschehen auf der Leinwand. Am Ende weinten sie gemeinsam mit einem Großteil der Besucher um den gefallenen Helden und nicht nur ihre Augen waren leicht gerötet, als sie mitten in der Nacht den Kinosaal verließen. Arnaud Chevalier wartete bereits vor dem Kino auf sie und brachte sie nach Hause.

„Na, wie war's?", fragte er lächelnd.

„Toll", sagten beide im Chor und Pierre ergänzte: „Es ist halt doch etwas Anderes auf der großen Leinwand, auch wenn ich die Filme inzwischen fast mitsprechen könnte."

Es dauerte nicht lange, bis sie das Haus erreichten und ihnen der Mann eine gute Nacht wünschte, bevor die beiden die Treppe hinunter gingen. Er selber verschwand mit einem Grinsen nach oben ins Elternschlafzimmer.

„Wie darf ich seinen Blick denn jetzt verstehen?", fragte Robin ebenfalls grinsend, als sie im Untergeschoss angekommen waren.

„Vermutlich so, dass er genau weiß, wo du heute übernachten wirst."

„Das wusste er doch schon vorher", stellte das Mädchen verwundert fest. Immerhin hatten seine Eltern ja von der Übernachtung gewusst.

„Nicht ganz", grinste nun Pierre und öffnete eine der Türen in dem kleinen Flur. Zum Vorschein kam ein kleines, gemütliches Gästezimmer. „Es steht dir natürlich immer noch frei, hier zu übernachten, wenn du das lieber möchtest", lächelte er sie an.

Robin beugte sich zu ihm herüber und während sie ihm einen Kuss auf den Mund drückte, legte sie ihre Hand auf seine Rechte, die noch auf der Türklinke ruhte. Zusammen schlossen sie die Tür wieder und gingen weiter zu seiner eigenen Zimmertür, die sie sorgfältig hinter sich schlossen. Pierre half Robin mit der Prothese und holte anschließend aus ihrer Tasche die Creme, um die Haut unter dem Verbindungssocken zu pflegen. Währenddessen streckte Robin ihren verspannten Rücken, der es ihr übel genommen hatte, fünf Stunden schief in einem Kinosessel zu liegen. „Tut dir das Kreuz weh?"

„Nur ein bisschen. Ich hätte mich vielleicht nicht die ganze Zeit in deine Arme kuscheln sollen – aber es war einfach so schön", lächelte sie.

„Leg' dich gleich mal auf den Bauch, Robin. Vielleicht kann ich deinem Rücken ein bisschen helfen", schlug Pierre vor, während sie ihren Stumpf versorgte.

Anschließend zog sie ihre Bluse und den BH aus

und legte sich auf ihre Vorderseite auf Pierres Bett, dessen Decke er bereits zur Seite geschlagen hatte. Er nahm sich ein wenig von der Lotion und fing an, mit sanften Bewegungen ihre verspannten Schultern und den Rücken zu massieren, während Robin die Augen schloss. „Ich könnte stundenlang so liegen", seufzte sie nach einer Weile. „Machst du das öfter?"

„Manchmal massiere ich meine Mutter, wenn sie nach einem langen Tag am PC Rückenschmerzen hat."

Robin drehte sich leicht zu ihm um. „Was macht deine Mutter eigentlich? Arbeitet sie im Büro?"

„Früher ja, aber als ich krank wurde, hat sie ihren Job aufgeben müssen, um für mich da zu sein, wenn ich wieder für längere Zeit in die Klinik musste. Seitdem arbeitet sie von zu Hause. Sie ist Schriftstellerin und schreibt Kinderbücher. Am liebsten Cowboy- und Indianergeschichten für kleine Jungen. Damit hat sie auch angefangen, als ich krank war. Sie wollte mir die Zeit vertreiben und hat sich immer neue Geschichten für mich ausgedacht. Später hat sie dann angefangen, sie aufzuschreiben und an einen Verlag zu schicken."

„Toll", stellte Robin fest und ließ ihren Kopf wieder zurücksinken. „Und dein Vater?"

„Der ist Grafik-Designer in einer großen Firma in der Stadt."

„Weißt du eigentlich, dass ich noch viel zu wenig von dir weiß? Wir kennen uns so lange, sehen uns fast jeden Tag und bis eben hatte ich nicht mal eine

Ahnung davon, was deine Eltern machen, wo du aufgewachsen bist oder ob du noch Geschwister hast. Ich weiß eigentlich fast gar nichts über dich und doch bist du mir mehr vertraut, als irgendjemand sonst. Versprich mir, dass du mir alles über dich erzählst, ja?"

„Wenn du möchtest, kann ich das gerne tun. Aber nicht mehr heute", sagte er sanft und gab ihr einen zärtlichen Kuss in den Nacken, während seine Hände nach wie vor über ihren Rücken glitten. Doch er massierte schon seit ein paar Minuten nicht mehr ihre Muskeln, sondern ließ seine Finger einfach über die Haut gleiten, was nun auch Robin bemerkte und sich lächelnd zu ihm umdrehte. „Kann es vielleicht sein, dass du überhaupt noch nicht müde bist, Pierre Chevalier?"

„Bist du es denn, Robin-Marie?", gab er die Frage zurück, woraufhin sie den Kopf schüttelte und ihm sein T-Shirt über den Kopf zog. Zum zweiten Mal an diesem Tag erkundeten sie den Körper des anderen, spielten mit ihm und gaben schließlich dem Feuer nach, das in ihnen brannte, bevor Pierre die Decke über sie zog und sie eng umschlungen in den frühen Morgenstunden einschliefen.

Obwohl sie beide nur wenige Stunden geschlafen hatte, waren sie bereits munter, als seine Mutter am nächsten Morgen zum Frühstück rief. Sie hatte es vermieden, das Zimmer zu betreten, sondern klopfte lediglich an die Tür, um Bescheid zu sagen. Pierre öffnete ihr lächelnd. „Guten Morgen, Mama. Du kannst ruhig reinkommen."

„Ich wollte euch nicht stören", stammelte sie, während er ihr die Tür aufhielt. „Immerhin hast du Besuch." Damit warf sie einen Blick auf Robin, die gerade dabei war, den Strumpf über den Stumpf ihres Beines zu ziehen. Erschrocken wandte sie sich ab, murmelte eine Entschuldigung und verschwand wieder.

„An diese Reaktion muss ich mich wohl langsam gewöhnen", seufzte Robin.

Pierre zog sie in seine Arme. „Nimm' es ihr bitte nicht übel. Das war mit Sicherheit nicht böse gemeint. Ich glaube, sie ist einfach traurig, dass ausgerechnet die Freundin ihres Sohnes dieses Schicksal erfahren musste. Nach meiner eigenen Vergangenheit wäre es ihr vermutlich lieber gewesen, wenn... wenn du nicht auch mit deiner Vergangenheit zu kämpfen hättest."

„Du meinst, wenn du eine ganz normale Freundin hättest? Eine mit zwei Beinen, ohne Krankheiten oder Problemen?"

Pierre nickte. „Sie möchte eben einfach das Beste für mich. Aber das, was sie als das Beste für mich empfindet, muss ja nicht dasselbe sein, was ich als das Beste empfinde. Und das bist und bleibst eben du. Meine Mutter wird das auch bald begreifen und eines Tages wird sie sicher stolz sein, dich als..." Pierre brach ab, als ihm bewusst wurde, was er gerade beinahe gesagt hätte. Er kannte Robin nicht einmal ein halbes Jahr, sie waren beide noch lange nicht erwachsen und doch konnte er sich gar nicht mehr vorstellen, dass es anders sein könnte, als in den letzten Stunden. Dass sie nicht morgens in seinen Armen aufwachte, sie sich nicht bedingungslos liebten und einander vertrauten. Robin lächelte. Auch sie hatte bemerkt, was ihm beinahe herausgerutscht wäre. Und sie würde ihn am liebsten ebenfalls nie wieder loslassen.

Niemand erwähnte das Vorgefallene mit einem Wort, als sie zehn Minuten später zusammen am Frühstückstisch saßen, doch Robin bemerkte den verlegenen Blick der Frau und war ein bisschen froh, als sie sich schließlich verabschiedeten. Pierre ging mir ihr zusammen nach dem Frühstück zum Storchenhof zurück. Auf halber Strecke blieb er plötzlich stehen und blickte Robin an. „Sag' mal, warum bist du gestern Morgen eigentlich so früh gekommen? Ich meine: ich bin froh, dass es so war, aber ich glaube nicht, dass du das alles geplant hattest, oder?"

Robin grinste. „Nein, das war überhaupt nicht geplant. Ich würde es eher als eine spontane Ausnutzung der Situation bezeichnen, als du nur mit dem Handtuch um die Hüften und nasser Haut vor mir standest. Da bin ich einfach schwach geworden."

„An eine solche Schwäche könnte ich mich gewöhnen", lächelte der Junge und gab ihr einen Kuss. „Aber warum bist du dann gekommen?"

„Ich wollte dir eigentlich etwas erzählen."

„Ja?", fragte Pierre erwartungsvoll.

„Ich bin gestern Morgen das erste Mal über den

Hof gelaufen, zwischen Pferden und Reitern durch, habe sogar mehrere Pferde gestreichelt und hatte überhaupt keine Angst. Du und Anna-Lena habt es geschafft. Meine Panik ist weg. Ich stand ganz nah neben den Tieren, ohne Zaun oder sonst eine Abtrennung, und nur mein Puls ist ein wenig gestiegen. Versprich mir, dass wir weiter machen, dann kann ich bald wieder mit den Tieren umgehen, sie putzen und vielleicht sogar irgendwann wieder reiten."

Pierre hatte ihr mit offenem Mund zugehört. Jetzt hob er sie mit einem Strahlen in den Augen hoch und wirbelte sie herum. „Das ist toll, Robin. Ich wusste doch, dass du es schaffst. Natürlich machen wir weiter und ich verspreche dir, dass wir an deinem siebzehnten Geburtstag einen Ausritt zusammen machen." Und das meinte er auch so.

„Gehen wir zusammen zu Jacks Box?", fragte sie kurz darauf leise, als sie bereits wieder weiterliefen.

Erneut blieb der Junge stehen. „Bist du dafür schon bereit?"

Robin nickte. „Ich denke schon. Der einzige Grund, dass ich es nicht schon längst getan habe, war ja meine Angst vor den Pferden in den Boxen. Da ich die jetzt fast überwunden habe, sollte es eigentlich kein Problem sein. Aber ich möchte noch einmal zu seiner Box – mit der Vergangenheit abschließen."

„Na gut, dann machen wir das. Ich werde dir helfen."

„Danke."

Als sie kurz darauf auf dem Hof ankamen, herrschte wieder viel Betrieb. Es war Sonntag und entsprechend kümmerten sich viele Leute um ihre Pferde. Pierre staunte nicht schlecht, als das Mädchen an seiner Seite ohne Schwierigkeiten an den verschiedenen Tieren vorbeiging, das eine oder andre kurz streichelte und schließlich bei ihrem Vater stehen blieb, der eben im Begriff war, ein Pferd für einen Ausritt fertig zu machen.

„Ich bringe kurz deinen Rucksack auf dein Zimmer, Robin", sagte Pierre, während Robin ihrem Vater guten Morgen sagte und ihn kurz umarmte.

„Das ist aber schön, dass du wieder hier bist, Robin. Die Pferde haben dich schon vermisst."

Robin blickte verlegen zu Boden. „Jetzt kann ich es dir ja sagen, Papa. Es tut mir leid, dass ich dich angelogen habe, aber seit ich aus der Reha gekommen bin, war ich nicht mehr bei den Pferden. Ich hatte plötzlich Angst vor ihnen."

„Ach Quatsch. Das kann doch gar nicht sein. Du stehst doch direkt neben Sultan. Also erzähl' mir nicht, dass du Angst hättest", erwiderte ihr Vater ungläubig und streichelte den prächtigen Schimmel.

„Und doch ist es so. Anna-Lena und Pierre haben in den letzten Wochen mit mir geübt, bis ich schließlich nicht mehr in Panik ausgebrochen bin und seit gestern schaffe ich es endlich wieder, mich neben ein Pferd zu stellen und es zu streicheln. Ich weiß, dass es noch dauern wird, bis ich wieder so weit bin, dass ich mich auf ein Pferd drauf traue, aber wir werden weiter üben."

„Dann ist das wirklich wahr?", fragte Herr Keller fassungslos. „Aber warum hast du uns nichts gesagt, Kleines?"

„Ich wollte dich nicht enttäuschen, Papa", flüsterte sie, „Ich habe mich so geschämt."

Ihr Vater nahm sie tröstend in die Arme. „Du kannst mich gar nicht enttäuschen, Kind. Nicht einmal, wenn du nie wieder in die Nähe eines Pferdes gegangen wärst. Du hast ein Trauma erlebt, da kann es immer wieder zu Situationen kommen, die du nicht unter Kontrolle hast. Aber ich bin stolz auf dich, dass du nicht einfach aufgibst, dass du weiterkämpfst – und nur das zählt. Und wenn du soweit bist, werde ich dir gerne helfen, wenn du es mir erlaubst." Er gab ihr einen Kuss auf die Stirn und wandte sich wieder seinem Schimmel zu.

In diesem Moment kam ein älterer Herr auf Robins Vater zu. „Du, Wolfgang, hast du vielleicht einen Ausbindezügel für mich übrig? Meiner ist gerade gerissen und ohne möchte ich meinen Santos nicht reiten."

„Kein Problem. Ich habe noch einen Ersatz in meiner Kiste. Musst nur einen Moment warten, bis ich hier fertig bin."

„Kein Problem, Papa. Ich hole ihn schnell. Kümmere du dich um Sultan. Ich finde das Ding schon", sagte Robin schnell und lief auch schon durch die Stallgasse zur Sattelkammer. Es dauerte nur wenige Sekunden, bis sie das Gesuchte gefunden hatte und wollte schon wieder nach draußen, als sie mitten in der Stallgasse stehen blieb und nach Luft schnappte. Vor ihr baute sich eine Flammenwand auf, sie spürte die Hitze und in wenigen Sekunden lief ihr der Schweiß von der Stirn. Erschrocken stolperte sie rückwärts, doch als sie sich umdrehte, loderten auch dort Flammen und sie bekam keine Luft mehr. Sie musste hier raus! Panisch lief sie in eine offene Box und knallte mit voller Wucht gegen eine Wand, sodass sie nach hinten geschleudert wurde, im Stroh landete und dabei mit dem Hinterkopf aufschlug. Einige Sekunden lag sie benommen auf dem Boden, während ihr etwas Warmes über das Gesicht lief.

Nachdem Pierre Robins Tasche in ihrem Zimmer abgestellt hatte und zurück zum Stall gelaufen kam, war das Mädchen nirgends zu sehen. Herr Keller bemerkte seinen suchenden Blick und lächelte. „Robin ist in der Sattelkammer und holt einen Zügel für einen Bekannten. Scheinbar hat sie ihn nicht gefunden, sie ist schon ein paar Minuten drin."

Pierre hatte plötzlich ein ungutes Gefühl. Ohne etwas zu sagen, lief er in den Stall und auf direktem Weg in die Sattelkammer. Doch seine Freundin war nicht da. Als er zurück in die Stallgasse ging, bemerkte er den Zügel, der mitten auf dem Boden lag. Er bückte sich, um ihn aufzuheben, gerade als Robin aus einer der Boxen gestürmt kam und ihn einfach über den Haufen rannte. Pierre verlor das Gleichgewicht und schlug hart gegen die gegenüberliegende Boxentür. Ein stechender Schmerz machte sich in seiner Schulter breit und er brauchte ein paar Sekunden, bis er wieder klar im Kopf wurde. Robin stand nun mitten in der Stallgasse und starrte auf die offene Tür. Dann ging sie ein paar Schritte zurück, als wenn sie vor etwas weglaufen wollte und drehte sich um. Pierre sah, dass ihr Gesicht blutverschmiert war und ihre Augen machten ihm Angst.

„Robin, was ist denn los?", fragte er das Mädchen, doch sie reagierte überhaupt nicht auf ihn. Immer wieder wirbelte sie herum und er bemerkte deutlich, wie ihre Atmung immer schneller wurde. Endlich begriff er, dass sie einen Panikanfall hatte. Er musste sie, so schnell es ging, hier rausschaffen. Mit zügigen Schritten lief er auf sie zu und ergriff ihren Arm. „Robin, ich bringe dich hier raus. Alles wird gut", sagte er, doch sie wirbelte erschrocken herum und traf ihn mit ihrem Arm direkt an der verletzten Schulter. Pierre ließ einen unterdrückten Schrei los und ging in die Knie. Sekunden später sackte auch Robin neben ihm zusammen, heftig nach Luft schnappend und mit verdrehten Augen. Pierre konnte mit der linken Hand gerade noch verhindern, dass sie erneut mit dem Kopf aufschlug. „Herr Keller!", rief er verzweifelt und vor Schmerzen hatte er Tränen in den Augen. „Bitte helfen Sie uns!"

Obwohl Pierres Stimme durch seine Schmerzen sehr schwach war, hatte Robins Vater ihn dennoch gehört und stürmte kurz darauf mit einem weiteren Mann in den Stall. „Was ist los?", fragte er, als er die beiden auf dem Boden vorfand.

„Robin hat eine Panikattacke. Sie muss sofort hier raus. Ich schaffe es nicht alleine."

„Bernd, ruf' einen Krankenwagen", gebot der Mann und hob Robin sanft vom Boden, um sie nach draußen zu bringen. Das Mädchen hatte das Bewusstsein verloren und rührte sich nicht. Pierre hörte, wie Herr Keller Befehl gab, die Pferde wegzuschaffen und versuchte, sich hochzustemmen. Als er endlich auf seinen Füßen stand, zitterten diese so heftig, dass er sich mit der linken Hand an den Gitterstäben festhalten musste, um nicht umzufallen. Doch niemand bemerkte das. Alles stand um das bewusstlose Mädchen, das inzwischen auf einer Pferdedecke auf dem Boden lag. Schritt für Schritt arbeitete sich der Junge zur Tür vor. Er wollte zu seiner Freundin und bemerkte gar nicht, wie schlecht es ihm selber ging. Die Schmerzen machten ihn fast wahnsinnig, doch er sah nur das Mädchen, das seine Hilfe brauchte. In der Ferne hörte er Sirenen und als er endlich die Tür erreichte, kümmerten sich bereits drei Männer um seine Freundin.

Pierre sah, wie sie sie untersuchten, ihr einen Zugang legten und eine Halskrause umlegten. Und schließlich, wie sie ihr einen Verband um den Kopf wickelten, bevor sie auf eine Trage gebettet wurde. Während die beiden Sanitäter diese zum Krankenwagen schoben, kam der Notarzt auf den Jungen zu, der sich krampfhaft an der Stalltür festklammerte. „Alles in Ordnung mit dir, Junge? Du siehst ein bisschen blass aus."

„Helfen Sie Robin!", presste Pierre unter Schmerzen hervor. Dann brach er vor den Augen des Notarztes zusammen, der ihn geistesgegenwärtig auffing und sanft auf den Boden gleiten ließ. Herr Keller machte sich Vorwürfe, dass er nur Augen für seine Tochter gehabt und nicht mitbekommen hatte, dass ihr Freund ebenfalls verletzt war.

Während einer der Sanitäter bei Robin im Krankenwagen blieb, kam der zweite zurück, um dem Notarzt mit dem Jungen zu helfen. Nachdem dieser ihm einen Zugang gelegt und eine Infusion angehängt hatte, führte er einen Bodycheck durch, da man dem Jungen keine Verletzungen ansehen konnte. Als er seine rechte Schulter abtastete, stöhnte Pierre vor Schmerzen, wachte jedoch nicht auf. „Verdacht auf Schulterluxation rechts. Wir brauchen einen zweiten Wagen."

Der Sanitäter nickte, entfernte sich kurz und griff nach dem Funkgerät, um Verstärkung anzufordern, während der Notarzt seine Untersuchung fortführte, jedoch keine weiteren Verletzungen feststellen konnte. „Was ist mit dem Mädchen?", rief er zum Krankenwagen hinüber.

„Ist stabil", war die Antwort und der Arzt konnte sich weiter um den jungen Mann kümmern.

In diesem Moment schlug Pierre die Augen auf und blickte den Arzt verwundert an. Er wollte sich aufrichten, wurde jedoch am Boden gehalten. „Bleib liegen, Junge. Du hast dir die Schulter verletzt."

„Aber ich muss zu Robin."

„Deiner Freundin geht es gut. Sie ist in den besten Händen. Kannst du mir sagen, was passiert ist?" Pierre schloss für einen Moment die Augen, öffnete sie jedoch sofort wieder, als ihm der Arzt leicht gegen die Wange schlug. „Wach bleiben, junger Mann."

„Ich heiße Pierre."

„Gut, Pierre. Was ist im Stall passiert?"

„Ich bin mir nicht sicher. Ich glaube, Robin hatte eine Panikattacke. Sie hat keine Luft mehr bekommen und ist in Panik im Kreis gelaufen. Ich glaube, sie hat wieder die Flammen gesehen. Dabei muss sie irgendwo gegengelaufen sein. Sie hat geblutet."

„Und deine Schulter?"

„Sie hat mich umgerannt, als ich den Zügel aufheben wollte und ich bin gegen die Stalltür ge…" Weiter kam der Junge nicht mehr. Wieder versuchte der Arzt, ihn wachzubekommen und Pierre schlug erneut die Augen auf.

„Ich gebe dir jetzt ein Schmerzmittel, Pierre. Das kann ein wenig müde oder schwummrig im Kopf machen. Das ist völlig normal. Hast du sonst noch Schmerzen?"

Pierre schüttelte den Kopf, während der Arzt ihm ein Medikament spritzte und in der Ferne erneut Sirenen erklangen. Plötzlich fühlte sich der Junge ganz leicht, als würde er schweben. Die Schmerzen wurden erträglich und er bekam nur entfernt mit, wie er halb aufgerichtet wurde und die Männer seine Schulter verbanden. Auch die Fahrt und die anschließende Röntgenuntersuchung im Krankenhaus verbrachte er in einer Art Dämmerzustand, an den er sich im Nachgang nicht mehr erinnern konnte. Als er wieder zu sich kam, spürte er, dass jemand seine linke Hand hielt. Pierre schlug die Augen auf und blickte in das Gesicht seiner Mutter.

„*Comment ça va, mon fils?* (Wie geht es dir, mein Sohn?)", hörte er die Stimme seines Vaters von der anderen Seite des Bettes und drehte seinen Kopf ein wenig.

„*Ça va bien. Comment va Robin?* (Mir geht es gut. Was ist mit Robin?)"

„Deiner Freundin geht es auch wieder gut. Sie ist auch hier im Krankenhaus, Pierre", erklärte ihm seine Mutter, während sie ihm sanft über die Hand strich. „Sie hat eine Platzwunde an der Stirn und vermutlich eine Gehirnerschütterung."

Herr Chevalier half seinem Sohn, sich ein wenig aufzusetzen. Pierres Arm war mit einem Gilchristverband an seinem Körper festgebunden, sodass er ihn nicht bewegen konnte. „Was ist mit meinem Arm?"

„Das wird bald verheilen. Du hast dir die Schulter ausgekugelt. Dabei wurden Nerven und Gefäße verletzt. Deshalb mussten sie dich operieren. Aber der Arzt meint, es wäre alles gut gelaufen. In ein paar Wochen bist du wieder fit."

„Wie lange muss ich hierbleiben?"

„Morgen darfst du vermutlich nach Hause. Die

Ärzte wollen dich über Nacht hierbehalten, um sicherzugehen, dass du die Narkose und die OP gut überstanden hast."

Pierre drehte sich auf die andere Seite und suchte den Blick seines Vaters. „Bringst du mich zu ihr?"

„*Bien sûr, mon fils.* (Natürlich, mein Sohn)."

PROFESSIONELLE HILFE

Während sein Vater ihn in das Zimmer schob – er hatte darauf bestanden, ihn im Rollstuhl zu Robin zu bringen – fühlte sich Pierre, als wenn er eine Zeitreise hinter sich hätte. Das Zimmer sah fast genauso aus, wie zu der Zeit, als Robin im Koma lag, jedoch bereits selbstständig atmete. Wie damals lag sie alleine in einem Zimmer, in den Händen Kanülen, nur dass sie keinen Verband, sondern lediglich ein großes Pflaster an der Stirn hatte. Und Robin hatte die Augen auch nicht geschlossen, sondern blickte ihn überrascht an, als er sich dem Bett näherte. „Du siehst ganz schön schlimm aus, Pierre. Wie ist das passiert?", fragte sie leise, während Frau Keller und sein Vater sich diskret entfernten, um die beiden einen Moment alleine zu lassen.

Pierre hob seine linke Hand und strich ihr sanft über die Wange. „Mach dir darüber keine Gedanken. Mir geht es gut. Was ist mit dir?"

„Mein Kopf dröhnt und wenn ich mich bewege, wird mir schwindelig. Ich weiß gar nicht so genau, wie das passieren konnte. Eigentlich wollte ich nur diese blöden Zügel aus der Sattelkammer holen und dann... dann waren da plötzlich Flammen." Robins Augen füllten sich mit Tränen. „Was ist mit den

Pferden?"

„Da waren keine Flammen, Robin. Im Stall war alles in Ordnung."

„Aber ich habe sie doch gesehen! Sie haben mich eingeschlossen, ich habe die Hitze gespürt und den Rauch. Er hat mir die Luft abgeschnürt. Ich bin dann irgendwo mit dem Kopf gegengelaufen, gestürzt und mit dem Kopf erneut auf dem Boden aufgeschlagen. Als ich wieder zu mir kam, waren die Flammen überall. Ich bin einfach losgerannt. Ich glaube, ich habe etwas umgestoßen und dann weiß ich nichts mehr."

„Da war wirklich kein Feuer, Robin. Ich war da. Im Stall war alles in Ordnung. Du hattest eine Panikattacke, ähnlich deinen Anfällen in der Nähe von Bonnie, nur viel schlimmer. So schlimm, dass du nichts mehr mitbekommen hast. Das, was du umgerannt hast, war ich. Ich habe dich nicht kommen sehen, weil ich mich nach dem Zügel gebückt habe. Du hast nicht einmal mitbekommen, dass ich da war."

Robin riss entsetzt die Augen auf. „Dann war ich das?" Sie deutete auf seinen Arm.

„Ja. Aber das ist nicht wichtig. Du hast es ja nicht mit Absicht gemacht und das wird wieder heilen. Aber so kann es nicht weitergehen. Du hast dich so da hineingesteigert, dass du das Bewusstsein verloren hast. Wenn ich dich nicht aufgefangen hätte, wärst du noch ein drittes Mal auf den Kopf gefallen. Ich weiß nicht, was ein Schädel so aushält, aber du hattest erst vor nicht allzu langer Zeit einen Schädel-bruch. Und ich bin mir nicht sicher, ob es gut wäre, das zu wiederholen. – Du brauchst Hilfe von einem Fachmann, der mit dir den Unfall aufarbeiten kann. Sonst werden solche Unfälle immer wieder passieren und das nächste Mal geht es vielleicht nicht so glimpflich ab."

Robins Blick wirkte traurig, als er sprach und als er geendet hatte, nickte sie fast unmerklich, was sofort wieder einen Schwindelanfall auslöste. Nach-dem sich ihr Kopf wieder beruhigt hatte, antwortete sie: „Du hast Recht. Wenn ich sogar schon andere in Gefahr bringe, werde ich da nicht mehr alleine rauskommen." Sie griff neben sich zum Ruf-Knopf und drückt ihn kurz. Zwei Minuten später betrat eine Schwester zusammen mit Robins Mutter und Pierres Vater den Raum, die die beiden besorgt musterten. „Ich würde gerne mit einem Psychologen sprechen, wenn das möglich ist", sagte das Mädchen leise und die Schwester nickte.

„Das kann ich gerne veranlassen, Robin. Aber erst einmal solltest du dich ein bisschen ausruhen. Und dein Freund sollte das auch tun", ergänzte sie mit einem Blick auf Pierre.

Der Junge nickte, beugte sich zu seiner Freundin und gab ihr einen Kuss auf den Mund. „Gute Nacht, Prinzessin. Und gute Besserung."

„Pierre?"

„Ja?"

„Es tut mir leid, dass ich dich verletzt habe. Das

wollte ich nicht."

„Ich weiß. Schlaf' jetzt. Ich komme dich morgen wieder besuchen."

Pierres Vater brachte seinen Sohn wieder zurück in sein Zimmer und half ihm in sein Bett, bevor sich seine Eltern von ihm verabschiedeten. Der Junge war von der kürzlichen Narkose noch recht müde und schlief daher wenige Minuten später ein. Als er erwachte, fühlte er sich fit und ausgeschlafen. Nur der Verband und die Einschränkung der Bewegungsfreiheit nervten gewaltig. Nach der Visite durfte er endlich zu Robin, der es auch schon viel besser ging, als am Abend zuvor. Ihr Schwindel hatte nachgelassen, war jedoch immer noch vorhanden und auch die Kopfschmerzen waren erträglich.

„Musst du noch lange in der Klinik bleiben?", fragte Robin, als er sich neben ihr Bett gesetzt hatte.

„Nein, ich darf heute nach Hause. Meine Eltern holen mich heute Nachmittag ab."

„Musst du dann auch in die Schule?"

„Leider ja. Ab morgen wieder. Dabei würde ich viel lieber bei dir bleiben. Schade, dass wir nicht zusammen in die Schule gehen können."

„Das ist noch nicht gesagt. Ich werde leider noch ein bisschen ausfallen und ich glaube kaum, dass ich den ganzen Stoff so einfach aufholen kann. Deshalb habe ich gestern mit meinen Eltern gesprochen. Ich möchte, wenn ich wieder fit bin, die letzte Klasse wiederholen. Das macht es einfacher, wieder in den

Stoff zu kommen, weil ich ihn schon einmal durchgenommen habe. Und da es aktuell nur eine zehnte Klasse gibt, wirst du mich wohl oder übel in Zukunft als deine Klassenkameradin akzeptieren müssen. Zu Mindestens, wenn ich es irgendwann einmal schaffe, nicht mehr in einem Krankenhaus vor mich hin zu vegetieren."

Pierre strahlte, als sie ihm das sagte. Sie würde bald mit ihm zusammen zur Schule gehen, sie könnten zusammen für Arbeiten lernen und wären fast den ganzen Tag zusammen, wenn er nachmittags auf den Hof käme. Am liebsten wäre er ihr um den Hals gefallen, aber das war weder mit seinem festgebundenen Arm, noch mit ihrem Kopf möglich. Doch das Leuchten in seinen Augen zeigte ihr deutlich seine Freude über diese Neuigkeit.

„Das ist toll", brachte er schließlich heraus, als er seine Sprache wieder gefunden hatte. „Und du wirst sehen: du bist schneller hier raus, als du denkst. Und wenn du dann auch noch Hilfe bekommst, wird alles wieder gut. Dann beginnt dein neues Leben – unser Leben." Er beugte sich zu ihr runter und küsste sie sanft auf den Mund. Robin schloss die Augen und spürte wieder dieses Kribbeln, das sich in ihrem Körper ausbreitete.

„Tust du mir einen Gefallen, Pierre?"

„Jeden", lächelte der Junge.

„Es wird zwar noch eine Weile dauern, bis es soweit ist, aber könntest du mit eurem Klassenlehrer reden?"

„Weswegen?"

Robin deutete auf die Prothese, die neben dem Bett an der Wand lehnte. „Deswegen. Ich will kein Mitleid. Ich möchte einfach nur eine ganz normale Schülerin sein. Und ich möchte mich nicht schämen müssen, wenn ich im Sport oder im Sommer eine kurze Hose trage. Vielleicht könntet ihr im Klassenrat darüber reden, dass ich kein Monster bin, vor dem man Angst haben muss oder das eine ansteckende Krankheit hat."

Pierre nickte. Scheinbar hatte ihr der Blick seiner Mutter doch mehr zugesetzt, als sie zugeben wollte. „Natürlich. Das mache ich, wenn du möchtest. Aber vorher solltest du mir sagen, was genau ich sagen darf und was nicht."

„Vielleicht solltest du nicht unbedingt erwähnen, dass ich für deine Schulter-Verletzung verantwortlich bin. Sonst bin ich gleich unten durch", grinste sie und Pierre huschte ebenfalls ein Lächeln über das Gesicht. „Das lässt sich bestimmt einrichten.

„Tut es noch sehr weh?"

„I wo. Es stört nur ein bisschen, dass ich mich nicht richtig bewegen kann. Und in der Schule wird es ein bisschen schwierig, weil ich Rechtshänder bin. Also versuche bitte, das nächste Mal die linke Seite zu erwischen."

Robin gab ihm einen freundschaftlichen Knuff in die Seite und zog ihn anschließend zu sich herunter, um ihn zu küssen. „Es wird hoffentlich kein nächstes Mal geben."

198

Pierre blickte sie mit einem frechen Grinsen an. „Schade, dabei habe ich mich schon so darauf gefreut."

Das Mädchen brauchte ein paar Sekunden, bis sie begriff, was er meinte und wurde rot. „Das wird wohl auch noch eine Weile dauern, du Casanova."

In diesem Moment klopfte es an die Tür und brachte Pierre um eine entsprechende Antwort. Kurz darauf betrat der Klinikpsychologe das Zimmer und stellte sich vor. Als Pierre sich entfernen wollte, bat ihn Robin, zu bleiben und der Arzt hatte kein Problem damit, wenn der Junge bei seiner Freundin blieb. Zwei Stunden lang sprach Robin mit ihm über den Unfall und deren Folgen und über das, was in Gegenwart der Pferde und schließlich gestern im Stall passiert war. Der Mann hörte ihr aufmerksam zu und machte sich Notizen. Am Ende schlug er eine Gesprächstherapie sowie einige Hypnosesitzungen vor, um ihr Trauma aufzuarbeiten.

Für Pierre, der selbst schon Hilfe eines Therapeuten in Anspruch genommen hatte, machte der Mann einen kompetenten Eindruck und auch Robin schien sich gut aufgehoben zu fühlen. Leider musste Pierre sich kurz nach dem Besuch des Mediziners ebenfalls verabschieden, weil sein Vater gekommen war, um ihn abzuholen.

„Ich schreibe dir nachher", rief ihm Robin noch nach, während er seinem Vater durch die Tür folgte.

Während Pierre an diesem Abend versuchte,

unter die Dusche zu gehen, stellte er fest, dass das gar nicht so einfach war, wenn man seinen rechten Arm nicht bewegen durfte. Er schaffte es nicht einmal alleine aus dem T-Shirt, das er trug, und bat schließlich seinen Vater um Hilfe, der ihm auch hinterher wieder mit dem Gilchristverband half. Als er sich schließlich ins Bett legte, fühlte er sich erschöpft und ausgelaugt, wollte aber dennoch nicht auf seine Unterhaltung mit Robin verzichten. Um halb neun war er dann aber so müde, dass er sich bei ihr entschuldigte und die Konversation beendete. Kurz darauf schlief er bereits fest.

Als er am nächsten Morgen in die Klasse kam, durfte er sich als erstes die Kommentare seiner Mitschüler anhören:. „Vielleicht solltest du dir ein anderes Hobby suchen, Pierre. In einem halben Jahr zwei Krankenhausaufenthalte ist schon nicht schlecht. Scheint eine gefährliche Leidenschaft zu sein", stellte Klaus fest, als er Pierres Verband sah.

Der Junge ließ die Klassenkameraden in dem Glauben, er hätte sich bei einem Reitunfall verletzt und antwortete: „Ist auch nicht gefährlicher als jeder andere Sport. Bin einfach dumm gefallen." Und das war noch nicht einmal gelogen, denn dumm gefallen war er ja wirklich, nachdem Robin ihn umgerannt hatte. Nur dass Robin eben kein Pferd, sondern seine Freundin war, was er jedoch für sich behielt. Nach den anfänglichen Sticheleien waren seine Mitschüler dann aber doch sehr hilfsbereit und unterstützten ihn, wo es ging. Sein Sitznachbar schrieb ihm die Hausaufgaben auf, Stillarbeiten durfte er mit einem Klassenkameraden zusammen machen, der dann auch schrieb. Richtig schwierig würde es erst nächste Woche werden, da er dann eine Mathematikarbeit schreiben musste, wie ihnen der Mathelehrer ankündigte und von der Pierre nicht so ganz wusste, wie er das bewerkstelligen könnte. Am langweiligsten wurde jedoch die Sportstunde, bei der er nur auf der Bank sitzen konnte, um zuzuschauen. Aber das war Pierre noch von früher gewöhnt, denn während und nach den Behandlungen konnte er oft nicht am Sportunterricht teilnehmen.

Nach der sechsten Stunde fuhr er direkt in die Klinik, wo ihn seine Mutter um drei abholen wollte. Inzwischen saß seine Freundin aufrecht im Bett und legte ihr Buch zur Seite, als er den Raum betrat. Über ihr Gesicht ging ein Strahlen und sie sah wesentlich besser aus, als noch am Tag zuvor. Auf seine Nachfrage hin, bestätigte sie das. „Der Arzt meint, ich könnte vielleicht in zwei Tagen nach Hause, wenn sich nichts ändert. Und heute Nachmittag habe ich meine erste Hypnosesitzung beim Psychologen."

„Schreibst du mir anschließend, wie es war?"

„Klar, mach' ich. Auch wenn ich dich am liebsten dabei haben möchte."

„Ich weiß, Prinzessin. Aber das geht nun einmal nicht – es ist einfach nicht erlaubt. Außerdem habe ich jede Menge Hausis zu machen, an denen ich vermutlich mehrere Stunden sitze und es am Ende eh keiner lesen kann. Meine Schrift mit links gleicht nämlich eher irgendwelchen ägyptischen Hieroglyphen, als normalen Buchstaben und Zahlen."

Robin dachte einen Moment nach. „Hast du die Sachen dabei?"

„Ja, wieso?"

„Dann hol' sie mal raus. Ich helfe dir. Mir ist eh total langweilig und gleichzeitig komme ich ein bisschen in den Stoff rein, der mich demnächst erwartet."

„Aber du kannst doch nicht meine Hausis machen!", widersprach Pierre mit ernster Stimme.

„Tu ich ja auch nicht. Machen tust du sie – ich schreibe es nur in dein Heft", grinste sie. Dann stand sie auf, griff ihre Krücken, da sie die Prothese im Bett nicht trug, und lief zu einem kleinen Tisch, an dem zwei Stühle standen. „Jetzt komm' schon."

Pierre schüttelte ungläubig den Kopf, hob schließlich seine Tasche auf und ging seufzend ebenfalls zu dem Tisch. Die nächste Stunde verbrachten sie mit seinen Hausaufgaben, wobei Pierre ihr diktierte, was sie aufschreiben sollte.

„Von mir aus können wir das jeden Tag machen, solange du den Arm nicht bewegen kannst. Immerhin bin ich ja nicht ganz unschuldig an deinem Zustand."

„Robin! Das hatten wir doch schon. Du kannst nichts dafür. Aber wenn du mir gerne helfen möchtest, habe ich natürlich nichts dagegen."

Die letzte halbe Stunde besprachen sie noch, was Pierre in der Schule bezüglich ihrer Behinderung und wie es dazu kam erzählen durfte, um ihre künftigen Mitschüler auf die neue Mitschülerin vorzubereiten. Sie einigten sich auch darauf, dass er nicht mit der Klasse selber, sondern lediglich mit seinem Klassenlehrer sprechen würde, der dann die Informationen weitergeben sollte. Da er seinen Lehrer am nächsten Tag in der letzten Stunde haben würde, wollte er versuchen, im Anschluss daran um ein Gespräch zu bitten.

Zum Abschied nahm er Robin in den Arm und gab ihr einen Kuss. „Ich werde in Gedanken bei dir sein, okay?"

Robin nickte. „Ich melde mich nachher."

Pierre lag in seinem Bett und las, als sein Telefon ihn aus seiner Lektüre riss. Lächelnd nahm der es in die Hand, öffnete die WhatsApp-Nachricht und tippte mit der Linken seine Antworten ein, was allerdings wesentlich länger dauerte, als normal.

☺ *Bin wieder auf meinem Zimmer. Erste Sitzung überstanden.*

☺ *Und? Wie war es?*

☺ *Kannst du mich das morgen fragen?* ☺

☺ *Wieso?*

☺ *Weil ich dann erst weiß, wie ich es überstanden habe. Dr. Lima (der Psychologe) meinte, dass es sein könnte, dass ich eine unruhige Nacht vor mir hätte.*

💬 *Wie kommt's? Soll doch eigentlich helfen* ☹

💬 **Soll es ja auch. Aber dafür musste ich eben alles noch einmal erleben 😣. In allen Einzelheiten. War ziemlich heftig. Habe aber eingesehen, dass es wichtig ist. Und dass es Zeit braucht.**

💬 *Ich wünschte, ich könnte dir helfen* ☹

💬 **Lieb von dir. Aber da muss ich jetzt wohl alleine durch.**

💬 *Ich denke an dich* ♥

💬 **Pierre?**

💬 *Ja???*

💬 **Ich habe Angst. 😣**

💬 *Du schaffst das! Ich bin bei dir.*

💬 **DANKE. Muss jetzt leider aufhören. Essen kommt. Die sehen es nicht gern, wenn man am Telefon hängt.**

💬 *Ich lasse mein Handy heute Nacht an. Melde dich, wenn du mich brauchst.*

💬 **Mache ich. Vielen Dank für alles. Ich hab dich lieb ♥**

💬 *Und ich erst! Gute Nacht, Prinzessin ♥♥♥*

Seufzend legte Pierre sein Handy auf den Nachttisch. Hoffentlich wurde Robins Nacht nicht so schlimm, wie sie befürchtete. Kurz darauf musste auch er zum Abendessen und steckte sein Telefon sicherheitshalber in die Hosentasche. Als er später in seinem Bett lag, konnte er lange nicht einschlafen. Immer wieder warf er einen Blick auf sein Telefon und hatte ein komisches Gefühl im Bauch. Ob er ihr schreiben sollte? Doch dann verwarf er den Gedanken wieder. Wenn etwas wäre, würde sie sich bei ihm melden und wenn er einfach eine Nachricht schrieb, würde er sie vielleicht aufwecken, wenn alles in Ordnung wäre.

Schließlich schloss er die Augen, wachte aber immer wieder auf und warf einen Blick auf die Uhr. Mit dem gesunden Arm unter dem Kopf starrte er eine Weile an die Decke, warf erneut einen Blick auf sein Telefon und versuchte wieder, ein wenig zu schlafen.

Während Pierre sich berechtigte Sorgen um seine Freundin machte, lieferte diese sich einen erbitterten Kampf mit ihren Erinnerungen. Dr. Lima hatte seine Kollegen über den Zustand der Patientin informiert und darum gebeten, sie während der Nacht engmaschig zu überwachen. Deshalb schaute alle halbe Stunde eine Schwester oder ein Pfleger nach dem jungen Mädchen, das jedoch Angst hatte, die Augen zu schließen. „Möchtest du ein Schlafmittel haben?", fragte die Schwester sie schließlich gegen elf Uhr, als Robin noch immer nicht schlief.

„Nein danke. Lieber nicht", antwortete sie und schloss die Augen. Zufrieden entfernte sich die Schwester wieder, doch sobald die Tür sich schloss, öffnete Robin die Augen wieder und griff zu ihrem Telefon. Sollte sie Pierre schreiben? Er hatte es zwar angeboten, aber sie wusste auch, dass er morgen in die Schule musste und seinen Schlaf brauchte. Sie konnte ja nicht ahnen, dass er genauso wach lag, wie sie selber. Schließlich ging sie in ihren Galerie-Ordner und blätterte durch einige Fotos, die sie in den letzten Wochen gemacht hatte: vom Zoo, im Café und auch auf dem Storchenhof. Dort war auch ein Bild von Pierre dabei, auf dem er fröhlich in die Kamera lächelte. Sie speicherte dieses Bild als Hintergrund für ihr Telefon und strich anschließend liebevoll über das Gesicht, das ihr so viel bedeutete. Mit dem Telefon in der Hand schloss sie schließlich die Augen und schlief ein.

Als der Pfleger wenig später nach ihr sah, rührte sich das Mädchen nicht und zufrieden verließ er das Zimmer wieder, um sich um seine Arbeit zu kümmern. Sie hatten einen Neuzugang, der in der nächsten Stunde seine und die Aufmerksamkeit seiner Kollegen benötigte, sodass der nächste Kontrollbesuch etwas warten musste. Niemand bekam mit, wie das Mädchen im Schlaf anfing, unruhig zu werden, sich hin und her warf und im Schlaf wimmerte. Das Telefon, an das sie sich geklammert hatte, fiel ihr aus der Hand und landete mit einem dumpfen Schlag auf dem Boden. Robin kämpfte derweil mit Händen und Beinen gegen unsichtbare Flammen, die sie zu verschlingen drohten und monsterhafte Pferdeköpfe, die in den Flammen auftauchten und auf sie einschlugen. Erst, als sie anfing, im Schlaf zu schreien, wurden die Pfleger auf sie aufmerksam und stürmten schließlich in das Zimmer. Zu zweit versuchten sie, das

Mädchen zu wecken und erhielten dabei einige unangenehme Schläge ihrer fliegenden Fäuste. Schließlich schafften sie es, ihre Arme am Bett zu fixieren und die Krankenschwester rief nach dem diensthabenden Arzt. Robins Herz raste und ihr Blutdruck war viel zu hoch. Noch immer kämpfte sie gegen ihre Gegner und erst, als der Arzt ihr ein Beruhigungsmittel verabreicht hatte, verebbten ihre Bewegungen langsam und auch ihre Werte stabilisierten sich etwas. Das Mädchen war nass geschwitzt und die Haare klebten ihr im Gesicht.

Nachdem sie sich schließlich vollständig beruhigt hatte, verließ der Arzt das Zimmer mit der Anweisung, das Mädchen noch engmaschiger zu überwachen und ihn sofort zu informieren, falls es eine Veränderung gab. Dann ging er zurück in sein Büro, um die Eltern zu informieren.

Als Pierre am nächsten Morgen die Augen aufschlug, war sein erster Blick erneut der auf sein Handy. Doch es war keine Nachricht vorhanden. Er fühlte sich total gerädert und hatte Schwierigkeiten, aufzustehen. Aber es half alles nichts – er musste in die Schule. Normalerweise wäre er an so einem Morgen unter die kalte Dusche gehüpft, doch dafür reichte die Zeit nicht mehr. Deshalb hielt er lediglich seinen Kopf unter die kalte Brause, um seine Lebensgeister in Schwung zu bringen. Anschließend fühlte er sich schon etwas besser. Seine Mutter half ihm beim Anziehen des Oberteils, da er hierfür immer den Gilchristverband aus und wieder anziehen musste.

Nach dem Frühstück schaute er erneut auf sein Telefon, doch auch jetzt war keine Nachricht vorhanden. „Wartest du auf etwas?", fragte seine Mutter amüsiert, nachdem er das dritte Mal nachgeschaut hatte.

Pierre hob den Kopf. „Robin hatte gestern ihre erste Hypnose und der Arzt hat gemeint, dass sie vielleicht schlecht schlafen würde. Sie wollte mir Bescheid sagen, wie es ihr geht. Aber sie hat sich noch nicht gemeldet."

Seine Mutter legte ihm die Hand auf den Arm. „Du weißt doch, wie das ist. Im Krankenhaus ist immer etwas los. Entweder stehen Untersuchungen an, Frühstück kommt oder Visite. Sie wird einfach noch nicht dazu gekommen sein. Du wirst sehen, wenn sie Zeit hat, wird sie sich bei dir melden."

Pierre nickte, doch als er im Schulbus saß, hielt er es nicht mehr aus und schrieb ihr eine Nachricht.

☺ *Guten Morgen, Prinzessin.* ♥ *Hoffe, du hast besser geschlafen, als ich.* ☺ *Hatte die ganze Nacht ein ungutes Gefühl.* ☹ *Ist alles in Ordnung bei dir??? Alles gut überstanden? Muss jetzt in die Schule.* ☹ *Komme heute etwas später zu dir, damit ich mit dem Lehrer sprechen kann. Melde dich bitte. Ich mache mir Sorgen.* ☹ *Vermisse dich* ♥♥♥ *Pierre.*

Vor dem Unterricht kontrollierte Pierre erneut sein Telefon, obwohl das auf dem Schulgelände eigentlich nicht erlaubt war, und wurde natürlich prompt erwischt. Glücklicherweise bekam er nur eine Ermahnung, als er dem Lehrer erklärte, dass er sich Sorgen um seine Freundin machte, die im Krankenhaus läge, und durfte sein Telefon behalten. Das nächste Mal würde er aber nicht so glimpflich davonkommen. Pierre hatte das Gefühl, dass der Unterricht überhaupt nicht enden wollte und hatte Probleme, sich auf das zu konzentrieren, was vorne erklärt wurde. Immer wieder musste er sich selber ermahnen, dem Unterricht zu folgen. Nach der letzten Stunde, während seine Mitschüler den Raum verließen, ging er zum Lehrerpult und räusperte sich. „Herr Listmann?"

Der Lehrer blickte überrascht auf. „Pierre? Ist irgendetwas? Hast du Schmerzen?"

„Nein, nein. Es geht nicht um mich. Ich würde gerne kurz mit Ihnen sprechen, wenn das möglich wäre."

Herr Listmann blickte auf seine Uhr. „Eine halbe Stunde könnte ich entbehren. Um was geht es denn?" Er gebot Pierre, sich zu setzten und ließ sich auf einem zweiten Schülerstuhl nieder.

„Es geht um unsere neue Mitschülerin: Robin Keller."

Überrascht blickte ihn der Lehrer an und grinste. „Woher weißt du das denn schon wieder? War der Flur-Funk wieder schneller als wir?"

Pierre schüttelte ernst den Kopf. „Nein. Robin ist die Tochter meines Reitlehrers. Und sie hat mich um etwas gebeten. Sie wissen vermutlich, dass sie vor einigen Monaten einen schweren Unfall hatte?"

„Ja, das ist mir bekannt. Eine sehr traurige Geschichte, was damals passiert ist. Ich kenne Robin von einigen Vertretungsstunden, die ich letztes Jahr in ihrer Klasse gehalten habe. Ein freundliches und fröhliches, junges Mädchen und eine gute Schülerin. Aber darüber wolltest du bestimmt nicht reden."

„Nein. Es geht mehr um die Folgen des Unfalls. Robin ist durch den Unfall..." Pierre konnte das Wort *behindert* nicht aussprechen. Das war sie nicht! „Was ich meine ist: ihr Körper ist nicht mehr so, wie er war. Er ist... nicht mehr unversehrt..." Der Junge brach ab. Herr Listmann konnte den Schmerz in seinem Blick sehen und legte ihm die Hand auf den unverletzten Arm.

„Du willst mir sagen, dass sie mit einer Prothese lebt, richtig? Die Eltern haben uns bereits informiert. Du kannst es ruhig aussprechen. Je eher sie selber und auch du es akzeptieren, desto besser. Du magst sie, richtig?"

Pierre nickte. „Bitte verstehen Sie mich nicht falsch. Ich habe es akzeptiert und Robin auch, aber es auszusprechen ist trotzdem etwas Anderes. Es klingt so falsch, wenn man sagt, dass sie... behindert ist. Robin ist nicht behindert und sie möchte auch nicht wie eine Behinderte behandelt werden. Und genau davor hat sie Angst. Dass genau das passiert; dass alle sie anstarren wie einen Freak, sie bemitleiden oder sogar hänseln, weil sie eben nicht mehr

210

alles machen kann, wie vor dem Unfall. Sie ist immer noch der gleiche Mensch und möchte auch als solcher akzeptiert werden, selbst wenn sie vielleicht nicht alles beim Sport mitmachen kann, oder man die Prothese im Sommer oder im Sportunterricht sehen wird. Sie hat es schwer genug, mit den Folgen des Unfalles fertig zu werden, auch wenn wir alle versuchen, ihr zu helfen. Ich habe selbst noch manchmal mit den Folgen zu kämpfen, weil mich die Erinnerungen nicht loslassen. Und trotzdem kann nicht mal ich mir vorstellen, wie es für Robin manchmal sein muss."

Der Lehrer blickte Pierre ein paar Minuten lang nachdenklich an. So viel hatte er den sonst eher stillen Schüler noch nie am Stück reden hören. „Du warst damals dabei?", fragte er schließlich, weil Pierre nie darüber gesprochen hatte, warum genau er kurz vor den Ferien im Krankenhaus lag.

„Nicht direkt im Feuer wie Robin, aber auf dem Hof. Ich habe das Feuer gesehen, wusste aber nicht, dass Robin im Stall eingeschlossen war. Ich habe damals versucht, Robins Pferd einzufangen, das panisch durch die Gegend lief und musste mit ansehen, wie es mit einem Einsatzfahrzeug der Feuerwehr zusammenstieß. Jumping Jack ist kurz darauf in meinen Armen gestorben. Ich habe mir solche Vorwürfe gemacht, dass es meine Schuld gewesen sein könnte, dass ich es vielleicht hätte verhindern können. Als ich dann auch noch erfahren habe, dass Robins kleiner Hund Purzel ebenfalls tot und Robin selber lebensgefährlich verletzt war, bin ich zusammengebrochen. Deshalb war ich damals im Krankenhaus."

Der Mann nickte verständnisvoll. „Und was kann ich tun, um Robin zu helfen?"

„Wir haben doch am Freitag Klassenrat-Stunde. Könnten sie nicht vielleicht mit der Klasse reden? Den anderen erklären, was es heißt, wenn jemand sein Bein verliert und das er deshalb noch lange kein Außenseiter sein muss. Dass Robin kein Mitleid braucht, sondern Menschen, die sie akzeptieren, eine Klasse, die hinter ihr steht. Auch wenn sie vielleicht mal einen schlechten Tag hat. – Könnten Sie das tun?"

„Natürlich, mein Junge. Ich werde mir etwas ausdenken, um die Klasse auf Robin vorzubereiten. Ich kann natürlich nicht versprechen, dass alle sich daran halten werden, aber ich finde die Idee gut. Mach' dir keine Sorgen um deine Freundin." Pierre stieg die Röte ins Gesicht, was dem Lehrer natürlich nicht verborgen blieb, da er ihm genau gegenüber saß. „Es stimmt also? Sie ist nicht nur die Tochter deines Reitlehrers, oder?"

„Anfangs schon. Aber wir haben in den letzten Monaten so viel zusammen durchgemacht. Ich habe sie besucht und ihr vorgelesen, als sie im Koma lag, habe versucht, ihr über den Verlust des Beines hinwegzuhelfen. Während der Reha haben wir jeden Tag telefoniert oder geschrieben und ich habe sie sogar dort besucht. Robin ist so ein wundervoller

212

Mensch. Ich weiß gar nicht, wann es passiert ist, aber ja: sie ist jetzt meine Freundin."

Herr Listmann lächelte verstehend. „Du brauchst dich doch nicht zu entschuldigen, Pierre. So lange eure Beziehung meinen Unterricht nicht stört, geht es mich genaugenommen auch gar nichts an. Ihr seid alt genug, um selber zu bestimmen, mit wem ihr befreundet seid und mit wem nicht. – Ich vermute mal, dass ihr gerne zusammen sitzen wollt?"

Pierre nickte, immer noch leicht rot im Gesicht. „Wenn das geht?"

„Wie gesagt, solange es dem Unterricht oder eurer Aufmerksamkeit nicht schadet, können wir darüber reden. Hast du sonst noch etwas auf dem Herzen? Ich habe gleich einen Termin."

„Nein, das war alles. Vielen Dank, Herr Listmann."

NÄCHTLICHE KÄMPFE

Kaum hatte Pierre das Schulgeländer verlassen, zog er sein Handy hervor und kontrollierte die Nachrichten. Fast erleichtert stellte er fest, dass Robin endlich geschrieben hatte. Die Nachricht war gerade einmal zwei Stunden alt:

☺ *Tut mir leid, dass ich mich jetzt erst melde. Habe wohl heute Nacht für Wirbel gesorgt. ☹ Haben mich kalt gestellt. ☹ Bin jetzt erst wieder ansprechbar. Kann es kaum erwarten, dich in den Arm zu nehmen. ♥ Du hast mir gefehlt. ♥♥♥ LG R.*

☺ *Bin auf dem Weg. Halte durch ♥♥♥*

Pierre tippte seine Antwort mit zitternden Fingern in das Telefon, während er auf den Bus wartete. Warum brauchte der nur so lange? Als seine Mitfahrgelegenheit endlich hielt, sprang er so schnell hinein, dass er fast gestolpert wäre. „Nur langsam, junger Freund. Wo willst du denn so schnell hin?", lachte der Fahrer.

„Zum Krankenhaus", antwortet der Junge, der nicht bemerkt hatte, dass der Mann nur Spaß gemacht hatte. Der Fahrer nickte verständnisvoll mit einem Blick auf seinen verletzten Arm und wartete, bis der Junge sicher auf einem der Sitze saß, bevor er den Bus in Bewegung setzte. Während der Fahrt rief Pierre seine Mutter an und teilte ihr mit, dass er ihr Bescheid geben würde, wenn sie ihn im Krankenhaus abholen sollte, weil er nicht wusste, wie lange er bei Robin bleiben würde. Eine viertel Stunde später hielt der Bus endlich vor der Klinik und Pierre beeilte sich, das Gefährt zu verlassen. Schmunzelnd schüttelte der Fahrer den Kopf, bevor er die Türen wieder schloss.

Als der Junge Robins Zimmer betrat, wirkte das Mädchen erschöpft. Doch ihre Augen leuchteten auf, als sie ihn erkannte. Schnell stellte er seine Schultasche auf den Tisch und trat dann näher, während Robin sich aufrichtete und ihn einfach in die Arme schloss. Mit der linken Hand streichelte er ihr den Rücken, während er etwas Feuchtes an seinem eigenen spürte. Mit dem Mädchen in den Armen ließ er sich auf die Bettkannte nieder und wartete, bis ihre Tränen versiegt waren. „Magst du mir nicht erzählen, was los ist?"

Robin nickte und berichtete dann, was ihr die Ärzte über die letzte Nacht erzählt hatten. „Und das Schlimmste ist, dass ich jetzt doch nicht morgen nach Hause darf, wie eigentlich geplant. Sie wollen erst sicher gehen, dass ich mich oder andere nicht verletze, wenn ich nachts einen Albtraum habe. Heute Abend werde ich eine weitere Hypnose bekommen. Ich habe Angst, Pierre. Angst davor, die Augen zu schließen. Dabei bin ich so müde, dass ich das Gefühl habe, stehend-freihändig einzupennen. Meine

Mutter war den ganzen Morgen hier. Sie ist gerade erst gegangen, aber ich habe mich nicht getraut, zu schlafen, nachdem die Beruhigungsmittel nachgelassen hatten. Was soll ich nur tun?"

Pierre strich ihr noch immer beruhigend über den Kopf. „Vertraust du mir, Robin?" Das Mädchen nickte und beobachtete gespannt, wie er aufstand und um das Bett herumging. Auf ihrer rechten Seite ließ er sich neben sie gleiten und schob seinen linken Arm unter ihren Kopf. Robin schmiegte sich automatisch an seinen Körper und kuschelte sich an seine Schulter. „Schließe deine Augen und atme tief ein und aus. Versuche, dich zu entspannen und habe keine Angst, wenn du einschlafen solltest. Ich bleibe hier und passe auf, dass nichts passiert. Tief einatmen – und ausatmen – einatmen – ausatmen." Pierre spürte, wie sie ruhiger wurde, während sie seinen Anweisungen folgte. Ihr Körper entspannte sich in seinem Arm und es dauerte nicht lange, bis sie ruhig schlief.

Der Junge lächelte zufrieden und hielt sie weiterhin fest. Doch die letzte Nacht hatte auch bei ihm Spuren hinterlassen und er merkte, wie ihn die Müdigkeit ebenfalls zu übermannen drohte. Immer wieder fielen ihm die Augen zu, bevor er sie wieder aufriss. Er wollte ja aufpassen! Doch irgendwann gab er es auf und als die Schwester Robin zu ihrer Therapiestunde abholen wollte, fand sie die beiden tief schlafend im Bett vor. Lächelnd trat sie näher und berührte den Jungen an der Hand, der überrascht die Augen aufschlug.

„Es tut mir leid, wenn ich stören muss. Aber Robin hat einen Termin."

Verwirrt richtete sich der Junge auf, woraufhin auch Robin die Augen aufschlug und um einiges erholter wirkte, als vorher. Als Pierre einen Blick auf die Uhr warf, stelle er fest, dass es bereits fünf Uhr war. Sie hatten fast drei Stunden geschlafen. Entschuldigend lächelte er der Schwester zu und stand auf, während die Schwester Robin in einen Rollstuhl verfrachtete.

„Danke, Pierre", sagte die Freundin leise und er lächelte sie zärtlich an.

„Ich warte hier auf dich. Muss eh noch Hausaufgaben machen."

Eine Stunde später kam sie zurück. Pierre war noch immer mit seinen Aufgaben beschäftigt und blickte gerade von einem Aufsatz auf. „Wie war's?"

„Besser als gestern. Ich hoffe nur, dass die Nacht es auch wird. – Was machst du gerade?"

„Englischen Aufsatz über meine Ferienerlebnisse", gab er Auskunft und Robin zog das Heft zu sich herüber und nahm ihm den Stift aus der Hand.

„Na dann diktiere mal. Ich bin bereit." Die restlichen Aufgaben waren bald erledigt und schließlich klappten sie Hefte und Bücher zu und Robin stopfte alles in seine Schultasche. Das Abendessen stand bereits auf ihrem Nachttisch, aber sie hatte keinen Hunger. Es war fast sieben und er musste ebenfalls nach Hause. Während sie auf seine

Mutter warteten, versuchte er seine Freundin zu überreden, etwas zu essen. Zehn Minuten später verabschiedete er sich und gab ihr einen Kuss auf die Stirn. „Ich melde mich nachher nochmal. Und wenn heute Nacht etwas ist, rufst du an, okay?"

Doch dazu kam Robin nicht. Nachdem sie am Abend wieder geschrieben hatten und sie immer noch müde von der letzten Nacht einschlief, hatte sie wieder einen Albtraum. Da die Pfleger jedoch aufgrund der letzten Nacht alle viertel Stunde nach ihr sahen, bemerkten sie diesmal rechtzeitig, was los war und informierten den Arzt, der daraufhin ihre Parameter überwachte. Die Ausschreitungen waren zwar nicht ganz so stark, wie in der Nacht zuvor, aber dennoch bekamen sie das Mädchen weder wach, noch konnten sie es beruhigen. Wieder bekam sie ein Beruhigungsmittel verabreicht, wenn auch ein leichteres, als das letzte Mal, woraufhin sich ihre Werte verbesserten und sie schließlich bis zu den frühen Morgenstunden relativ ruhig weiterschlief. Dadurch war sie nicht ganz so erschöpft, als Pierre sie nach der Schule aufsuchte. Sie hatte zwar noch Angst vor der kommenden Nacht, aber wenigstens war sie nicht so müde, dass sie das Gefühl hatte, umzufallen. Wie an den Tagen zuvor machten sie zusammen Hausaufgaben und unterhielten sich, bis es für den Jungen Zeit wurde, zu gehen.

Pierres Klassenlehrer hielt Wort und nutzte die

nächste Klassenrat-Doppelstunde für ein Aufklä-
rungsgespräch mit den Schülern. Am Anfang der
Stunde teilte er ihnen mit, dass er gerne mit ihnen
über ein aktuelles Thema reden würde: Menschen
mit Handicap. Geschickt fragte er die Schüler und
Schülerinnen, ob sie in der Bekanntschaft solche
Menschen haben würden und was man tun könnte,
um Kinder und Jugendliche mit solchen Schwierigkeiten zu unterstützen.

Als es darum ging, Ideen zu sammeln, damit zum
Beispiel Schüler im Rollstuhl oder mit anderen
körperlichen Problemen auf ihre Schule gehen
könnten, waren die meisten mit Eifer dabei und
sammelten Vorschläge, die Herr Listmann sogar an
die Schulleitung weitergeben wollte. Dabei kam das
Gespräch auch auf Kinder wie Pierre zu sprechen,
der aktuell auch nicht ganz fit war und Herr
Listmann lobte die Unterstützung während des
Unterrichts, die seine Mitschüler ihm zuteilwerden
ließen. Der Junge hörte aufmerksam zu und fand,
dass sein Lehrer es sehr geschickt anstellte. Irgendwann hob einer seiner Mitschüler die Hand und als
der Lehrer ihn dran nahm, sagte dieser: „Ich kann
mir das irgendwie gar nicht richtig vorstellen. Ich
meine, wenn man sich einen Arm oder ein Bein
bricht oder auch die Schulter, wie Pierre, dann hat
man vielleicht einen Gips oder einen Verband und
irgendwann ist das wieder gut. Aber ich kann mir
nicht mal ansatzweise ausmalen, wie es sein muss,
wenn einem ein Arm oder ein Bein fehlt. Ich weiß,

dass es heute gute Prothesen gibt, aber wie genau funktioniert das eigentlich? Das muss doch schlimm aussehen."

Über das Gesicht des Lehrers huschte ein leichtes Lächeln. Es schien Pierre fast, als hätte er genau auf diese Frage gewartet. „Würdet ihr das gerne einmal sehen, wie so etwas aussieht? Und wie Menschen mit Prothesen wieder laufen lernen können oder sogar Sport treiben? Wenn es euch interessiert... ich habe einen kleinen Film mitgebracht, den ich euch zeigen kann. Aber ich möchte euch vorher warnen. In dem Film geht es um eine Skiläuferin, die nach einem Unfall ihr Bein verloren hat und die heute wieder auf Skiern steht und sogar bei den Olympischen Spielen mitmacht. Es werden auch Bilder von dem Rest ihres Beines gezeigt. Wenn jemand der Meinung ist, dass das zu viel für ihn ist, kann er gerne den Raum verlassen."

Natürlich wollte sich keiner die Blöße geben und aus dem Klassenzimmer gehen. Herr Listmann hatte wohlweißlich vorher erwähnt, dass die Frau in dem zehn-minütigen Film eine erfolgreiche Sportlerin sei – auch nach der Amputation. Diese Information sorgte dafür, dass sie von vornherein wussten, dass es der Frau wieder gut ging.

Der Lehrer startete den Film auf ihrem Smartboard und setzte sich anschließend neben Pierre, der ihm anerkennend zulächelte. Sie hatten heute eine neue Sitzordnung erhalten und neben ihm war aktuell ein freier Sitzplatz – aus gutem Grund, wie

Pierre wusste. Außerdem war die Gefahr so geringer, dass ihn sein Nachbar an der Schulter berührte, die nach wie vor sehr schmerzempfindlich war. Die Klasse folgte aufmerksam dem kurzen Bericht auf dem Smartboard und war mucks-mäuschen-still. Anschließend ging der Lehrer wieder nach vorne, um kurz über den Film zu diskutieren.

„Das sieht ja schon irgendwie gemein aus", stellte einer der Jungen fest.

„Das tut es, Jan", stimmte der Lehrer zu. „Aber jetzt stell' dir bitte mal vor, du hättest das durchgemacht, was dieser Frau passiert ist. Würdest du wollen, dass andere dich anstarren oder die Flucht ergreifen, wenn sie deine Narben sehen? Oder wenn sie dir nicht mehr ins Gesicht sehen, wenn sie mit dir sprechen, sondern einfach nur dein Kunststoffbein anglotzen?"

Jan dachte einen Moment nach. „Nein, das fände ich ziemlich scheiße", stellte er fest und erntete dafür zustimmendes Gemurmel. Pierre wusste, dass sein Lehrer die Klasse jetzt genau da hatte, wo er sie hinhaben wollte.

„Seht ihr? Und genau deshalb brauche ich eure Hilfe. Ihr habt jetzt gesehen, wie es einem Menschen mit Prothese geht und das es viele Hürden gibt, die diese Menschen zu bewältigen haben. Da ist es nicht notwendig, wenn sie von anderen ausgeschlossen und begafft werden, richtig?" Wieder zustimmendes Gemurmel. „Es gibt einen guten Grund, warum ich heute diese Stunde so gestaltet habe und ich hoffe sehr, dass ihr etwas daraus gelernt habt. Denn wir werden demnächst eine neue Schülerin in unsere Klasse bekommen, die genau das gleiche durchgemacht hat, wie diese Skifahrerin. Auch sie war eine erfolgreiche Sportlerin und hat durch einen Unfall ihren rechten Unterschenkel verloren. Der ein oder andere wird sie vielleicht kennen, denn bis kurz vor den Sommerferien war Robin hier an der Schule, ein Jahr über euch. Sie hat mehrere Monate im Krankenhaus und in der Reha verbracht und wird hoffentlich in den nächsten ein bis zwei Wochen wieder am Unterricht teilnehmen können. Aufgrund der langen Zeit wird sie die zehnte Klasse wiederholen und kommt dann zu uns in die Klasse. Ich möchte euch herzlichst bitten, sie wie eine ganz normale Schülerin zu empfangen und euch blöde Kommentare und ähnliches zu verkneifen. Das letzte, was das Mädchen gebrauchen kann, sind auch noch Probleme in der Schule. Ich weiß noch nicht genau, wann Robin kommen wird, voraussichtlich aber erst Mitte oder Ende nächster Woche. Solltet ihr Fragen haben, könnt ihr gerne auf mich zukommen. Robin wird einen Paten in der Klasse bekommen, der sich ein wenig um sie kümmert, sollte sie nach der langen Pause Schwierigkeiten haben, sich einzuleben."

„Und wer wird das sein?", fragte eines der Mädchen.

Herr Listmann warf Pierre einen Blick zu. „Ich denke, dass Pierre diese Aufgabe gerne übernehmen möchte."

Da am nächsten Tag keine Schule war, schrieben sich Robin und Pierre ziemlich lange Nachrichten, um den Zeitpunkt hinauszuzögern, bis Robin schlafen gehen musste. Doch um zehn sprach die Krankenschwester ein Machtwort und beendete ihre Konversation. Über das Wochenende wurden die Albträume nicht wirklich viel besser, auch wenn sich das Mädchen etwas schneller wieder beruhigen ließ, als in der ersten Zeit seit Beginn der Therapie. Insofern schienen die Sitzungen anzuschlagen, aber man konnte Robin ansehen, dass sie endlich wieder einmal richtig durchschlafen musste. Auch Pierre fehlte der Schlaf, wenn auch nicht so sehr wie dem Mädchen. Oft lag er wach und machte sich Gedanken, ob sie vielleicht wieder einen Albtraum hatte, doch erst am Montag, mitten in der Nacht, nahm sie sein Angebot an, sie könne ihn jeder Zeit in der Nacht kontaktieren. Pierre war gerade wieder eingeschlafen, nachdem er selber von seinen Träumen geweckt worden war, als sein Telefon, das wie immer griffbereit auf dem Nachttisch lag, zu piepen anfing und er sich wieder aufsetzte, um die Nachricht zu lesen.

☺ *Schläfst du?*

☺ *Nein, Alles okay???*

☺ *Albträume!* ☹ *Weiß nicht mehr weiter. Wünschte, du wärst da* ♥

☺ *Geht leider nicht* ☹ *War's wieder so schlimm?*

223

☺ *Schlimmer. Zittere immer noch.*

☺ *Hab' eine Idee. Melde mich gleich. Alles wird gut.*♥

Pierre drückte auf das Symbol für den WhatsApp-Anruf und kaum klingelte es, meldete sich Robin auch schon am anderen Ende. „Erinnerst du dich noch, als wir letzte Woche zusammen eingeschlafen sind? Nach der ersten Nacht mit den Albträumen?"

„Ja. Da hatte ich dann überhaupt keine schlechten Träume. Aber leider kannst du schlecht herkommen mitten in der Nacht."

„Ich nicht, aber meine Stimme. Schalte mal den Lautsprecher an und lege es einfach neben dich."

„Und dann? Was hast du vor?"

Pierre lächelte, was sie natürlich nicht sehen konnte. „Wir machen einfach ein paar Atemübungen zusammen. Liegst du?"

„Ja."

„Dann schließe die Augen und höre mir einfach zu. Wir machen einen kleinen Ausflug zusammen. Du weißt doch bestimmt noch, was ich dir versprochen habe. Ich möchte an deinem Geburtstag mit dir einen Ausritt machen. Den ziehen wir einfach ein bisschen vor, okay?"

Robin brummte zustimmend und Pierre senkte seine Stimme ein wenig und sprach dann ruhig und gleichmäßig weiter. Auch er hatte das Telefon neben sich gelegt, sodass er sich ebenfalls hinlegen konnte, was seine Stimme zusätzlich etwas veränderte. „Also gut, stell' dir vor, wir sind zusammen auf dem Storchenhof. Du atmest den Duft von Pferden und

Stroh ein. Einatmen und ausatmen. Wir haben die Pferde – sagen wir: Bonnie und Charly – geputzt und gesattelt und steigen nun in den Sattel und du blickst dich um, atmest tief ein und wieder aus. Langsam reiten wir los, nur im Schritt, wir haben ja Zeit. Wir wollen den Ausritt genießen. Wir kommen an einer Blumenwiese vorbei und atmen den Duft von Rosen ein, tief einatmen und ausatmen." Pierre konnte hören, dass sie wirklich folgte und ihre anfänglich schnelle Atmung, die er aufgrund der Nähe zum Telefon deutlich hören konnte, wirklich langsamer wurde. Sein Plan schien aufzugehen.

„Weiter geht es durch den dämmrigen Wald. Hier riecht es ein wenig modrig und nach Holz und Erde, feuchter Erde. Im weichen Boden können wir die Schritte unserer Pferde nicht hören. Dann wird es wieder heller. Wir reiten direkt auf das Meer zu. Die Luft verändert sich, wird salzig und wenn du tief einatmest, kannst du das Salz fast schmecken. Versuche es: tief einatmen und ausatmen. Wenn du möchtest, können wir eine Weile hierbleiben. Wir steigen ab und binden die Pferde an, legen uns in den weichen Sand, der von der Sonne ganz warm ist. Wir atmen gemeinsam ein und aus und lauschen den Wellen, die…"

In diesem Moment wurde der Junge unterbrochen: „Pierre?", fragte eine fremde Stimme.

Erschrocken zuckte er zusammen. „Ja?", fragte er vorsichtig.

„Hier ist Schwester Birgit. Ich glaube, du kannst

225

jetzt aufhören. Robin schläft ganz fest. Was immer du gemacht hast, es hat funktioniert."

„Danke. Gute Nacht."

„Gute Nacht."

Mit einem Lächeln legte Pierre sein Handy auf den Nachttisch und schloss die Augen. In den nächsten Stunden träumte er von ihrem Ausritt, den sie zusammen machen würden. Dafür würde er sorgen, egal was passierte und wie lange es dauern würde: irgendwann würde er mit ihr diesen Ausritt machen.

In den kommenden Tagen wurden die Albträume weniger und auch während der Therapie machte Robin große Fortschritte, sodass die Ärzte es verantworten konnten, das Mädchen am Donnerstagvormittag zu entlassen. Sie würde diese Woche noch zu Hause bleiben und sollte dann ab Montag wieder in die Schule gehen dürfen. Doch eine große Hürde musste noch genommen werden. Der Therapeut hatte darauf hingearbeitet, dass Robin wieder in einen Stall gehen konnte, ohne einen Panikanfall zu bekommen. In der Klinik konnten sie das natürlich nicht testen, das musste vor Ort passieren.

Um die Gefahr für Robin und die Anwesenden so gering wie möglich zu halten, bat Herr Keller eine seiner Einstellerinnen um Hilfe. Frau Dr. Winter war schon seit vielen Jahren auf dem Hof und kannte Robin bereits als kleines Mädchen. Auch fuhr sie regelmäßig als Notärztin auf einem Rettungswagen mit und hatte viel Erfahrung mit Notfällen. Sie brachte am Freitagnachmittag ihren Notfallkoffer mit in den Stall, um für alle Fälle gerüstet zu sein. Robin kam sich äußerst merkwürdig vor, dass so viele Menschen sie auf diesem Weg begleiten würden: ihre Eltern, Pierre und die Notärztin. Dennoch wollte sie den ersten Schritt alleine machen. Die anderen sollten vor dem Gebäude warten und nur dann nachkommen, wenn sie Probleme bekam. Vor allem ihren Freund wollte sie nicht zu nah wissen, damit sie ihn nicht noch einmal verletzen konnte. Bevor Robin den ersten Schritt tat, kontrollierte Frau Dr. Winter ihren Puls, der zwar leicht erhöht, aber im Normbereich war.

Wie ein kleines Kind, das zum ersten Mal ins tiefe Wasser springen soll, stand sie an der Stalltür und blickte in das Dämmerlicht, bevor sie schließlich den ersten Schritt tat. Alle hielten den Atem an, als sie die ersten Meter hinter sich brachte und dann stehen blieb. Mehrere Minuten passierte gar nichts, doch dann fing Robin an, schneller zu atmen. Die Ärztin war gerade im Begriff, zu dem Mädchen zu gehen, als Pierre sie bat, noch kurz zu warten. Dann ging er auf Robin zu, nahm ihre Hand und legte sie sich auf die Brust. „Atme mit mir, Robin", sagte er leise und atmete tief ein, sodass sie die Bewegung durch die Hand spüren konnte, obwohl sie die Augen geschlossen hielt. Mehrere Atemzüge taten sie gemeinsam, bevor sie die Augen öffnete und die Hand sinken ließ. „Was siehst du?", fragte er ebenso leise, wie zuvor.

Robin blickte sich langsam um und fing plötzlich an zu lächeln. „Einen Stall, Boxentüren, Pferde und Stroh." Sie drehte sich zu ihren Eltern um und strahlte. „Es ist ein ganz normaler Stall, kein Feuer, kein steigendes Pferd, einfach nur ein Stall."

Herr Keller kam nun ebenfalls in das Gebäude und wirbelte seine Tochter im Kreis, während die Ärztin die beiden lächelnd beobachtete. „Ich würde sagen, eure Tochter ist auf dem besten Weg. Das war gerade ein großer Schritt. Aber um ganz sicher zu gehen, sollte sie am Anfang nie alleine in den Stall gehen. Es könnte immer mal wieder ein Rückschlag kommen. Aber ich denke, die größte Hürde ist geschafft."

Als Pierre an diesem Abend in seinem Bett lag, dachte er noch lange an den Nachmittag zurück. Fast hätte Robin sich von ihren Erinnerungen überrumpeln lassen. Aber sie hatte es geschafft und sie würde es auch in Zukunft schaffen. Er wusste, dass sie nachts nach wie vor Albträume hatte, auch wenn sie lange nicht mehr so schlimm waren, wie noch vor eineinhalb Wochen, aber irgendwann würden die hoffentlich genug davon haben, seine Freundin zu quälen. Wie gerne würde er ihr helfen, sie trösten oder im Arm halten. Vielleicht sollte er ihr noch kurz eine gute Nacht wünschen. Lächelnd griff er sein Handy und war gerade dabei, eine entsprechende Nachricht zu verfassen, als es anfing zu piepen.

☻ *Bitte nicht erschrecken.* ☺

Pierre blickte ein wenig verwirrt auf sein Telefon und versuchte noch, zu verstehen, was sie meinte, als es plötzlich leise an seiner Terrassentür klopfte. Überrascht hob er den Kopf, dann sprang er auf und öffnete die Tür. „Robin! Was machst du denn hier?", fragte er verdattert, während es ihn heftig schüttelte, als die kalte Luft hereinströmte. Es war bereits Ende Oktober und da er nur eine Unterhose trug, bekam er sofort eine Gänsehaut.

„Darf ich heute Nacht bei dir bleiben?", fragte Robin nun und öffnete ihre dicke Jacke.

„Natürlich", stotterte der Junge. „Aber was ist mit deinen Eltern? Du kannst doch nicht einfach so abhauen."

„Keine Angst. Ich habe ihnen einen Zettel hingelegt. Ich möchte einfach mal eine Nacht durchschlafen. Ohne die ständigen Träume, die mich verrückt machen. Und du bist der Einzige, der das schaffen kann. Bitte, lass' mich hierbleiben."

„Na, ich kann dich ja schlecht mitten in der Nacht zurückschicken. Du bist ein ganz schön verrücktes Mädchen, Robin-Marie Keller", grinste er und half ihr aus der Jacke.

Kurz darauf lagen ihre Klamotten und die Prothese auf seinem Stuhl und das Mädchen ließ sich neben ihn gleiten. Pierre lag an der Wand und legte seinen gesunden Arm auf das Kopfkissen, damit sie sich an ihn schmiegen konnte. Endlich durfte er sie wieder bei sich haben und mit einem glücklichen Lächeln zog er sie an seinen Körper, der noch immer leicht zitterte, was jedoch weniger an der kalten Luft sondern mehr an der Nähe seiner Freundin lag. Ein paar Minuten genoss sie einfach die Nähe des Freundes, seine warme Haut und sog den Duft seines Duschgels ein, das von seinem abendlichen Duschgang noch leicht vorhanden war. Schließlich löste sie sich aus seiner Umarmung und drehte sich zu ihm um, um ihm einen zärtlichen Kuss auf den Mund zu geben, den er mit geschlossenen Augen erwiderte.

Als er die Augen wieder öffnete, saß Robin rittlings auf seinen Oberschenkeln und strich ihm zärtlich über die nackte Brust, zu mindestens den Teil, der nicht von seinem Verband bedeckt wurde. Fragend blickte er sie an, während sie ihr Shirt über den Kopf zog und achtlos auf den Boden fallen ließ. Pierre hob seine Hand und ließ sie von ihrem rechten Knie über ihren Oberschenkel bis hin zu ihren Brüsten gleiten, bevor er seine Hand in ihren Nacken legte und sie sanft zu sich herunter zog. Der anschließende Kuss ließ das Mädchen erzittern. Da Pierre nur eine Hand zur Verfügung und eine eingeschränkte Beweglichkeit hatte, übernahm Robin die Führung, übersäte seine Haut mit Küssen und Streicheleinheiten und war es schließlich auch, die sie beide von überflüssigem Stoff befreite: Der Junge ließ sie machen, genoss ihre Berührungen und trug seinen Teil dazu bei, das auch sie nicht zu kurz kam.

Die sanften Bewegungen ihrer Hüften, die sich

230

über ihm bewegten, machten ihn fast wahnsinnig. Immer tiefer schien er in sie einzudringen, bis sie sich schließlich erschöpft neben ihn gleiten ließ und sich eng an seinen erhitzten Körper kuschelte.

Robin spürte deutlich, wie sich seine Brust hob und senkte und passte ihre Atmung automatisch an die seine an, während er ihr sanft über den Arm strich. Erst als sich beide komplett beruhigt hatten, schlossen sie gemeinsam die Augen und Robin schlief vollkommen ruhig, bis zum nächsten Morgen, als sie durch einen zärtlichen Kuss geweckt wurde.

Reitunterricht

Pierres Mutter staunte nicht schlecht, als sie am nächsten Morgen an seine Tür klopfte, um ihm beim Anziehen zu helfen, und ihr Sohn bereits vollständig angezogen die Tür öffnete. Etwas verlegen blickte auch Robin ihr entgegen, die ebenfalls bereits angezogen war. Frau Chevalier sparte sich einen entsprechenden Kommentar und lud das Mädchen kurz entschlossen zum Frühstück ein.

Ihre eigenen Eltern waren nicht ganz so entspannt wie die Chevaliers, denn als die beiden zwei Stunden später auf dem Storchenhof auftauchten, konnten sie ihrem Vater direkt ansehen, dass er sich geärgert hatte. Ohne ein Wort zu sagen, zog er die beiden hinter sich her ins Büro und schloss die Tür. Dann baute er sich vor seiner Tochter auf. „Kannst du mir bitte mal sagen, was das soll? Du kannst doch nicht mitten in der Nacht einfach verschwinden. Wir haben uns Sorgen gemacht."

„Das tut mir leid. Aber ich habe euch doch extra eine Nachricht hinterlassen, dass ich bei Pierre bin."

„Und wie, bitte schön, bist du dorthin gekommen?"

„Ich bin gelaufen, wieso?"

„Alleine?"

232

„Ja, klar." Robin hatte noch immer keine Ahnung, warum sich ihr Vater so aufregte.

„Ist dir denn nicht klar, was alles hätte passieren können?"

Plötzlich begriff Pierre, was Robins Vater für ein Problem hatte. Er legte ihr seine Hand auf den Arm und schob sich zwischen sie und Herrn Keller. „Herr Keller, wenn ich das richtig verstehe, geht es gerade gar nicht darum, dass Robin bei mir war. Sehe ich das richtig?"

„Ja, mein Junge, das siehst du richtig. Robin ist sechzehn, alt genug, um einen Freund zu haben und wir machen uns auch keine Illusionen darüber, was zwischen euch passiert. Das geht allein euch etwas an."

Jetzt blickte Robin ihren Vater verwirrt an. „Es geht gar nicht um Pierre?"

„Nein, mein Schatz. Pierre ist der beste Freund für dich, den ich mir wünschen kann", gab ihr Vater mit ruhigerer Stimme zu.

„Aber was ist denn dann das Problem?"

„Robin, ich glaube, ich habe schon verstanden", versuchte Pierre ihr zu erklären, „es geht darum, dass du im Dunkeln alleine die Strecke zu mir gelaufen bist. Du bist ein Mädchen, noch dazu ein sehr hübsches, und es könnte Menschen geben, die die Situation ausnutzen wollen. Und wegen dem Unfall könntest du im Ernstfall nicht einmal wegrennen. Ich glaube, das ist es, was dein Vater dir eigentlich sagen will."

Herr Keller nickte und senkte den Blick. Seine Stimme war jetzt fast traurig, als er sprach. „Wir hätten dich bei dem Unfall fast verloren. Noch einmal schaffen wir das vielleicht nicht."

Robin ging auf ihren Vater zu und schlang ihm die Arme um den Hals. „Es tut mir leid, Papa. Ich wollte euch keine Angst einjagen. Ich habe wohl nicht richtig nachgedacht, aber ich brauchte einfach mal eine Nacht ohne Albträume. Und das geht eben nur bei Pierre. Ich verspreche dir, dass ich in Zukunft besser aufpasse und mich entweder fahren lasse oder zu mindestens nicht alleine gehe. Wäre das in Ordnung?"

Ihr Vater nickte und drückte sie fest an sich. „Geh' bitte zu deiner Mutter. Sie ist im Haus und macht sich bestimmt immer noch Sorgen. Ich würde gerne kurz mit Pierre reden."

Robin nickte und verschwand durch die Bürotür, während der Junge sich innerlich auf eine Standpauke gefasst machte und vorsorglich den Kopf einzog. Herr Keller lächelte amüsiert, als er es bemerkte und bat Pierre, Platz zu nehmen. „Ich habe vorhin gesagt, dass ich mir keinen besseren Freund für Robin vorstellen kann, als dich – und genau das habe ich auch so gemeint. Es gibt also keinen Grund, sich zu verstecken. Du hast in den letzten Monaten mehr für unsere Tochter getan, als irgendjemand hätte verlangen können. Und ich weiß, dass du zu diesem Zeitpunkt einfach nur ein Freund sein wolltest. Ich habe keine Ahnung, wann sich das geändert hat, vermutlich wisst ihr es nicht einmal selber, aber ich habe den Blick gesehen, mit dem Robin dich inzwischen ansieht und ich werde es akzeptieren, dass meine Tochter mir langsam entgleitet und erwachsen wird. Aber es würde mir leichter fallen, wenn ich wüsste, dass deine Gefühle ihr gegenüber genauso stark sind und du sie auf ihrem Weg begleiten wirst."

Pierre hob den Kopf und blickte Robins Vater nun offen ins Gesicht. „…bis ans Ende der Welt, wenn es sein muss. Herr Keller, ich liebe Ihre Tochter. Und sie wird Ihnen bestimmt nicht entgleiten. Aber es stimmt: sie ist erwachsen geworden in den letzten Monaten. Diesen Schritt sind wir gemeinsam gegangen."

Herr Keller lächelte erleichtert. „Das ist gut und deshalb möchte ich dich um die Erlaubnis bitten, dich in unsere Familie aufzunehmen. Ich bin Wolfgang." Der Mann streckte ihm die Hand entgegen.

Pierre starrte den Mann einen Moment fassungslos an, bevor er seinen Mund zu einem Grinsen verzog und mit seiner linken die Hand des Mannes ergriff, der ihn daraufhin vorsichtig an seine Brust zog, um ihn in den Arm zu nehmen. „Danke", brachte er nur hervor.

„Nein, Junge. Wir haben zu danken", stellte Wolfgang Keller klar und ließ ihn wieder los. „Und jetzt lauf'! Du wirst sicher schon vermisst."

Pierre nickte und wandte sich zur Tür, immer noch perplex über das, was gerade geschehen war.

Auch an diesem Abend kuschelte sich Robin in die Arme ihres Freundes, der irgendwie eine beruhigende Wirkung auf sie zu haben schien. Doch in den frühen Morgenstunden bemerkte Pierre eine Veränderung. Er hatte einen recht leichten Schlaf und schreckte sofort auf, als seine Freundin anfing, unruhig zu werden. Deshalb schaffte er es auch, sie bereits in den Anfängen direkt aufzuwecken, half ihr, ihre Atmung zu beruhigen und keine zehn Minuten nach den ersten Anzeichen eines Albtraumes atmete sie bereits wieder gleichmäßig und schlief vollkommen ruhig, sodass auch der Junge seine Augen wieder schloss und bald darauf einschlummerte.

Robin konnte sich am nächsten Morgen nicht einmal an die kurze Unterbrechung ihres Schlafes erinnern. Als sie auf den Storchenhof gingen, um mit ihrem Anti-Pferde-Angst-Training, wie sie es nannten, weiterzumachen, wirkte sie erholt und ausgeschlafen. Sie arbeiteten erst einmal weiterhin mit der freundlichen Bonnie. Bisher traute sich Robin noch nicht, um das Pferd herumzugehen, aber das würde sicher auch bald wieder gehen, wenn sie weiterhin übten.

Im Moment beschränkten sie sich darauf, dass sie das Tier am Hals und Kopf anfassen und streichen konnte, ohne nervös zu werden. Auch das Füttern von Leckerlies klappte schon gut. Pierre holte aus der Sattelkammer einen Striegel und während des

Putzens baute Robin immer mehr Vertrauen zu der Stute auf. Probleme gab es nur, wenn diese einmal den Kopf schüttelte, weil sie von einer Fliege geärgert wurde, oder wenn sie unerwartet einen Schritt zur Seite oder nach hinten ging. Dann flammten sofort wieder die Bilder des steigenden Pferdes vor Robin auf, was Pierre meist schnell an ihrer Atmung erkennen konnte, das Mädchen einige Schritte vom Pferd wegzog und mit ihr zusammen atmete, bis sie sich wieder unter Kontrolle hatte. Ihm war klar, dass es noch eine ganze Weile dauern würde, bis Robin so weit war, dass sie das nicht mehr aus dem Konzept bringen konnte. Auch die Therapie bei Dr. Lima würde sie noch eine Weile weiterführen müssen, auch wenn sie bereits große Fortschritte in den letzten zwei Wochen gemacht hatte. Doch sie musste das Trauma vollständig verarbeiten, um künftige Unfälle aufgrund eines Panikanfalls zu vermeiden.

Vorher hatte Robin jedoch eine andere Hürde zu meistern: ihren ersten Schultag nach über vier Monaten Krankenhaus und Reha. Um nicht gleich bei den Mitschülern unten durch zu sein, hatte sie ihre Eltern gebeten, sie nicht in die Schule zu bringen und fuhr ganz normal mit dem Bus. Sie hatte inzwischen einen Behindertenausweis, mit dem sie kostenlos fahren konnte und Anrecht auf einen Sitzplatz hatte, worüber das Mädchen auch sehr froh war, da sie nicht wusste, ob sie nicht doch Probleme mit dem Gleichgewicht bekommen würde, wenn der

Bus ruckartig anhielt, beschleunigte oder gar schwungvoll in die Kurven ging. Als sie jedoch einen Schüler, der es sich auf dem Behindertensitz bequem gemacht hatte, freundlich fragte, ob er ihr bitte Platz machen könnte, blickte dieser sie nur abfällig an. Sie trug eine lange Hose und deshalb konnte der Junge ihr künstliches Bein natürlich nicht sehen. Etwas unschlüssig stand Robin vor ihm. Einerseits wollte sie natürlich so normal wie möglich behandelt werden, andererseits war ihr auch klar, dass es sicherer war, sich hinzusetzen. Glücklicherweise bemerkte der Fahrer des Busses ihr Problem, da sich der Behindertensitz ganz vorne befand, und stand auf, um dem Mädchen zu helfen. „Komm' schon, Junge. Ich möchte weiterfahren. Mach' bitte Platz – das ist ein Behindertensitz."

„Und warum darf die dann da hin?"

Der Busfahrer blickte den Jungen böse an. „Weil sie eine Berechtigung dafür hat. Und jetzt troll dich oder wir kommen noch zu spät."

Robin bedankte sich bei dem Fahrer, während der Junge sich grollend in den hinteren Teil des Busses verzog, und ließ sich auf dem Sitz nieder. Während der Fahrt zur nächsten Station, an der auch Pierre einsteigen würde, war sie froh über ihren Sitzplatz. Ihr war die Fahrt noch nie so wackelig vorgekommen, wie an diesem Tag. Als Pierre den Bus bestieg, ließ sie ihn neben sich Platz nehmen, was dieser gerne annahm, denn in den letzten zwei Wochen hatte er die Erfahrung gemacht, dass man sich mit einem Arm nicht wirklich gut festhalten konnte. Allerdings waren die Sitzplätze in der Regel alle besetzt, bis er den Bus betrat. Lediglich auf der Rückfahrt, oder wenn einer der anderen Schüler ein Einsehen mit ihm hatte, durfte er sich setzen.

Als sie aus dem Bus ausstiegen, bemerkte der Junge, der ursprünglich auf ihrem Platz gesessen hatte, das das Mädchen hinkte, als sie vor ihm herlief und holte mit ein paar Schritten auf, um ihr auf die Schulter zu klopfen. „He, du."

Robin drehte sich um und blickte dem Jungen ins Gesicht, der plötzlich viel freundlicher aussah, als noch zwanzig Minuten zuvor. „Ja?"

„Es tut mir leid, dass ich dich vorhin so ange-fahren habe. Ich dachte, du wolltest mir einfach meinen Sitzplatz streitig machen. Ich habe jetzt erst gesehen, dass..." Er senkte verlegen den Blick und streckte ihr dann die Hand hin. „Verzeihst du mir?"

Robin lächelte freundlich. „Schon okay. Ich hätte ja auch was sagen können. Aber für mich ist die Situation noch so neu und das Stehen im Bus ist leider ein bisschen gefährlich für mich."

Der Junge blickte das Mädchen nachdenklich an. Dann fiel sein Blick auf Pierre, der neben ihr stehen geblieben war und plötzlich huschte die Erkenntnis über sein Gesicht. „Du bist aber nicht Robin, oder?"

Überrascht hob das Mädchen den Kopf. „Woher weißt du das?"

Pierre grinste, als dem Jungen eine verlegene Röte ins Gesicht stieg. „Das ist Jan – unser Klassensprecher. Handelt manchmal, bevor er nachdenkt, aber sonst ein netter Kerl. Und ein Morgenmuffel, wenn ich das gerade richtig verstanden habe."

Jan war plötzlich ganz klein geworden. „Es tut mir leid, Robin. Aber wenn du willst, halte ich dir in Zukunft deinen Platz im Bus frei."

„Danke, Jan. Das ist lieb." Damit war das Eis erst einmal gebrochen und trotz der ersten kleinen Hürde lief Robin gut gelaunt neben den beiden Jungen her ins Schulgebäude. Im Klassenzimmer zeigte Pierre ihr den freien Platz an dem Zweiertisch, der im rechten Winkel zu einem anderen Tisch stand. Um ihm jedoch besser helfen zu können, tauschten sie die Plätze, sodass sie links von ihm am Mittelgang saß und nicht ständig an seine verletzte Schulter stoßen würde, wenn sie ihm beim Aufschreiben helfen wollte. Gemäß der entsprechenden Vorbereitung durch den Klassenlehrer wurde Robin zwar neugierig betrachtet, als sie sich kurz vorstellte, aber es gab keinen einzigen Schüler, der sie danach anstarrte oder sonst irgendwie abweisend behandelte. Die Klasse akzeptierte ihre neue Schülerin und auch in der Pause wurde sie wie jede andere behandelt. Jan hatte immer noch ein schlechtes Gewissen und behielt das Mädchen daher ein wenig im Auge, wobei ihm der vertraute Umgang zwischen Pierre und Robin deutlich auffiel. Als sie kurz in der Mädchentoilette verschwand, ging er die wenigen Schritte zu seinem Klassenkameraden. „Darf ich dich mal was fragen, Pierre?"

240

Der Junge blickte von seinem Pausenbrot auf. „Klar. Was ist los? Machst du dir immer noch Gedanken wegen heute Morgen? Vergiss es einfach. Sie ist nicht nachtragend."

„Das ist es nicht. War zwar peinlich, aber ich hab es verdient. Ich war wirklich nicht nett im Bus. Aber ich wollte dich was ganz anderes fragen: ist Robin deine Freundin? Ich meine… so richtig?"

Pierre lachte. „Ja, das ist sie. Hast du ein Problem damit?"

„Nein, das nicht. Mir ist nur aufgefallen, wie ihr miteinander umgeht. So sanft und vertraut. Und jetzt verstehe ich auch, warum du bei der Klassenrat-Stunde so still warst, als Listmann uns von Robin erzählt hat."

„Robin hatte mich gebeten, euch auf ihr Kommen vorzubereiten. Für sie ist es das Schlimmste, wenn man sie wie einen Krüppel oder einen Außenseiter behandelt. Das wollte ich vermeiden und habe daher das Gespräch mit Listmann gesucht. Und ich muss sagen, er hat das gut gemacht mit der Aufklärungsstunde. Mir hat's gefallen."

„Mir auch – und doch bin ich prompt heute Morgen ins Fettnäpfchen getreten."

„Keine Angst. Ich glaube, das hat sie schon fast wieder vergessen."

Der Rest des Tages verlief harmonisch. Robin fand sich schnell in den Stoff ein, der für sie aktuell ja nur eine Wiederholung war, und als sie nach der letzten

Stunde in den Bus stiegen, konnten sie sich direkt auf einem freien Sitzplatz niederlassen. Da Pierre nach wie vor seinen rechten Arm nicht bewegen konnte, stiegen sie zusammen bei seiner Haltestelle aus, um gemeinsam Mittag zu Essen und Hausaufgaben zu machen. Pierre ging sein Verband inzwischen richtig auf die Nerven. Er konnte es kaum erwarten, erneut an der Reitstunde teilzunehmen und sich wieder ohne Hilfe umziehen zu können.

Nach den Hausaufgaben liefen sie zusammen zum Storchenhof, um wieder mit Bonnie zu arbeiten, die vermutlich noch nie so ausgiebig gestriegelt wurde, wie in dieser Zeit. Doch das Putzen schien sie zu genießen und es half bei Robins Annäherungsversuchen. Die ganze Woche über behielten sie das bei. Mittags fuhren sie abwechselnd zu ihm oder ihr zum Mittagessen, machten anschließend zusammen Hausaufgaben und arbeiteten danach mit dem Pferd. In der Schule hatte sich Robin schnell wieder eingelebt und selbst die Doppelstunde Sport, an der Pierre nach wie vor nur auf der Bank teilnehmen konnte, hatte sie erfolgreich hinter sich gebracht. Sie hatte erst einmal eine lange Turnhose getragen, sodass es lediglich die Mädchen der Klasse waren, die die Prothese beim Umziehen gesehen hatten, was doch den einen oder anderen neugierigen Blick nach sich zog. Aber es hielt sich in Grenzen und Robin war ihnen auch nicht böse. Auch wenn sie nicht alles mitmachen konnte, hielt sie sich wacker und kam recht gut mit der Prothese zurecht.

242

Am nächsten Montag nach der Schule begleitete Robin ihren Freund in die Klinik zur Nachuntersuchung. Endlich kam der störende Verband ab. Seine Schulter verheilte gut, auch wenn er den Arm noch für die nächsten sechs Wochen lediglich eingeschränkt benutzen durfte und regelmäßig zur Physiotherapie gehen musste, war er doch froh, seinen Arm wieder zu haben. Bis er wieder vollständig belastet werden konnte, würde es allerdings noch einige Zeit dauern.

An diesem Nachmittag versuchte er das erste Mal seit drei Wochen, seine Hausaufgaben wieder selber zu schreiben, was auch ganz gut ging, da er lediglich den Unterarm und das Handgelenk benötigte. Beim Putzen des Pferdes allerdings merkte er sofort, dass dies eine Bewegung war, die noch nicht ging. Aber er würde am nächsten Tag das erste Mal wieder an der Reitstunde teilnehmen dürfen. Die Zügel wurden in einem Winkel gehalten, der nun wieder möglich war. Lediglich beim Putzen und aufsatteln würde er Hilfe benötigen – eine ideale Gelegenheit, Robin mit einzubeziehen.

„Und du bist wirklich sicher, dass du schon wieder Reiten willst, Pierre?", fragte Robins Vater am Dienstagnachmittag, als die beiden das Schulpferd Charly am Sattelplatz anbanden.

„Ich möchte es auf jeden Fall versuchen. So lange ich die Schulter nicht groß hebe, ist es auch kein Problem und ich habe nicht vor, runterzufallen."

„Also gut. Aber du passt bitte auf und sagst sofort Bescheid, wenn irgendetwas weh tut. Und du bleibst vorerst im Schritt. Haben wir uns verstanden?"

„Ich mache fast alles, wenn ich nur wieder in den Sattel darf. Ach, Wolfgang? Wärst du so freundlich und würdest Robin mit dem Sattel helfen, wenn wir fertig mit Putzen sind."

„Mach' ich. Sagt einfach Bescheid."

Robin war inzwischen schon mehrfach wieder im Stall gewesen, wenn auch immer in Begleitung von ihrem Vater oder Pierre. Bisher gab es keine Probleme, doch wollte noch niemand so richtig daran glauben, dass alles wieder gut war. Der Meinung war auch ihr Therapeut, der vorgeschlagen hatte, weiterhin auf der Hut zu sein. Deshalb gingen sie auch heute wieder zusammen zur Sattelkammer, um Sattel und Zaumzeug nach draußen zu bringen. Der Sattel war natürlich im Moment noch viel zu schwer für Pierre und auf den Pferderücken heben konnte er ihn schon gar nicht mit der linken Hand. Deshalb nahm Robin das erste Mal seit vielen Monaten wieder einen Sattel in die Hand. „Waren die schon immer so schwer?", stellte sie lachend fest, als sie ihn über den Arm legte.

„Ich denke schon", antwortete Pierre. „Geht es denn oder soll ich lieber deinen Vater fragen?"

„Nee, das bekomme ich schon hin. Ich glaube einfach, ich muss ein bisschen an meinen Armmuskeln arbeiten. Seit ich nicht mehr reite und auch die Gehhilfen kaum noch verwende, haben die ein wenig nachgelassen. Wird Zeit, dass sich daran etwas ändert."

„Du änderst doch schon was. Wenn du regelmäßig ein Pferd striegelst oder auch zwei, hilft das bestimmt schon ein bisschen. Striegeln kann ganz schön anstrengend sein, das habe ich in den letzten Wochen festgestellt, als ich nur die Linke dafür verwenden konnte."

„Daran wird sich auch in den nächsten Wochen nicht viel ändern. Du weißt, dass du es nicht übertreiben darfst, Pierre."

„Ja, Mutti", grinste der Junge. „Ich werde aufpassen und meinen Arm schonen."

Beim Aufsatteln half Wolfgang seiner Tochter ein wenig, aber zu seiner und vor allem Pierres Freude, schaffte sie es fast ganz alleine, ohne groß über die Nähe zu dem Pferd nachzudenken. Sie ging sogar ganz automatisch mit der Hand auf Charlys Kruppe hinten um das Tier herum, um die Steigbügel herunterzuziehen und den Sitz zu überprüfen. Wolfgang strahlte über das ganze Gesicht – allein dafür hatte es sich gelohnt, den Jungen wieder reiten zu lassen.

„Was grinst ihr denn so?", fragte Robin verwundert, als sie Pierre auch noch mit der Trense half, woraufhin Wolfgang seine Tochter in den Arm nahm und sie wie ein kleines Mädchen herumwirbelte.

„Du hast es gar nicht bemerkt, Robin, oder?"

„Was denn Papa?"

„Du hast Charly gesattelt und aufgetrenst, bist sogar um ihn herumgegangen. Genau wie früher, ohne Angst oder einen Gedanken daran zu verschwenden, dass dir irgendetwas passieren könnte. Das hätte ich nie für möglich gehalten. Nicht in der kurzen Zeit."

Robin blickte ein wenig irritiert von ihrem Vater zu ihrem Freund, der ebenfalls wie ein Honigkuchenpferd grinste. Dann löste sie sich aus der Umarmung, trat auf Charly zu und ging erneut um das Pferd herum, sich dieses Mal voll bewusst, was sie tat. Und siehe da – ihr Puls blieb ruhig, ihre Atmung gleichmäßig, es tauchten keine Bilder oder Beklemmungsgefühle auf und sie genoss einfach die Berührung zu dem Pferd, das sie deutlich unter ihrer Hand fühlte.

Zehn Minuten später stand sie zusammen mit ihrem Vater in der Reithalle – mitten zwischen den beiden Pferden, die um sie herumliefen und sogar hin und wieder beim Handwechsel ganz nah an ihr vorbeigingen. Und es störte sie überhaupt nicht. Und auch Pierre fühlte sich überglücklich, endlich wieder im Sattel sitzen zu dürfen, auch wenn es fast ein wenig langweilig war, nur im Schritt zu gehen, während Anna-Lena auch traben und galoppieren durfte. Aber er sah ein, dass es im Moment noch ein wenig zu gefährlich war – ein Sturz könnte seinen jetzigen Heilungsstand weit nach hinten werfen. Und vielleicht würde die Physiotherapie ja bald Besserung bringen, sodass er dann endlich wieder richtig trainieren konnte. Immerhin hatte er sich in den Kopf gesetzt, ein guter Reiter zu werden, damit er und seine Freundin in Zukunft gemeinsam ausreiten konnten.

Glücklich ließ er sich eine Stunde später aus dem Sattel gleiten und Robin ging mit ihm zusammen zurück zum Sattelplatz, wo sie dieses Mal ohne Wolfgangs Hilfe Sattel und Zaumzeug abnahmen, sauber machten und wegräumten. Robins Handgriffe waren routiniert und ruhig, so wie sie es seit Jahren gewohnt war. Als sie schließlich noch Charly zusammen in seine Box brachten und die Tür schlossen, drehte sich Robin zu ihrem Freund um.

„Ich möchte wieder reiten, Pierre. Hilfst du mir dabei?"

Pierre lächelte sie liebevoll an. „Natürlich, Prinzessin. Aber das ist etwas, was wir nicht alleine machen können. Wir brauchen deinen Vater dazu. Alleine kann ich das nicht verantworten. Ich kenne mich einfach noch zu wenig mit Pferden aus. Dazu brauchen wir einen Profi."

„Vermutlich hast du Recht. Aber sonst niemanden. Ich möchte nicht zum Gespött des Hofes werden, wenn es nicht klappt."

„Komm', wir reden mit ihm. Ich glaube, er ist gerade ins Büro gegangen. Vielleicht hat er eine Idee, wie wir das machen können."

Pierre griff mit der Rechten nach ihrer Hand und zog sie sanft mit sich. War das ein schönes Gefühl, mit der Hand wieder etwas Sinnvolles machen zu können! Wolfgang war überrascht, als die beiden sein Büro betraten und als Robin ihm erzählte, was sie wollte, strahlte er zum zweiten Mal an diesem Tag über das ganze Gesicht. „Was haltet ihr von Samstagmorgen – ganz früh. Die Halle ist sowieso erst ab zehn für Einsteller geöffnet und die meisten Einsteller tauchen eh´ nicht früher im Stall auf. Da haben wir die nötige Ruhe. Ihr müsstet allerdings früh aufstehen. Ausschlafen ist dann nicht", grinste er.

Die beiden blickten sich an. „Kein Problem."

Dann wurde Wolfgang wieder ernst. „Aber bis dahin wird weitergeübt, Robin. Wenn du willst, kannst du gerne bei den Reitstunden beim Satteln und Putzen helfen oder ihr nehmt euch einfach ein Tier, das gerade frei ist und übt alleine. Nur wenn du ganz sicher bist, dass du es möchtest, werde ich dich auf ein Pferd lassen, verstanden?"

„Ja, Papa. – Und wen soll ich reiten?" Robin war gerade eingefallen, dass sie ja gar kein Pferd mehr besaß, das sie reiten konnte.

„Ich würde vorschlagen, wir nehmen Bonnie. Die kennst du am längsten und sie kennt dich auch. Aber sie ist seit einer Weile nicht mehr gefordert worden, weil Mutti keine Zeit hatte. Deshalb werden wir sie vorher ein wenig ablongieren, damit sie sich austoben kann. Nicht, dass die alte Dame meint, sie könne mit dir machen, was sie will."

Damit er nicht am frühen Morgen durch das

feuchte und kalte Novemberwetter zum Hof laufen musste, übernachtete Pierre am Freitagabend bei den Kellers – das erste Mal in Robins Zimmer. Bisher hatte sie nur bei ihm geschlafen und es war eine neue Erfahrung für die beiden, obwohl Robin sich bei ihm wohler fühlte, da Pierre alleine im Untergeschoss wohnte und hier ihre Eltern nur wenige Meter von ihrem Zimmer entfernt schliefen. Auch Pierre fühlte sich ein wenig unwohl und beobachtet, obwohl ihre Eltern die Beziehung der beiden bereits akzeptiert hatten.

Nach dem Frühstück ging es los. Robin trug seit Monaten wieder eine Reithose und Reitstiefel, deren Schaft glücklicherweise breit genug waren, um über die Prothese zu passen, die an der Verbindungsstelle natürlich breiter war, als ihr normaler Unter-schenkel. Aber das Laufen ging eigentlich ohne Probleme. Zusammen putzten und sattelten sie Bonnie, die schon ganz aufgeregt war, endlich wieder einen Sattel tragen zu dürfen, und brachten sie anschließend in die Halle. Wolfgang wartete bereits auf sie und Pierre bekam seine erste Stunde im Longieren, durfte sogar selber mal die Longe in die Hand nehmen, um ein Gefühl dafür zu bekommen.

Nach dem Ablongieren stieg Wolfgang in den Sattel und ritt noch einige Runden mit der Stute, um wirklich sicher zu gehen, dass sie ruhig und gelassen war, wenn er seine Tochter in den Sattel ließ. Langsam wurde das Mädchen dann doch ein wenig nervös.

„So, mein Schatz. Ich denke, wir können es versuchen, wenn du bereit bist. Ich muss nur noch kurz den Steigbügel austauschen." Wolfgang holte den Spezial-Steigbügel von der Zuschauerbank, von dem er Pierre bereits erzählt hatte. Der Bügel hatte einen zusätzlichen Metallbügel, damit Robins Fuß nicht versehentlich durchrutschen konnte, was im Falle eines Sturzes schwere Folgen haben könnte.

Und dann endlich war es soweit. Pierre hielt Bonnie am Zügel, während Wolfgang dem Mädchen beim Aufsteigen half. Mit klopfendem Herzen saß sie schließlich im Sattel, viel zu aufgeregt, um Bonnie alleine lenken zu können, aber überglücklich. Deshalb führte Pierre die Stute erst einmal ein paar Runden durch die Bahn, bevor Robins Vater sie wieder an die Longe nahm und Robin langsam aber sicher wieder das vertraute Gefühl für das Tier unter ihr bekam. Wie Pierre am Anfang seines Reiterdaseins, musste auch Robin verschiedene Übungen machen, an die sie sich dank ihrer jahrelangen Reiterfahrung jedoch schnell wieder gewöhnte. Am Ende durfte sie sogar ein paar Runden alleine reiten, was ihr jedoch beim Treiben Probleme bereitete, da sie mit ihrem rechten Fuß nicht fühlen konnte, ob sie das Tier berührte oder nicht und dadurch Bonnie ein wenig irritierte, die sich auch erst einmal an den etwas merkwürdigen Reitstiel ihrer Reiterin gewöhnen musste.

ÜBERRASCHUNGEN

In den folgenden Wochen war Robin nicht mehr zu bremsen. Zwei- bis dreimal wöchentlich ritt sie zusammen mit Anna-Lena und Pierre in der Anfängergruppe mit und fand bald ihre alte Routine wieder, wenn auch in abgeschwächter Form. Noch vor dem Jungen fing sie mit dem Traben an und bekam langsam ein Gefühl dafür, wie sie die Prothese einsetzen musste, um Bonnie die richtige Hilfe zu geben. Pierre konnte es kaum erwarten, wieder mitreiten zu können, denn bis Ende November durfte er nur im Schritt gehen. Dann endlich war sein Arm wieder etwas beweglicher und Wolfgang ließ sich dazu überreden, dass er auch wieder die schnelleren Gangarten mitmachen durfte, worüber er sich natürlich riesig freute.

Robin ging nach wie vor einmal die Woche zu Dr. Lima und Pierre dreimal die Woche zur Physiotherapie und konnte seinen Arm nach vier Wochen zwar noch vorsichtig und mit leichten Einschränkungen, aber doch in alle Richtungen bewegen, ohne Schmerzen zu haben. Noch immer durfte er jedoch nicht den schweren Sattel tragen, wobei ihm Robin oder Wolfgang noch halfen, aber auch das würde in den nächsten Wochen bestimmt wieder gehen.

In der Schule lief alles Bestens. Die Mitschüler hatten das Mädchen vollständig in den Klassenverband integriert und inzwischen hatten sich auch alle Mädchen an den Anblick in der Umkleide gewöhnt. Nachmittags machten Robin und Pierre oft zusammen ihre Aufgaben oder lernten für eine anstehende Klausur. Bei ihm zu Hause hatten sie sich angewöhnt, im Beisein seines Vaters französisch zu sprechen, damit Robin die Sprache besser lernen konnte, denn das war bisher eines ihrer schwächsten Fächer gewesen.

Leider kam es immer wieder vor, dass Vater und Sohn in ihre normale Sprechgeschwindigkeit verfielen, sodass Robin nur noch irritiert zwischen beiden hin und her blickte, und Frau Chevalier ihre beiden Männer lachend ermahnen musste. Doch wenn sie sich Mühe gaben und langsam und deutlich sprachen, konnte Robin zu mindestens verstehen, um was es ging, auch wenn ihr viele der Vokabeln noch nicht geläufig waren. Das holten Pierre und sie dann beim Lernen nach und bei ihrer ersten Arbeit in diesem Fach nach ihrer Zwangspause schrieb Robin das erste Mal in ihrem Leben eine drei Plus, worüber Pierre sehr glücklich war. Wenn sie weiterübten, würde sie noch viel besser werden können, denn jetzt hatte sie Interesse an der Sprache gefunden, welches vorher vollständig gefehlt hatte.

Pierre selber war Klassenbester in diesem Fach, da er von klein auf mit seinem Vater französisch gesprochen und sie sogar ein paar Jahre in Frankreich gelebt hatten, als er noch klein war. Dafür hatte er mit Biologie seine Probleme, worin Robin wiederum ganz gut war und ihm das ein oder andere erklären konnte.

Anfang Dezember fiel der erste Schnee, was für Robin eine neue Herausforderung brachte. Der rutschige Boden bedeutete eine erhöhte Sturzgefahr für sie und infolgedessen war sie froh, wenn die Wege gut geräumt waren oder sie wenigstens jemanden an ihrer Seite hatte, der ihr Halt gab.

Zwei Tage vor Weihnachten, am letzten Schultag nach dem Unterricht, waren Robin, Anna-Lena und Pierre wieder bei ihrer Reitstunde in der Halle, als sich leise die Hallentür öffnete und wieder schloss. Die drei waren jedoch so in ihre Übungen vertieft, dass sie den Besucher gar nicht bemerkt hatten. Nur Wolfgang nickte dem jungen Mann lächelnd zu, der sich leise auf eine der Zuschauerbänke setzte und gespannt die drei Reiter beobachtete. Niemand bemerkte die Tränen, die ihm über die Wangen rollten und die nicht so ganz zu dem Lächeln auf seinen Zügen passen wollten.

Erst als Wolfgang die drei Reitschüler zum Absitzen in der Mitte der Halle antreten ließ, erhob sich der Mann, öffnete leise die Innentür und trat näher. Als Robin sich langsam auf den Boden gleiten ließ, landete sie direkt in seinen Armen und drehte sich erschrocken um. „Christian!", rief sie überrascht und schlang ihre Arme um ihren Bruder. „Wo kommst du denn her?"

Christian wischte sich verstohlen die letzte Träne aus den Augenwinkeln und wirbelte das Mädchen herum, während Wolfgang Bonnie am Zügel hielt und seine Kinder glücklich anlächelte. „Ich bin sozusagen die Weihnachtsüberraschung für dich und jetzt gerade habe ich schon mein erstes Geschenk bekommen. Seit wann reitest du denn wieder?"

„Seit einigen Wochen. Hat lange gedauert, aber ich wollte es dir noch nicht schreiben. Ich hatte Angst, dass es nicht klappt und ich wieder rückfällig werde."

„Du glaubst gar nicht, wie stolz ich auf dich bin, Robin. Das sieht schon richtig gut aus, was du da machst."

„Wie lange kannst du bleiben, Chris?"

„Leider nur einige Tage. Am dreißigsten muss ich zurück. Aber vielleicht habe ich in ein paar Tagen eine Überraschung für dich. Aber das ist noch nicht ganz raus. Also musst du dich noch ein bisschen gedulden."

„Du bist gemein – du weißt genau, dass ich keine Geduld habe. Jetzt mache ich mir die ganze Zeit Gedanken, was es sein könnte."

„Tja, Schwesterchen. Da musst du dann wohl durch. Aber jetzt lass' mich bitte mal kurz los, damit ich Papa auch begrüßen kann." Lächelnd schob er seine Schwester von sich weg und umarmte auch seinen Vater, um anschließend Pierre die Hand zu geben. „Deinem Arm scheint es ja auch wieder ganz gut zu gehen, Pierre. Alles wieder okay?"

„Geht so. Alles kann ich noch nicht machen, aber ich komme ganz gut klar, jede Woche ein bisschen besser."

„So ist das nun mal: wenn Robin loslegt, hält sie keiner auf."

Robin lief leicht rot an bei dieser Anspielung auf den Grund seiner Verletzung und gab ihrem Bruder einen liebevollen Knuff in die Seite, woraufhin er sich spielerisch zusammenkrümmte. „Hab' ich es nicht gesagt?", lachte er und zusammen verließen sie die Reitbahn, um die Pferde zurück in den Stall zu bringen.

Während sie die Tiere in ihre Boxen führten, wandte sich Wolfgang an seine Tochter. „Robin, ich würde dich gerne etwas fragen."

„Ja?"

„Würde es dir etwas ausmachen, wenn wir Jacks Box wieder belegen? Wir bekommen einen Neuzugang, den ich trainieren werde und ich würde ihn gerne in seine alte Box stellen, wenn das okay für dich ist."

„Natürlich, Papa. Das ist eh längst überfällig. Ich denke, die leere Box ist schlimmer, als wenn sie wieder von einem Tier bewohnt wird."

„Danke dir, mein Schatz. Das ist lieb von dir. Dann muss das neue Tier nicht in den Einsteller-Stall."

„Wann kommt denn unser neuer Gast, Papa?",

fragte nun auch Christian, der neugierig auf das neue Pferd war.

„Genau weiß ich es nicht. Irgendwann im Laufe des Nachmittags."

„Dann werde ich mich mal in meine Arbeitsklamotten schmeißen und die Box herrichten. Ich brauche mal wieder ein bisschen anständige Pferdearbeit. Darf ich mir später deinen Sultan ausborgen? Ich würde gerne mal wieder ein bisschen springen."

„Natürlich, Christian. Aber warte bitte bis nach vier. Ich habe um drei eine Springstunde, dann kann ich die Sprünge auch gleich für dich stehen lassen."

Zehn Minuten später erschien Christian erneut im Stall, dieses Mal mit Reithosen und Stiefeln und fing an, Jumping Jacks alte Box auszufegen und vorzubereiten. Währenddessen besorgte Pierre frisches Heu und Karotten für den Neuankömmling, damit er sich gleich wie Zuhause fühlte. Robin organisierte noch einen Salz-Leck-Stein, den sie gemeinsam an einer der Stangen befestigten und kam schließlich mit einer kleinen Tafel und einem Stück Kreide aus der Sattelkammer.

Inzwischen ging sie auch hin und wieder alleine im Stall umher, ohne dass Pierre oder Wolfgang sie begleiteten. Ihre Ängste waren fast vollständig verschwunden, wenn man von den gelegentlichen Albträumen absah, die sie aber recht gut unter Kontrolle hatte.

„Weiß einer von euch, wie der neue heißt?", fragte

sie und schwenkte die kleine Tafel.

„Nö, dein Vater hat keinen Namen genannt."

„Dann gehe ich mal kurz fragen." Robin verschwand aus dem Stall, um ihren Vater zu suchen, der vermutlich irgendwo auf dem Gelände unterwegs war.

Christian nutzte die Gelegenheit, mit Pierre alleine zu sprechen. „Wie geht es ihr denn nun wirklich inzwischen, Pierre?"

Der Junge blickte überrascht auf. „Ziemlich gut, glaube ich. Natürlich gibt es ab und zu kleine Rückschläge, aber im Großen und Ganzen würde ich sagen, ist sie fast wieder die Alte. Zu mindestens, soweit ich das beurteilen kann, da ich sie vor dem Unfall ja nur wenige Wochen gekannt habe."

„Und wie läuft es mit euch? Bei unserem letzten Gespräch hast du mir gesagt, was du für meine Schwester empfindest. Ich hoffe doch, dass du inzwischen den Mut gefunden hast, ihr die Wahrheit zu sagen. Sie hält sich diesbezüglich sehr bedeckt in ihren Mails. Seid ihr jetzt nun zusammen oder nicht?"

Pierre fing an zu grinsen. „Das kommt ganz darauf an. Wenn du es als zusammen sein bezeichnest, wenn jemand regelmäßig bei einem anderen übernachtet, dann sind wir wohl seit Mitte Oktober offiziell zusammen."

„Davon hat mir meine kleine Schwester kein Wort erzählt. Na *die* kann was erleben", lachte Christian und klopfte Pierre anerkennend auf den Rücken.

„Aber ich freue mich für euch. Du warst mir von Anfang an tausend Mal sympathischer als Marcus. Bei dem hatte ich von der ersten Begegnung an ein ungutes Gefühl, das mich leider auch nicht getäuscht hat. Bei dir war das anders und ich bin froh, dass Robin das genauso sieht."

„Danke Christian."

Kurz darauf betrat Robin wieder den Stall. „Und, weißt du jetzt, wie der Neuzugang heißt?", fragte Pierre.

„Ja, Santano." Damit schrieb sie den Namen fein säuberlich auf die Tafel und hängte sie anschließend an die Boxentür. „So, jetzt kann unser Neuzugang kommen", stellte sie zufrieden fest.

Pierre schnappte sich die Forken und brachte sie zurück an ihren Platz, während Christian seine Schwester am Ärmel zupfte. „Sag' mal, kann es vielleicht sein, dass du mir etwas Entscheidendes verschwiegen hast, kleine Schwester?"

„Nee, wieso?", fragte sie unschuldig und Pierre, der gerade wieder in die Stallgasse kam, lehnte sich lächelnd an eine Boxentür, um die beiden nicht zu stören.

„Na ja, ich habe da so etwas läuten hören. Es soll da wohl Personen in diesem Haus geben, die es in letzter Zeit vorziehen, in fremden Betten zu schlafen. Fällt dir da vielleicht jemand Passendes zu ein?"

Pierre versuchte, ein Kichern zu unterdrücken, und Robin wirbelte hochrot im Kopf zu ihm herum. Gespielt drohend hob sie die Hand und stürmte auf

258

Pierre zu, der wiederum schützend seinen eigenen Arm erhob und das Lachen nicht mehr unterdrücken konnte. „Du hast ihm das verraten, richtig", schimpfte das Mädchen.

„Er hat mich gefragt und ich wollte ihn nicht anlügen", verteidigte sich Pierre, immer noch lachend, während Christian hinter seiner Schwester herlief und ihr von hinten um die Hüften griff, um sie festzuhalten. „He, kleine Schwester. Mach' ihn nicht kaputt. So einen findest du nicht noch einmal."

„Da könntest du allerdings Recht haben", gab Robin zu, löste sich aus seiner Umklammerung und zog Pierre zu sich heran, um ihm einen liebevollen Kuss auf den Mund zu drücken.

„Ich glaube, das beantwortet meine Frage", grinste Christian und drehte sich diskret weg.

Um halb vier fuhr der Transporter mit dem neuen Pferd auf den Storchenhof. Da Wolfgang gerade beim Springunterricht war, kümmerte sich Robins Mutter Renate um den Papierkram, während Christian das Tier aus dem Anhänger befreite und in sein neues Zuhause brachte. Santano schien ein ruhiger und ausgeglichener junger Wallach zu sein. Ohne Schwierigkeiten ließ er sich aus dem Anhänger und in den neuen Stall führen, wo er sich sofort über die Karotten hermachte, die ihm Pierre in den Futtertrog gelegt hatte. Während Christian ihm die Transportbandagen entfernte, lugten Robin und ihr Freund neugierig durch die Gitterstäbe.

Santano war ein Rotfuchs, der im Licht der Stall-
beleuchtung zu schimmern schien. Vorne hatte er
weiße Fesseln, weitere Abzeichen konnten sie nicht
erkennen, doch Robin bemerkte die starke Hinter-
hand und den wohlgeformten Hals des Tieres.

„So", stellte Christian fest, nachdem er Santano
von seinen Bandagen befreit hatte. „Jetzt sollten wir
den jungen Mann aber mal alleine lassen, damit er
sich in Ruhe an die neue Umgebung gewöhnen
kann. – Habt ihr Lust, mir mit Sultan zu helfen?"

„Klar", riefen die beiden und kurz darauf wurde
der Hengst bereits von zwei Seiten geputzt, während
Christian Sattel und Zaumzeug aus der Sattelkammer holte.

„So lasse ich mir das gefallen", grinste der junge
Mann. „Ihr macht die Arbeit und ich darf reiten.
Können wir das nicht immer so machen?"

„Klar", lachte Robin. „Aber dazu müsstest du mal
wieder länger zu Hause sein. Dann können wir
gerne darüber reden."

Christian lächelte über ihre Bemerkung, sagte aber
nichts. Kurz darauf schwang er sich auf den
Schimmelhengst und ritt in Richtung Halle. Die
anderen beiden folgten ihm, weil sie sich gerne sein
Training ansehen wollten. Robin hatte seit ihrem
Unfall noch bei keiner Springstunde zugesehen und
Pierre kannte Christian auch nur von dem einen
Ausritt im Schritt, den sie zusammen in den
Sommerferien unternommen hatten, und war
gespannt darauf, wie gut Robins Bruder eigentlich

260

ritt. Eine ganze Weile gewöhnte sich der Mann erst einmal wieder an das Pferd, da er schon länger nicht mehr geritten war. Sultan war ein waschechter Hengst mit entsprechenden Allüren, doch Christian war kräftig genug, ihn zur Räson zu bringen und ihm zu zeigen, wer das Sagen hatte. Pierre bewunderte ihn und beobachtete genau, wie Robins Bruder mit ruhiger, aber doch strenger Hand das Pferd dazu brachte, ihm zu gehorchen. Das wollte er auch irgendwann einmal können.

Schließlich stieg er ab und reichte die Zügel über die Bande an Pierre. „Hältst du bitte mal kurz? Ich möchte die Sprünge etwas niedriger machen. Ich bin schon länger nicht mehr gesprungen und ich wollte meinen Aufenthalt hier gerne genießen und nicht im Krankenhaus liegen."

„Soll ich dir nicht helfen?", fragte Pierre und reichte die Zügel bereits an seine Freundin weiter.

„Nee, lass' mal lieber. Die Stangen sind schwer und wenn ich das richtig sehe, ist deine Schulter noch nicht wieder voll belastbar. Ich schaff' das schon – aber trotzdem danke." Fünf Minuten später saß er bereits wieder im Sattel und setzte über die ersten Sprünge.

„Wie ich sehe, hast du nichts verlernt, mein Sohn", kam es einige Zeit später von der Tür her. Robin und Pierre hatten den Sprecher gar nicht bemerkt, weil sie wie gebannt in die Halle starrten. Christian lächelte.

„An dein Niveau werde ich nie rankommen und

an Robins auch nicht. Aber mit einem Pferd wie Sultan macht es richtig Spaß. Kannst du mir den Oxer ein bisschen höher machen, Papa?"

Wolfgang ging in die Halle und erhöhte langsam einige der Hindernisse, bis Christian schließlich entschied, dass es für seinen ersten Ritt vollkommen reichte und Sultan noch eine Weile im Schritt gehen ließ, damit er wieder trocken wurde, bevor er ihm eine Decke überwarf und ihn zurück zum Sattelplatz brachte.

„Warum reitet dein Bruder eigentlich keine Turniere, Robin?", fragte Pierre, als sie ihm langsam folgten.

„Früher ist er das. Er hat auch einige Erfolge abgeräumt. Aber seit er bei der Bundeswehr ist, hat er weder die Zeit noch die Möglichkeit, zu trainieren und zu Turnieren zu fahren. Dabei würde es Sultan gut tun, regelmäßig trainiert zu werden. Er ist ein gutes Pferd, keine Weltklasse, aber er hat Potential. Mein Vater kann ihn aufgrund seiner Verletzung nicht so fordern, wie er es benötigt. Und ich war immer zu schwach, um ihn zu händeln – und jetzt kann ich es erst recht nicht mehr."

Pierre merkte, wie sie plötzlich wieder traurig wurde und versuchte, sie abzulenken. „Du hast mir nie erzählt, was mit deinem Vater damals genau passiert ist und warum er nicht mehr auf Turniere gehen kann."

Robin blieb stehen und blickte zur Halle hinüber, in der ihr Vater gerade die Hindernisse zur Seite räumte. „Das ist schon viele Jahre her. Ich war damals zehn, glaube ich. Mein Vater und mein Bruder waren mit Sultan, der damals noch ein recht junges Tier war und mit Papas Rappen Texas Tornado auf einem Wettkampf. Sultan ging das erste Mal mit Christian in einem S-Springen in den Parcours und mein Vater war entsprechend nervös. Er hat die beiden ausgebildet. Vermutlich war er deshalb nicht hundertprozentig bei der Sache, als er selber auf seinem Rappen an den Start ging. Es war ein anspruchsvolles Springen, das eigentlich seine ganze Aufmerksamkeit forderte. Deshalb bemerkte er auch nicht, wie zwei Rocker die Zuschauer aufmischten und schließlich einige Böller in die Bahn warfen, die direkt hinter seinem Pferd losgingen. Tornado ist komplett ausgerastet vor Schreck und mein Vater landete mitten in einem Doppeloxer. Er hat sich schwere Rückenverletzungen zugezogen, wurde mehrfach operiert und war sogar anfangs gelähmt. Die Ärzte sprachen von einem Wunder, als er schließlich wieder ein Gefühl in den Beinen bekommen hat. Einige seiner Wirbel mussten versteift werden und sind nicht mehr so belastbar, wie früher. Deshalb kann er zwar Reiten und sogar einige Sprünge machen, aber ein konstantes Training hält er nicht mehr aus. Manchmal kann er nach einem anstrengenden Tag vor Schmerzen kaum laufen.“

„Das tut mir leid, Robin. Ich wusste nicht, dass es so schlimm ist. Wolfgang lässt sich nichts anmerken."

„Nein, das tut er wirklich nicht. Er meint immer, er sei ein Mann und als solcher darf er keine Schwäche zeigen. Völliger Humbug, wenn du mich fragst. Ich finde, dass Männer auch schwach sein dürfen."

„Na, dann bin ich ja beruhigt", lächelte Pierre, denn er selbst fühlte sich hin und wieder sehr schwach, vor allem, wenn es seiner Freundin nicht gut ging. „Ich traue mich kaum zu fragen, aber was ist damals mit seinem Pferd passiert?"

Robin senkte den Kopf. „Jumping Jack war nicht das erste Pferd, das wir verloren haben."

„Er ist auch gestorben?"

„Wurde eingeschläfert, ja. Er ist in seiner Panik mitten in den Zaun gerannt und hat sich dabei die Beine gebrochen. Wir konnten ihn nur noch von seinen Schmerzen befreien."

„Du warst dabei?"

„Ja, Christian und ich waren dabei, als der Arzt ihm die Spritze gab. Es war das letzte Springen, das Christian besucht hat. Er hat sich Vorwürfe gemacht, dass er und Sultan der Grund waren, warum Papa nicht rechtzeitig reagieren konnte. Es hat meinen Bruder fertig gemacht, unseren Vater im Rollstuhl zu sehen und als er schließlich auf dem Weg der Besserung war, hat er sich für die Bundeswehr gemeldet. Er musste weg hier, hatte nicht die Kraft, Papa leiden zu sehen."

„Aber heute weiß er doch, dass es nicht seine

Schuld war, oder?"

„Ich glaube schon. Christian spricht nicht darüber, aber in den letzten Jahren reitet er wieder, wenn er zu Besuch kommt und heute ist er das erste Mal seit langer Zeit wieder richtig gesprungen. Ein paar kleine Übungssprünge hat er hin und wieder mal gemacht. Aber das heute war schon richtig gut. Vielleicht hat er den Unfall endlich verkraftet."

„Vielleicht war es aber auch dein Fortschritt, der ihn aufgerüttelt hat, es wieder zu versuchen. Seine Augen waren ganz feucht, als er dich begrüßt hat und bei unserem Gespräch im Sommer konnte ich deutlich spüren, welche Sorgen er sich um dich gemacht hat. Vielleicht hat die Freude darüber, dass du endlich wieder reiten kannst, seine eigenen Ängste besiegt, die Christian vielleicht hatte."

„Was für Ängste habe ich?", fragte es plötzlich hinter ihnen. Christian kam lächelnd auf sie zu und hatte nur den letzten Teil ihrer Unterhaltung gehört. Robin senkte verlegen den Kopf und auch Pierre war es fast ein wenig peinlich, dass er gehört hatte, wie sie über ihn sprachen. Er kannte Christian noch nicht gut genug, um ihn einschätzen zu können. Robins Bruder ließ sich auf eine Bank sinken, die unter dem Vordach des Stalles stand und klopfte neben sich auf die Sitzfläche. Zögernd ging Robin näher und setzte sich neben ihn. „Es ging ums Springen, richtig?"

Robin nickte. „Pierre wollte wissen, was damals passiert ist. Ich habe es ihm erzählt und auch, dass du danach…"

„... dass ich vor der Realität weggelaufen bin? Euch alleine gelassen habe mit dem Schmerz und den Problemen und dem Springen den Rücken gekehrt habe?" Robin nickte wieder, traute sich jedoch nicht, ihm in die Augen zu sehen. Pierre stand ein wenig verloren neben der Bank und beobachtete die beiden.

Dann hob Christian den Kopf und blickte Pierre offen an. „Ja, es stimmt. Ich war damals zu feige, meinem Vater zur Seite zu stehen, hatte Angst, mir könnte dasselbe passieren, wie ihm, wenn ich versuchen würde, in seine Fußstapfen zu treten. Inzwischen habe ich jedoch begriffen, dass Unfälle passieren, nicht nur im Parcours, auch bei Rettungsaktionen, auf der Straße oder beim Militäreinsatz. Und du hast vollkommen Recht mit deiner Vermutung, Pierre. Robins Fortschritt war der letzte Funken, der noch gefehlt hat, um meine Angst zu überwinden. Und ich habe es genossen. Mir war bis vor einer halben Stunde nicht klar, wie sehr ich das Springen und die Pferde vermisst habe." Christian machte eine Pause und nahm Robins Hand in seine. „Ich wollte eigentlich noch warten, bis ich es euch sage, aber ich werde meinen Dienst quittieren. Ich warte nur noch auf die Papiere und dann komme ich wieder nach Hause – falls ihr mich noch wollt."

Robin starrte ihren Bruder sprachlos an, während ihr stumme Tränen über die Wangen rollten. Dann umarmte sie ihn fest und Pierre bemerkte, dass auch die Augen ihres Bruders verdächtig in der Wintersonne glitzerten. „Wann?", krächzte das Mädchen schließlich, als sie ihren Griff wieder lockerte.

Auch Christians Stimme war nicht ganz fest, als er antwortete. „Im März voraussichtlich. Aber noch nichts verraten. Ich möchte es unseren Eltern an Weihnachten erzählen."

Robin nickte und wischte sich die Tränen weg. „Und was willst du dann machen?"

„Ich weiß es noch nicht genau. Auf jeden Fall werde ich mir einen Job suchen. Und ich möchte auf dem Hof mithelfen, Papa ein wenig der Arbeit abnehmen, mit der ich ihn so lange alleine gelassen habe. Ich habe was gut zu machen."

„Willst du dann auch wieder trainieren?", fragte sie nun vorsichtig.

„Wenn Papa mir Sultan anvertraut, werde ich mit ihm trainieren. Aber ich kann nicht versprechen, dass wir auch wieder starten werden."

„Das macht nichts. Aber Sultan wird es guttun. Er braucht die Herausforderung. – Und du auch."

DIE RÖMISCHEN GÖTTINNEN

Während Pierre und Robin an diesem Abend zu ihm nach Hause gingen, strahlte Robin immer noch wie ein Honigkuchenpferd. Sie hatte sich ganz spontan entschieden, die Nacht bei den Chevaliers zu verbringen, weil sie Angst hatte, sich beim Abendessen zu verplappern oder allein durch ihre gute Laune die Überraschung ihres Bruders zu verraten. Die Kellers fanden das nicht weiter verwunderlich, da sie am Wochenende oft zu ihrem Freund ging. Deshalb machten sich die beiden kurz nach dem Gespräch mit Christian auf den Weg zu Pierres Zuhause, aßen mit seinen Eltern zu Abend und wollten sich anschließend in Pierres kleines Reich zurückziehen. Robin war bereits auf der Treppe, als Arnaud Chevalier seinen Sohn zurückhielt: *„Est-ceque tu lui as déjà parlé?* (Hast du schon mit ihr gesprochen?)", fragte er leise, so das Robin ihn hoffentlich nicht verstehen konnte.

Pierre blickte auf. *„Non, je ne L'ai pas encore fait. Je vais le faire ce soir.* (Nein, habe ich noch nicht gemacht. Ich werde es heute Abend tun)", antwortete er ebenso leise, woraufhin sein Vater nickte und Pierre seiner Freundin folgte.

Robin hatte inzwischen so viel von ihm gelernt,

dass sie Arnauds Frage verstanden hatte und wunderte sich, was los war. Sie sagte jedoch nichts, sondern ging weiter zu Pierres Zimmer. Erst als sie es sich bei langsamer Musik auf seiner Couch bequem gemacht hatten und ihr Kopf mit geschlossenen Augen auf seinem Oberschenkel ruhte, öffnete sie plötzlich die Augen und suchte seinen Blick. „Ist irgendetwas passiert?", fragte sie leise und Pierre blickte überrascht auf.

„Wie kommst du darauf?"

„Dein Vater. Wenn ich mich nicht komplett verhört habe, sollst du etwas mit mir besprechen."

„Du hast dich nicht verhört – und doch stimmt es nicht ganz. Ich *soll* nicht etwas mit dir besprechen, sondern ich *möchte* es gerne tun. Ich habe es schon viel zu lange hinausgezögert."

Überrascht richtete sich das Mädchen auf. „Habe ich irgendwas angestellt?"

Pierre lachte und gab ihr einen Kuss. „Das könntest du gar nicht. Nein, es geht in gewisser Weise um Purzel. Wir sind schon seit längerem am Überlegen, wieder einen Hund zu adoptieren, aber ich habe es immer wieder hinausgezögert, weil ich Angst hatte, dass dich das vielleicht an Purzel erinnert und traurig macht, wenn du uns besuchst. Meine Eltern wollen morgen eine Entscheidung von mir haben und ich habe ihnen erklärt, dass ich das nicht alleine entscheiden möchte. Du kommst uns regelmäßig besuchen und ich hätte keine Freude an dem Tier, wenn ich wüsste, dass ich dir damit wehtun würde." Pierre blickte das Mädchen ein wenig unschlüssig an.

Robin hatte sich bisher nie Gedanken darüber gemacht, ob sie jemals wieder einen Hund haben wollte. Natürlich gab es im Stall immer wieder Hunde, die von den Pferdebesitzern mitgebracht wurden und Robin hatte es nie etwas ausgemacht, aber dass Pierre ihr die Entscheidung lassen wollte, ob seine Familie sich einen Hund anschaffen durfte, rührte sie zutiefst und ein paar Tränen glitzerten in ihren Augen, die Pierre natürlich falsch deutete.

„Es tut mir leid, Robin. Ich hätte wissen sollen, dass es noch zu früh ist. Ich wollte dich nicht traurig machen."

„Nein, Pierre. Ich bin nicht traurig. Überhaupt nicht", lächelte sie und ihr Freund blickte sie ein wenig überrascht an. „Ich finde es nur so süß, dass du mein Glück über dein eigenes stellst. Ich weiß gar nicht, womit ich dich verdient habe, Pierre. Wenn ich daran denke, wie abweisend ich am Anfang zu dir war... Und jetzt kann ich mir gar nicht mehr vorstellen, wie es ohne dich war. Mein Bruder hat Recht: so etwas wie dich gibt es nur einmal. – Natürlich habe ich nichts dagegen, wenn ihr euch einen Hund anschafft. Es würde mich sogar freuen, hin und wieder von einem Vierbeiner begrüßt zu werden."

„Wirklich?" Pierre strahlte sie glücklich an. „Bist du dir da ganz sicher?"

„Natürlich bin ich das. Du kannst gut mit Tieren

umgehen und da deine Mutter zu Hause arbeitet, wäre sie auch nicht so allein, wenn du in der Schule und dein Vater auf der Arbeit ist."

Pierre ließ sich erleichtert an die Lehne sinken, schloss die Augen und atmete tief durch. Robin beugte sich zu ihm hinüber und gab ihm einen zärtlichen Kuss auf die Nasenspitze, der ihm ein Lächeln aufs Gesicht zauberte. „Aber eine kleine Bitte hätte ich an dich, Pierre", sagte sie leise und der Junge öffnete die Augen. „Keinen Jack-Russel, richtig?" Robin nickte. „Keine Angst, so schlau war ich auch schon."

„Und wann soll es soweit sein?"

„Meine Eltern wollten morgen mit mir ins Tierheim fahren. Deshalb auch die Entscheidung bis morgen früh. Ich habe im Moment Ferien und kann beim Eingewöhnen helfen. Und mein Vater hat die nächste Woche auch frei. Wir wären also alle hier, um das Tier an uns und sein neues Zuhause zu gewöhnen. Eigentlich der ideale Zeitpunkt."

„Das heißt also, ich werde dich in den nächsten Tagen nicht oft zu Gesicht bekommen?"

„Du weißt, dass du jederzeit willkommen bist, Robin. Und ich werde auch auf den Hof kommen – vielleicht nicht den ganzen Tag lang, aber ich werde da sein. Vielleicht kann ich das Tier dann auch bald mal mitbringen, damit es Pferde kennenlernt. Je nachdem, wie gut es sich einlebt."

„Das wäre schön. Ich hoffe, dass ihr etwas Passendes im Tierheim findet."

„Ansonsten müssen wir uns eben noch ein wenig gedulden. – Komm', lass' uns schlafen gehen. Es ist schon spät." Robin nickte und wenig später kuschelte sie sich in seine warmen Arme und schloss die Augen.

Pierres Eltern hatten insgesamt drei Tierheime in der näheren Umgebung rausgesucht, die sie zusammen mit ihrem Sohn besuchen wollten. Robin brachten sie auf dem Weg dorthin nach Hause, bevor sie sich auf die Suche nach einem neuen Mitbewohner begaben. Das Mädchen ging zu ihrer Mutter ins Haus, um ihr bei den letzten Vorbereitungen für das Weihnachtsfest zu helfen: putzen, dekorieren, Baum aufstellen und schmücken.

Derweil hatte Wolfgang seinen Sohn gebeten, ihm behilflich zu sein. Er wollte mit Santano arbeiten und konnte eine zweite Hand gut gebrauchen. „Ein tolles Pferd", stellte Christian bewundernd fest, als sie ihn draußen am Sattelplatz in der Wintersonne betrachteten. Mit Kennerblick ließ er seine Hand über die Beine und den Rücken des Pferdes gleiten, während Wolfgang Sattel und Zaumzeug besorgte.

„Das will ich auch hoffen", grinste Wolfgang. „Er hat einen guten Stammbaum und ein beachtliches Potential. Und er ist jung genug, um sich auf seinen künftigen Reiter einstellen zu können."

„Wie lange wirst du ihn ausbilden?"

„So lange, wie es dauert, aus ihm einen treuen Begleiter zu machen", sagte Wolfgang ausweichend und Christian warf seinem Vater einen fragenden Blick zu, den dieser jedoch ignorierte. Der junge Mann verwarf diesen Gedanken wieder und half seinem Vater beim Aufsatteln. Anschließend gingen sie zusammen in die Halle, wo Santano ausgiebig longiert wurde, um seine Beine nach der langen Fahrt und dem Stehen im Stall zu lockern. Anschließend stieg Wolfgang in den Sattel, während sein Sohn von außen beobachten sollte, wie sich das Tier verhielt. Eine halbe Stunde später stieg Wolfgang ab und drückte Christian die Zügel in die Hand. „Setz' dich drauf, lerne ihn kennen und dann sage mir, was du von ihm hältst."

Verwundert folgte Christian der Aufforderung. Seit wann brauchte sein Vater seine Einschätzung für ein Pferd, dass er ausbildete? Erneut huschte ein leiser Verdacht durch seinen Kopf, als er Santano auf den Hufschlag lenkte und Wolfgang einige Cavaletti aufbaute. Der Wallach war etwas ganz Anderes als der feurige Sultan. Robins Bruder merkte sofort, wie feinfühlig das Tier war. Jemand hatte einen guten Job bei der Grundausbildung gemacht. Santano reagierte auf jede Hilfe und Gewichtsverlagerung, folgte seinen Hilfen und schien Spaß an der Arbeit zu haben. Dabei war er doch ruhig und gelassen, schien keine Angst vor den Hindernissen zu haben und blieb sogar ruhig, als eine der Stalltüren durch einen Luftzug laut zuknallte, sodass es selbst in der Halle deutlich zu hören war. Schließlich ließ Christian das Tier über die kleinen Hindernisse springen, was diesem überhaupt keine Probleme bereitete. Nachdem er anhielt und aus dem Sattel sprang, lobte er das junge Tier ausgiebig.

„Und, was sagst du, Chris?"

„Ein Traumpferd, würde ich sagen. Gut ausgebildet, sehr feinfühlig und mit viel Potential. Kann auch von einer weniger starken Hand gut kontrolliert werden. Ein paar kleine Feinheiten müssten noch verbessert werden, aber sonst perfekt. – Perfekt für eine junge Reiterin", schloss er seinen Bericht und blickte seinen Vater auffordernd an. „Es hat doch einen ganz bestimmten Grund, warum ich ihn testen sollte, richtig?"

„Ich hätte wissen müssen, dass ich dir nichts vormachen kann. Du bist Pferdekenner genug, um es zu kapieren, mein Sohn – auch wenn du in den letzten Jahren vielleicht ein bisschen eingerostet bist", lächelte sein Vater. „Aber du hast Recht. Ich möchte Santano für Robin ausbilden. Bonnie ist ein liebes Pferd, aber sie wird alt. Als Freizeitpferd für Ausritte perfekt geeignet, aber sie hat manchmal schon im Unterricht Probleme, mitzuhalten. Robin braucht ein Pferd, mit dem sie wachsen kann, keine alte Dame oder eines der Schulpferde. Santano habe ich durch Zufall entdeckt. Er ist jung genug, um sich Robins besonderer Reitweise anzupassen und wird sich nicht davon aus der Ruhe bringen lassen. Und sie kann mit ihm sogar wieder springen, wenn sie das möchte."

Christian blickte seinen Vater noch immer an,

während er den Rotfuchs streichelte. „Vielleicht hast du Recht, Papa. Ich denke auch, dass Robin für diesen Schritt bereit ist."

„Das hoffe ich", seufzte sein Vater und zusammen brachten sie den Wallach zurück in den Stall, wo er zur Belohnung ein paar Möhren bekam.

Währenddessen besuchten die Chevaliers bereits das letzte der drei Tierheime, ohne bisher fündig geworden zu sein. Pierre hatte die Hoffnung schon fast aufgegeben, das passende Tier zu finden. Entweder waren sie zu groß oder sehr alt oder zu klein und quirlig. Eigentlich suchten sie ein mittelgroßes Exemplar, obwohl Nadine Chevalier, Pierres Mutter, auch nichts gegen ein Schmusehündchen einzuwenden gehabt hätte. Aber Pierre und Arnaud waren für etwas Handfestes, mit dem sie richtig spazieren gehen konnten und der auch im Stall nicht gleich überrannt werden würde, da Pierre bereits klargestellt hatte, dass er den Hund gerne ab und zu mitnehmen wollte.

Auch im letzten Tierheim gingen sie zusammen durch die Reihen der Zwinger und blieben schließlich an einer der Käfigtüren stehen, um zwei Hunde zu betrachten, die unterschiedlicher nicht hätten sein können. Der größere der beiden war mittelgroß, hatte ein helles, mittellanges Fell, das nicht weiß aber auch noch nicht beige war. Im Gesicht blickten ein paar treue Augen auf die drei Menschen und die Ohren stellten sich neugierig auf, als sie stehen bleiben. Der kleinere der beiden sah aus, wie ein Yorkshire-Pudel-Mischling, braunschwarz schattiert, aber kleiner als ein regulärer Yorkie. Das Tier lag genau zwischen den Beinen des größeren Hundes und wurde hin und wieder von diesem liebkost. Als Nadine sich hinhockte, hob der kleine Kerl den Kopf, kam auf sie zu und sprang aufgeregt am Käfig hoch, während der Schwanz heftig hin und her wedelte. Auch der Schwanz des hellen Tieres bewegte sich vorsichtig, während es die Familie betrachtete. Erst als Pierre seine Hand ausstreckte, kam auch das zweite Tier zur Tür, schnüffelte vorsichtig an Pierres Hand und schleckte ihm dann sanft über die Finger.

Die Mitarbeiterin des Tierheims lächelte. „Das hat Luna noch bei keinem gemacht. Sie ist normalerweise recht zurückhaltend, während Flora hier...", sie deutete auf den kleinen Mischling „...eher total verschmust und verspielt ist. Aber ich weiß nicht, ob das für Sie das Richtige ist. Wir würden die beiden nur ungerne trennen. Wir hatten Flora bereits vermittelt, aber sie hat die Trennung von Luna nicht verkraftet und wurde eine Woche später wieder abgegeben. Während dieser Zeit hat auch Luna kaum gefressen und sehr getrauert. Deshalb können die beiden nur zusammen vermittelt werden."

Pierre blickte von seiner Mutter, die noch immer den kleinen Hund streichelte, zu seinem Vater, der schließlich nickte. „Können wir uns die beiden trotzdem mal genauer ansehen?"

„Natürlich. Ich hole sie raus, dann können sie ein bisschen Zeit mit ihnen im Auslauf verbringen. Hatten sie schon mal Hunde?"

„Ja. Früher einmal. Unser Hund ist vor ein paar Jahren gestorben."

Pierre wusste genau, warum seine Eltern damals keinen neuen Hund hatten haben wollen. Das war eine der schwersten Phasen seiner Krankheit gewesen und sie hatten damals nicht die Zeit und die Kraft gehabt, sich um einen Hund zu kümmern, nachdem Ronnie gestorben war.

Als die Tierpflegerin die Käfigtür öffnete, konnte sie gar nicht so schnell reagieren, wie Flora bei Nadine auf dem Schoß saß und ihr quer über das Gesicht schleckte. Pierres Mutter stand mit dem Hund in den Armen langsam auf. „Ich habe das Gefühl, da haben sich zwei gesucht und gefunden, Pierre", grinste ihr Mann und blickte seine Frau liebevoll an.

Währenddessen nahm die Tierpflegerin den zweiten Hund an die Leine und führte die Familie anschließend zu einem eingezäunten Wiesenstück, gab ihnen ein paar Leckerli für die Hunde und ließ sie allein, damit sie sich mit den beiden Tieren bekannt machen konnten. Nadine setzte Flora auf den Boden, die sie beleidigt anblickte und an ihren Beinen hochsprang. Die Frau lächelte amüsiert, nahm das Tier erneut auf den Arm und Flora kuschelte sich in ihre Armbeuge. Dort blieb sie ganz still liegen, blickte die Frau treuherzig an und hatte damit ihr Herz im Sturm erobert.

Pierre war derweil auf Luna zugegangen, die wesentlich scheuer als ihre Artgenossin zu sein schien. Sie blickte den Jungen aufmerksam an und schnüffelte in der Luft. Dann legte sie den Kopf schief und erneut fing der Schwanz an, sich zögernd zu bewegen. Als er ihr eines der Leckerlis entgegenhielt, kam sie näher und nahm es ganz vorsichtig aus seiner Hand. Pierre richtete sich auf. „Was meint ihr?"

„Ich weiß nicht", sagte sein Vater und kam nun ebenfalls auf Luna zu, um ihr ein Leckerli anzubieten und sie vorsichtig zu streicheln, während Pierre zurück zu der Bank ging, auf der sich seine Mutter mit Flora niedergelassen hatte. Luna ließ sich von ihm die Ohren kraulen und blieb ganz lieb dabei vor ihm sitzen. Als er sich wieder aufrichtete, stand sie auf, lief auf Pierre zu und legte ihren Kopf in seinen Schoss. Dabei verdrehte sie die Augen, sodass sie den Jungen ansehen konnte.

Nadine fing an zu lachen. „Ich glaube, bei dem Blick wird deine Freundin ganz schön eifersüchtig werden."

Pierre streichelte sanft das weiche Fell der Hündin und sein Vater betrachtete einen Moment seine Familie und die beiden Hunde. „Traut ihr euch das zu?" Die beiden nickten und eine Stunde später machte sich die Familie mit zwei Hunden auf den Weg in die Zoohandlung, um noch ein paar Kleinigkeiten zu besorgen. Es gab zwar noch einige

Sachen von ihrem früheren Hund, doch nun hatten sie zwei und benötigten daher noch zusätzliche Dinge und vor allem Futter für zwei Hunde.

Zu Hause führte Pierre die Hunde durchs Haus, ließ sie überall schnüffeln und alles erkunden und suchte mit seinen Eltern zusammen einen passenden Platz für die Näpfe und die Schlafplätze der Hunde. Nach einem ausgiebigen Spaziergang in der Nachbarschaft rollten sich die beiden in einem der beiden Körbchen zusammen, während sie sich eng aneinanderschmiegten. Deshalb ließen sie die beiden in Ruhe und Pierre ging ein bisschen in sein Zimmer, um die letzten Geschenke einzupacken, während sich seine Eltern auf der Couch niederließen. Er hatte noch schnell ein Foto von Luna und Flora gemacht, weil er Robin versprochen hatte, sie zu informieren.

Deshalb setzte er sich, nachdem er mit dem Päckchenpacken fertig war, auf sein Bett, lehnte sich an die Wand und zog sein Handy hervor.

☻ *Hallo Prinzessin. Was machst du gerade?*

☻ *Christbaum schmücken. Bin aber fast fertig. Wie war die Suche?*

☻ *Erfolgreich. Haben jetzt tierische Verstärkung.* ☺

☻ *Dann habt ihr also einen Hund gefunden?*

☻ *Nein.*

☻ *Nein??? Kapier ich nicht.*

☻ *Zwei!* ☺ *Jetzt hat meine Mutter ihren Schmusehund und mein Vater und ich was Handfestes. Ganz süßes Pärchen. Unzertrennlich. Fast so wie du und ich.* ♥

💬 *Will ich sehen!*

Pierre schickte Robin das Foto, das er vor wenigen Minuten geschossen hatte und wartete gespannt auf die Reaktion, während er noch ein paar Informationen hinterherschickte:

💬 **Luna und Flora. Zwei Hündinnen. Luna ist die große. Ein ganz liebes Tier. Flora ist mehr ein kleiner Wirbelwind.**

💬 *Total süß, die beiden. Freue mich für dich.*

💬 **Kommst du heute Abend?**

💬 *Wenn ich nicht störe…*

💬 **Du störst nie! Muss schon in den nächsten Tagen auf dich verzichten wegen Weihnachten. Bekomme ja Entzugserscheinungen, wenn ich dich heute auch nicht sehen darf.** ☹

💬 *Dann muss ich wohl kommen. ☺ Das kann ich sonst nicht verantworten.*

💬 **Ich hole dich um sechs ab. Vielleicht bringe ich die zwei sogar mit. Kann's kaum erwarten, dich zu sehen. ♥♥♥**

💬 *Ich hab' dich lieb ♥*

💬 **Nicht so, wie ich dich. ☺**

Pierre legte sein Telefon auf den Nachttisch und hing eine Weile seinen Gedanken nach, bis er schließlich ein leises Kratzen hörte. Überrascht stand er auf und ging an die Tür. „Na, was machst du denn hier?", fragte er verwundert, als Luna ihn treuherzig anblickte. Der Junge ließ sich auf seiner Couch nieder und Luna folgte ihm, legte den Kopf ebenfalls auf die Couch und ließ sich von ihm streicheln.

Als es Zeit wurde, zum Storchenhof zu gehen, ging Pierre nach oben, gefolgt von seinem neuen Hund. Flora war nirgends zu sehen. „Wo ist denn der kleine Wirbelwind?", fragte er seinen Vater, der gerade in der Küche das Abendessen vorbereitete.

„J'essaierais dans l'étude de maman. (Ich würde es mal in Mamas Arbeitszimmer versuchen.)"

Damit hatte sein Vater das Richtige vermutet, denn als Pierre leise die Tür öffnete, saß seine Mutter am Schreibtisch und der kleine Hund hatte sich auf ihrem Schoß zusammengerollt. „Entschuldige Mutti, ich wollte Robin abholen und nehme Luna mit. Was ist mit Flora?"

„Lass' sie ruhig hier. Ich lasse die Kleine nachher nochmal raus."

„Okay. Bis gleich." Damit nahm er Luna an die Leine und ging mit ihr gemütlich zum Storchenhof, wo er bereits von seiner Freundin erwartet wurde.

„Das ist aber nur die Hälfte des Familienzuwachses", stellte sie grinsend fest, als Pierre den Hund über den Hof führte und Luna sich aufmerksam umblickte.

„Stimmt. Die andere Hälfte zieht es vor, auf dem Schoß meiner Mutter zu dösen. Ein richtiger Schoßhund, sozusagen. Genau das, was meine Mutter wollte. – Darf ich vorstellen: das ist Luna."

„Hallo Luna", sagte das Mädchen freundlich und beugte sich zu ihr hinunter. Vorsichtig schnüffelte das Tier an der Hand, die sich ihr entgegenstreckte.

Luna spürte, dass dieses Mädchen anders war, als die anderen Menschen, die sie heute und in der Vergangenheit kennengelernt hatte, auch wenn sie nicht wusste, was es war. Langsam kam sie näher, ließ sich von ihr streicheln und schnüffelte weiter. Ihr rechtes Bein hatte es dem Hund besonders angetan und Robin blickte Pierre fragend an. „Glaubst du, sie riecht es?"

„Was?"

„Die Prothese."

„Möglich. Hunde riechen sehr gut, die können Kunststoff oder Metall bestimmt von menschlicher Haut unterscheiden. Aber ich glaube nicht, dass sie dich deshalb in irgendeiner Form ablehnen wird."

„Das glaube ich auch nicht. Aber es ist schon seltsam, dass sie direkt auf mein Bein zugeht."

Pierre machte sich darüber keine Gedanken. Luna war ein sensibler Hund, vielleicht spürte sie einfach die alte Verletzung des Mädchens.

Als sie sich später zum Schlafengehen fertig machten und Pierre gerade dabei war, seine Freundin mit liebevollen Küssen zu verwöhnen, kratzte es erneut an seiner Tür. Lächelnd stand er auf. „Ich glaube, ich sollte mir eine Hunde-Tür einbauen lassen, wenn das so weiter geht. Heute Nachmittag hat sie mich auch schon besucht. – Na komm' rein, Luna." Er öffnete dem Hund die Tür und wie selbstverständlich trottete das Tier ins Zimmer und blickte ihn fragend an. Als er sich jedoch wieder ins Bett legte und Robin in den Arm nahm, rollte sich die Hündin neben dem Bett zusammen und schloss die Augen. „Stört es dich, einen Zuschauer zu haben?", fragte er grinsend, während er dort weitermachte, wo er gerade unterbrochen worden war.

Robin warf einen Blick auf die Hündin, die ganz lieb auf dem Boden lag und die Augen geschlossen hielt. „So lange sie nicht meint, sich einmischen zu müssen", stellte sie fest und schob Pierre das Shirt über den Kopf.

Doch Luna dachte gar nicht daran, sich einzumischen. Sie spürte, dass alles in Ordnung war und dass weder von ihrem neuen Herrchen noch von seiner Freundin irgendeine Bedrohung ausging. Einige Zeit später schliefen alle drei tief und fest: Robin und Pierre im Bett und Luna davor. Doch mitten in der Nacht hob der Hund den Kopf und stand auf.

Etwas stimmte nicht, das spürte sie deutlich. Ein paar Sekunden betrachtete sie die schlafenden Menschen. Dann sprang sie mit den Vorderbeinen auf das Bett und stupste mit der Nase gegen Pierres Hand, der sofort die Augen aufschlug. Luna winselte leise. Und dann bemerkte Pierre auch, dass Robin unruhig wurde und schüttelte sie sanft. Robin schlug die Augen auf. „Was ist?"

„Ich glaube, es hat sich gerade wieder ein Albtraum angebahnt. Luna hat mich geweckt und dann wurdest du plötzlich unruhig."

„Sie wusste es, bevor ich anfing, unruhig zu

werden?"

„Scheinbar, ja. Schlaf jetzt. Alles ist gut – Danke Luna", sagte er, streichelte kurz den Hund und schloss die Augen, während diese sich wieder vor dem Bett zusammenrollte.

WEIHNACHTSÜBERRASCHUNGEN

Am nächsten Morgen waren Christian und Wolfgang gerade mit Santano in der Halle beschäftigt, als Pierre seine Freundin zurück zum Storchenhof brachte. Er sagte kurz hallo und gab Robin dann einen liebevollen Kuss. „Ich komme morgen Mittag rüber, wenn das in Ordnung ist. Dann kann ich auch in den Ställen helfen."

„Gerne. Wir können jede helfende Hand gebrauchen. An den Feiertagen kommt kaum einer von den Einstellern."

„Ist das alles?", frage er gespielt enttäuscht.

„Nein, natürlich nicht. Und ich hoffe, das weißt du auch." Damit nahm sie ihn erneut in die Arme und drückte ihm einen Kuss auf den Mund.

„Da könnte man fast neidisch werden", lachte hinter ihr eine bekannte Stimme und Robin wirbelte herum.

„Such' dir gefälligst selbst 'ne Freundin, Bruderherz. Ich bin schon vergeben."

„Schade", lachte Christian. „Dann muss ich mich wohl damit abfinden, dass mich heute keiner mehr küsst. – Und wen haben wir da?" Er beugte sich zu Luna hinunter, die neben Pierre saß und die Gelegenheit nutzte, um ihm einmal quer durchs

Gesicht zu lecken.

Robin kicherte los. „Da hast du deinen Kuss, Chris. Man sollte wohl aufpassen, was man sich wünscht."

„Ich gebe mich ja schon geschlagen. Aber wer ist das denn nun?"

„Das ist Luna. Wir haben seit gestern zwei Hunde: Luna und Flora. Flora ist ein kleiner Wirbelwind und liegt am Liebsten bei meiner Mutter auf dem Schoß."

„Luna und Flora? Die Göttin des Mondes und die Göttin der Blumen aus der römischen Mythologie. Habt ihr ihnen diese Namen gegeben?"

„Nein, die hatten sie bereits. Wir haben sie nur übernommen. Aber mir gefallen sie."

„Sind ja auch schöne Namen. Na dann: willkommen auf dem Storchenhof, Luna. Ich hoffe, wir sehen dich jetzt öfter."

„Ganz bestimmt. Ich würde sie gerne an die Pferde gewöhnen. Aber jetzt sollte ich zurück, sonst darf ich bald gar nicht mehr kommen. Frohe Weihnachten, alle zusammen."

„Frohe Weihnachten, Pierre."

Robin brachte ihren Rucksack mit ihren Übernachtungssachen in ihr Zimmer und ging dann zu ihrer Mutter. Am frühen Nachmittag kamen auch ihr Vater und ihr Bruder ins Haus. Die Tiere waren versorgt und der Rest des Tages gehörte der Familie. Sie spielten Karten, hörten Weihnachtslieder und sahen sich zusammen einen Weihnachtsfilm an, bis sie schließlich gemeinsam ihr Weihnachtsessen zubereiteten und am großen Tisch in der Küche verspeisten.

Anschließend setzten sie sich zusammen ins Wohnzimmer, um die Geschenke auszupacken, bis Christian sich schließlich zurücklehnte und in die Runde blickte. „Mama? Papa? Ich würde gerne noch etwas mit euch besprechen, bevor Robin ihr letztes Geschenk auspacken darf."

Robin blickte sich irritiert um. Unter dem Baum lagen keine Geschenke mehr, die sie hätte auspacken können. „Wieso, ich habe doch schon alles ausgepackt."

„Nicht ganz, mein Schatz", antwortete ihre Mutter. „Aber lass' doch erstmal deinen Bruder ausreden. Was möchtest du denn mit uns besprechen, Christian?"

„Ich würde euch gerne etwas fragen. Ich habe lange gebraucht, um zu begreifen, wo ich eigentlich hingehöre. Tatsächlich ist mir das erst in den letzten Monaten klargeworden. Und wenn es für euch in Ordnung ist, würde ich gerne zurückkommen."

Robins Mutter fing an zu stahlen und nahm ihren Sohn in den Arm. „Natürlich ist das okay für uns. Aber was ist mit der Bundeswehr?"

„Habe ich bereits vor einiger Zeit gekündigt. Gestern kam die Bestätigung. In ein paar Monaten gehe ich euch wieder auf die Nerven. Wenn alles klappt, komme ich Anfang März nach Hause. Bis dahin bleibe ich in München und muss auch nicht mehr ins Einsatzgebiet zurück."

„Das freut mich, mein Junge", sagte nun auch Wolfgang und klopfte ihm auf die Schulter. „Du hast hier gefehlt. Und was genau willst du dann machen?"

„Ich suche mir einen Job. Aber einen, bei dem ich noch genügend Zeit habe, hier zu helfen. Und wenn es dir recht ist, werde ich ein bisschen mit Sultan trainieren, Papa."

„Natürlich ist mir das Recht, Christian. Es wird schön sein, wieder einen zweiten Mann im Stall zu haben. Obwohl ich zugeben muss, dass Pierre in letzter Zeit auch fast täglich da ist."

„Woran das wohl liegen mag?", fragte Christian mit einem Seitenblick auf seine Schwester.

„Na, an den Bewohnern natürlich", grinste Robin.

„Den zwei- oder den vierbeinigen?"

„Vermutlich genau in dieser Reihenfolge", stellte nun auch ihre Mutter fest.

„Apropos, Bewohner des Storchenhofs. Einer dieser Bewohner hat noch ein Geschenk auszupacken", stellte Wolfgang mit einem Grinsen fest und zog einen großen Umschlag aus seiner Tasche, den er Robin überreichte.

Neugierig nahm sie ihn entgegen, während der Rest der Familie sie gespannt beobachtete und ihr Vater die Daumen drückte, dass er das Richtig tat. Robin öffnete den Umschlag und zog einige Papiere hervor, die sie sorgfältig studierte, während ihre Mine immer ungläubiger wurde. „Das kann doch nicht dein Ernst sein", brachte sie schließlich mit zitternder Stimme hervor. „Das geht nicht, Papa. Das kann ich nicht annehmen, das habe ich nicht verdient." Sie wurde immer leiser, während Tränen in die Augen des Mädchens traten. Schließlich stand sie auf und legte ihrem Vater den Umschlag auf den Schoß. „Es tut mir leid", flüsterte sie und bis die Familie sich wieder gefasst hatte, war das Mädchen verschwunden.

Wolfgang wollte ihr nachlaufen, doch sein Sohn legte ihm die Hand auf den Arm. „Lass' sie sich erst einmal beruhigen, Papa. Sie meint es bestimmt nicht böse. Vielleicht ist es doch noch etwas zu früh für diesen Schritt. Bestimmt kommt sie gleich wieder, wenn sie erst einmal darüber nachgedacht hat."

Wolfgang nickte enttäuscht. Er hatte so gehofft, ihr damit eine Freude zu machen. Aber vielleicht hatte sein Sohn ja Recht und sie brauchte einfach ein paar Minuten, um wieder zu sich zu kommen.

Doch Christian hatte sich getäuscht: Robin kam nicht wieder. Als sie eine halbe Stunde später immer noch nicht aufgetaucht war, fingen sie an, sich Sorgen zu machen. Während Renate im Haus nachschaute, zogen sich die beiden Männer ihre Jacken über und suchten die Stallungen ab, doch von dem Mädchen war keine Spur zu entdecken. Lediglich ihre Jacke hing unberührt an der Eingangstür.

Pierre saß mit seinen Eltern und den beiden Hunden gemütlich am Kaminfeuer in ihrem

Wohnzimmer. Auch sie waren bereits mit der Bescherung fertig und genossen einfach die besinnliche Musik und das Knistern der Flammen, während es sich Flora neben ihrem Frauchen auf der Couch bequem gemacht hatte und Luna direkt davor auf dem Boden saß und die Nase neben Flora auf der Couch liegen hatte. Der Junge hatte die Augen geschlossen und lauschte den Geräuschen, als sein Handy plötzlich anfing zu piepen. Lächelnd nahm er es in die Hand. Es gab nur eine, die ihm um diese Zeit noch eine WhatsApp schreiben würde.

Doch als er das Telefon anschaltete, hatte er eine Nachricht von einer unbekannten Nummer. Mit einem komischen Gefühl öffnete er die Mitteilung und seine Eltern bemerkten sofort die Veränderung, die mit ihrem Sohn vorging.

- 😐 *Tut mir leid, wenn ich störe. Hier ist Christian. Bist du noch wach?*
- 😐 *Ja, kein Problem. Was ist los?*
- 😐 *Ist Robin bei Euch?*
- 😐 *NEIN! Warum?*
- 😐 *Papa hat ihr Santano zu Weihnachten geschenkt. War wohl zu viel für sie. Ist abgehauen und seit über einer Stunde verschwunden. Dachte, sie ist vielleicht zu Dir.*
- 😐 *Bin gleich da und helfe suchen.*

„Was ist los?", fragte seine Mutter.

„Robin ist spurlos verschwunden. Ich muss den Kellers helfen", antwortete Pierre und sprang auf, um seine Schuhe und Jacke anzuziehen.

„*Puis-je t'aider*? (Kann ich dir helfen?)", fragte sein Vater sofort und stand ebenfalls auf.

„*Est-ceque tu pourrais conduire en ville et y chercher?* (Kannst du mit dem Auto in die Stadt fahren und dort suchen?)"

„*Biensûr. Ne t'inquète pas. Nous allons la trouver.* (Mache ich. Mach' dir keine Sorgen. Wir finden sie schon.)" Arnaud legte seinem Sohn kurz die Hand auf die Schulter und drückte sie sanft.

„Nimm Luna mit. Dann bist du nicht so allein in der Dunkelheit. Viel Glück", sagte seine Mutter und drückte ihm die Leine in die Hand.

Mit zügigen Schritten lief der Junge in die Nacht hinaus, während sein Vater ins Auto stieg und die Straßen absuchte. Pierre nahm den Weg, den sie immer zusammen gingen und beobachtete genau den Wegrand. Immer wieder blieb er stehen und lauschte in die Dunkelheit, rief nach seiner Freundin und lauschte erneut. Dennoch brauchte er nur zehn Minuten, um den Storchenhof zu erreichen, wo er bereits von Christian erwartet wurde.

„Was genau ist passiert?"

„Ich weiß auch nicht. Wir hatten so gehofft, dass sie sich über das Pferd freuen würde, aber sie sagte etwas davon, dass sie das nicht verdiene und nicht annehmen könne und ist verschwunden. Wir dachten, sie würde sich schon wieder beruhigen und es wäre nur der erste Schock, aber sie kam nicht zurück. Ihre Jacke hängt an der Tür, aber wir haben schon alles abgesucht."

Pierre spürte, dass sich Robins Bruder Vorwürfe machte, weil er ihr nicht gleich nachgegangen war und obwohl er sich selber auch große Sorgen machte, wusste er, dass Panik niemandem helfen würde und war plötzlich ganz ruhig und besonnen. „Wo genau habt ihr schon überall gesucht?"

„Mutter hat das ganze Haus auf den Kopf gestellt und telefoniert gerade sämtliche Bekannten durch. Vater und ich sind durch die Ställe und die Scheune und haben das Gelände abgesucht."

„War schon jemand am Strand?"

„Nein, glaubst du, sie könnte…?"

„Ich hoffe nicht. Aber die Möglichkeit besteht. Schnappe dir ein Pferd und suche am Strand. Du reitest besser als ich. Wo ist Wolfgang?"

„Sucht die nähere Umgebung ab."

„Gut. Mein Vater ist mit dem Auto unterwegs und kontrolliert die Straßen. Ich gehe mit Luna nochmal über den Hof. Vielleicht haben wir irgendetwas übersehen. Wenn jemand etwas entdeckt, schreiben wir eine Nachricht, okay?"

„Alles klar", sagte Christian erleichtert über das logische Vorgehen des Jungen. Er selbst war gerade nicht mehr dazu in der Lage gewesen. Doch die Besonnenheit des Jungen vermittelte auch ihm eine gewisse Ruhe, sodass er nun selber anfing, logisch nachzudenken. Schnell schnappte er sich Bonnie, legte ihr einen Zaum an und schwang sich auf den nackten Pferderücken. Minuten später war er bereits auf dem Weg zum Strand.

Währenddessen ging Pierre zusammen mit dem Hund durch den Stall, blickte in jede Box und durchsuchte jeden Raum. Dann nahm er sich den Einsteller-Stall vor, jedoch mit dem gleichen Erfolg. Auch in der Scheune und im Heulager konnte er nichts entdecken und langsam wuchs auch seine Nervosität. Schließlich öffnete er die große Hallentür und suchte auch hier alles mit Blicken ab, konnte aber nichts entdecken. Als er das Gebäude schon wieder verlassen wollte, weigerte sich Luna jedoch, ihm zu folgen. „Was hast du denn, Luna?", fragte er den Hund und lauschte. Es schien totenstill in der Halle zu sein. Dennoch konnte er den Hund nicht zum Mitkommen überreden und ließ sie schließlich von der Leine. Luna lief in die Reitbahn und führte ihn zielstrebig in die hinterste dunkle Ecke, die er nicht vollständig hatte einsehen können.

Robin saß mit angezogenen Beinen so klein zusammengekauert in der Ecke, dass sie nur wenige Zentimeter Platz einnahm und dadurch in der dunklen Halle vollständig unsichtbar gewesen war. Pierre rannte auf das Mädchen zu und nahm sie in die Arme. Sie zitterte heftig, da sie lediglich eine dünne Bluse trug, und rührte sich sonst kaum.

„Robin, was machst du denn für Sachen?", fragte Pierre, kniete sich nieder und schlüpfte aus seiner Jacke. Dann zog er sich den dicken Woll-Pullover, den er trug, über den Kopf und streifte ihn Robin über. Anschließend hängte er ihr noch seine Jacke um die Schultern und zog sein Handy aus der

Tasche, um Christian und seinem Vater eine kurze Nachricht zu schicken.

Robin rührte sich noch immer nicht, hatte sich aber auch nicht gegen seine Versuche gewehrt, sie aufzuwärmen. Wenigstens war es in der Halle nicht so kalt wie draußen, denn mit seinem Unterhemd, das er jetzt nur noch trug, würde er dort nicht lange durchhalten. Plötzlich hob Robin den Kopf und blickte ihm mit verschwommenem Blick ins Gesicht. „Das kann er doch nicht machen", sagte sie leise, „er kann mir doch nicht die Verantwortung für ein Pferd übergeben. Reicht es nicht, dass ich bereits für den Tod von drei Tieren verantwortlich bin? Ich will nicht, dass schon wieder eines stirbt."

„Robin, wieso glaubst du das? Du kannst doch nichts dafür. Es war ein Unfall." Dann fiel ihm plötzlich auf, dass sie von drei Tieren gesprochen hatte. Bei ihrem Unfall waren aber nur zwei gestorben: Jumping Jack und Purzel. Bevor er jedoch nachfragen konnte, hörte er das Öffnen der Hallentür und eilige Schritte näherten sich. Jemand legte ihm eine Decke um die Schultern.

„Hier, nimm das, Pierre. – Robin, warum bist du weggelaufen? Was ist denn los?"

Pierre zog die Decke enger und drehte sich zu Robins Bruder um. „Sie hat nicht viel gesagt, nur dass sie die Verantwortung für Santano nicht übernehmen könne, weil sie bereits für den Tod von drei Tieren verantwortlich wäre und sie nicht möchte, dass er auch stirbt."

Christian blickte ihn überrascht an. „Wovon redet sie denn da? Sie ist überhaupt nicht für den Tod von irgendeinem Tier verantwortlich. Wie kommt sie nur darauf?"

„Doch, bin ich", kam es leise aus Robins Ecke und die beiden drehten sich wieder dem Mädchen zu.

„Wir sollten sie erst einmal ins Haus bringen, Pierre. Dann sehen wir weiter." Er hob seine Schwester vorsichtig hoch und trug sie ins Haus, während der Junge und der Hund ihm nachdenklich hinterherliefen. Vor der Tür trafen sie auf Wolfgang, der scheinbar Bonnie in den Stall gebracht hatte, nachdem Christian ihm das Tier übergeben hatte. Am Wohnhaus stieß dann auch Arnaud zu ihnen, der gerade angekommen war.

„Papa, ich würde gerne hier bleiben, ist das okay?", fragte Pierre leise. Sein Vater nickte verständnisvoll und gab ihm einen Kuss auf die Stirn, bevor er sich wieder seinem Fahrzeug zuwandte, um nach Hause zu fahren, während sein Sohn weiter in Robins Zimmer ging. Christian zog ihr gerade die Jacke aus und legte ihr ihre Bettdecke über die Schultern. Auch Pierre legte die Decke, die ihm Robins Bruder umgelegt hatte, auf einen Stuhl.

„Und jetzt möchte ich wissen, was eigentlich los ist, Schwesterchen. Warum bist du weggelaufen? Santano ist doch ein tolles Pferd, mit dem du bestimmt super klarkommen wirst."

Robin blickte hoch. „Darum geht es doch gar nicht", schniefte sie.

„Dann sage uns bitte, um was es geht!"

„Es geht darum, dass ich bereits zwei Pferde und einen Hund auf dem Gewissen habe. Ich möchte nicht für den Tod eines weiteren Pferdes verantwortlich sein. Papa weiß nicht, was er Santano damit antut. Er ist doch viel zu wertvoll, um…"

„Moment", unterbrach Christian sie. „Wieso bist du für den Tod von irgendjemandem verantwortlich? Das ist doch Humbug. Ich denke mal, du spielst auf Jack an, aber du kannst nichts dafür, was passiert ist – genauso wenig wie Pierre. Ihr habt beide versucht, dem Tier zu helfen, es zu retten. Die Umstände waren damals einfach gegen euch, aber niemand macht euch einen Vorwurf. Ihr hättet absolut nichts daran ändern können. Und was Purzel betrifft ist er nicht gestorben, weil du ihn in die Flammen geschickt hast, sondern weil er dich so lieb hatte, dass er dir unbedingt helfen wollte. Du warst nicht einmal mehr bei Bewusstsein, als er zu dir kam, also wie bitte sollst du für seinen Tod verantwortlich sein? Denk' doch mal nach, Robin!" Er machte eine kurze Pause, bevor er weitersprach. Robin saß genau wie in der Halle in der hintersten Ecke ihres Bettes und hatte die Beine umklammert. Christian legte seine Hand auf ihren Kopf und streichelte sie sanft, während Pierre immer noch fassungslos auf seine Freundin starrte. „Was passiert ist, ist schlimm genug, aber es hilft weder dir noch den Tieren, wenn du dir irgendwelche Vorwürfe machst, die noch dazu völlig aus der Luft gegriffen sind. DU – BIST – NICHT – SCHULD – AM – TOD – VON – JACK – UND – PURZEL!" Seine letzten Worte sprach er langsam und eindringlich und betonte jedes einzelne Wort.

Robin hob langsam den Kopf. „Vielleicht hast du ja Recht. Bleibt aber immer noch Tornado."

Pierre war irritiert. Sie hatte ihm erst vor wenigen Tagen erzählt, was damals mit dem Pferd passiert war. Und auch, dass Christian sich die Schuld für den Unfall seines Vaters gegeben hatte. Aber mit keinem Wort hatte sie erwähnt, dass sie sich selber auch irgendwelche Vorwürfe machte. Ihr Bruder war genauso verdattert, wie er und brauchte einen Moment, bis er seine Stimme wiedergefunden hatte. „Texas Tornado? Wieso zum Teufel glaubst du, dass du Schuld an dem Unfall warst?"

„Nicht an dem Unfall… an seinem Tod", kam es leise aus ihrer Ecke.

Jetzt wurde Christians Stimme ganz sanft. „Aber er ist doch in den Zaun gelaufen."

„Eben", stimmte das Mädchen zu. „Ich habe gesehen, dass er Panik hatte, als Papa gefallen ist. Ich hätte ihn aufhalten müssen, als er auf mich zukam, aber ich konnte mich einfach nicht rühren." Tränen liefen ihr über die Wangen und Christian zog sie in seine Arme.

„Mann, Mädchen. Wieso hast du denn nie etwas gesagt? Du hättest doch gar nichts tun können. Du warst zehn, Robin. Und Tornado hatte ein Stockmaß von über eins-siebzig. Er hätte dich umgerannt und vermutlich ebenfalls schwer verletzt, aber glaubst du wirklich, er hätte sich von einem kleinen Mädchen aufhalten lassen?"

Robin nickte in seine Schulter. „Ich war davon überzeugt", sagte sie kleinlaut, als ihr langsam klar wurde, wie Recht ihr Bruder hatte. Dann drehte sie plötzlich den Kopf zu Pierre. „Du musst mich für ziemlich bescheuert halten."

„Nein, Robin. Bestimmt nicht", widersprach dieser und hielt ihre Hand. „Aber vielleicht wäre es gut gewesen, wenn du mal mit deinen Eltern oder deinem Bruder über den Unfall und deine Vorwürfe gesprochen hättest."

Christian schielte verlegen zu Pierre hinüber, der plötzlich viel erwachsener wirkte, als er selber sich gerade fühlte. „Das hätte sie vielleicht, wenn ich mit gutem Beispiel vorangegangen wäre. Aber ich habe die Flucht ergriffen, bin vor meinen Vorwürfen weggelaufen. Da kannst du von einem kleinen Mädchen nicht erwarten, dass sie es besser macht, als ihr erwachsener Bruder."

Endlich huschte der Hauch eines Grinsens über Robins ernstes Gesicht. „Wir sind schon eine tolle Familie, was?" Dann wurde sie wieder traurig. „Papa ist bestimmt sehr enttäuscht von mir", sagte sie mit hängenden Schultern.

„Nein, mein Schatz", kam es in diesem Moment von der Tür. Keiner der drei hatte bemerkt, dass Wolfgang und Renate in der Tür gestanden und ihnen zugehört hatten. „Ich kenne ja jetzt den Grund für deine Reaktion. Ich würde vorschlagen, du ruhst dich jetzt aus und morgen reden wir in Ruhe über alles. – Möchtest du hier bleiben, Pierre?"

„Wenn es okay ist...", fing er vorsichtig an und Robin nickte ihm zu. Daraufhin entfernten sich die anderen und Pierre setzte sich auf Robins Bettkannte.

„Danke, dass du mich gefunden hast, Pierre."

„Das war ich gar nicht", lächelte der Junge. „Das war Luna."

„Danke, Luna." Die Hündin hörte ihren Namen und legte die Nase auf die Bettkannte, um sich streicheln zu lassen. Dann rollte sie sich wieder auf dem Boden zusammen.

„Du bist immer noch ganz kalt, Robin. Vielleicht solltest du dir deinen Schlafanzug anziehen. Ich bin gleich wieder da. Ich will mir nur ein T-Shirt von Christian ausborgen."

„Gibst du mir kurz meinen Rucksack, bitte?"

„Na klar." Er reichte ihr die Tasche, die sie letzte Nacht bei ihm dabei hatte und schlüpfte aus der Tür, um bei ihrem Bruder zu klopfen.

Erstaunt öffnete dieser die Tür. „Alles in Ordnung?"

„Ja, alles super. Ich wollte nur fragen, ob ich mir ein T-Shirt von dir borgen kann. Ich hab ja nichts dabei."

„Klar kannst du. Komm' rein." Er ging an seinen Kleiderschrank und zog ein Shirt heraus, dass er Pierre reichte. „Und wenn ich mal nicht da bin, bediene dich einfach, wenn du etwas brauchst."

„Danke. Gute Nacht."

„Gute Nacht, ihr zwei."

Als Pierre zurück ins Zimmer kam, war Robin gerade dabei, ihre Tasche auszuräumen. Pierre zog sich sein Unterhemd aus und schlüpfte in das Shirt, das er von ihrem Bruder bekommen hatte. Es war ein wenig groß, da Christian größer und kräftiger als der Junge war, aber das störte ihn nicht. Robin zog gerade ihren Schlafanzug aus der Tasche, als ein kleines, quadratisches Päckchen auf ihr Bett fiel. „Huch. Wo kommt das denn her?"

„Was?", fragte Pierre unschuldig, obwohl er genau wusste, wo das Päckchen herkam, da er es selber heute Morgen zwischen ihre Sachen gesteckt hatte.

Robin ließ ihre Tasche auf den Boden sinken und nahm neugierig das Geschenk in die Hand. „Ist das von dir?", fragte sie unnötiger Weise, denn wer sonst hätte es wohl in ihre Tasche gesteckt?

„Nee, vom Weihnachtsmann", grinste Pierre und bekam einen Knuff in die Seite.

„Darf ich es aufmachen?"

Jetzt lachte der Junge. „Dafür war es eigentlich gedacht, ja."

Robin wurde rot und ihre Hände zitterten leicht, als sie das Papier entfernte und eine kleine Schmuckschatulle hervor zog. Vorsichtig öffnete sie das Kästchen und holte eine Silberkette mit einem Anhänger hervor. Neugierig betrachtete sie das

Schmuckstück. Es war die Hälfte eines silbernen Herzens, auf dem ein schwarzes, steigendes Pferd abgebildet war. Auf der Rückseite stand in verschnörkelter Schrift Pierres Name und die aktuelle Jahreszahl. „Ist das schön", sagte sie leise. Dann fiel ihr etwas ein. Sie hatte sich eben schon gewundert, als Pierre sein Hemd ausgezogen hatte. Da hatte sie aus den Augenwinkeln bemerkt, dass er ebenfalls eine Kette trug, was er bisher noch nie getan hatte. „Du hast das Gegenstück dazu, stimmt's?"

Pierre grinste und zog seinen eigenen Anhänger unter dem T-Shirt hervor. Seiner war schwarz mit einem silbernen Pferd. Als sie ihn umdrehte, fand sie ihren eigenen Namen auf der Rückseite, ebenfalls mit der Jahreszahl. Dann hielten sie beide Teile aneinander. „Zwei Teile eines Ganzen. Genau wie wir", lächelte er. „Gefällt sie dir?"

Robin nickte glücklich und wischte sich eine kleine Freudenträne aus den Augenwinkeln. „Legst du sie mir an?" Pierre ließ sich das nicht zweimal sagen, öffnete den Verschluss und legte ihr die Kette um den Hals, bevor er ihr einen sanften Kuss gab. „Frohe Weihnachten, Prinzessin."

ERFOLGREICHE RÜCKKEHR

Die Feiertage gingen viel zu schnell vorbei und der Alltag auf dem Storchenhof kehrte wieder ein. Robin hatte am ersten Weihnachtsfeiertag ein langes Gespräch mit ihrer Familie geführt, bei dem auch Pierre anwesend war. Sie hatte schließlich eingesehen, dass sie weder etwas für den Tod von Texas Tornado noch von Jumping Jack oder Purzel konnte und dass sie mit Sicherheit nicht mit irgendeinem Fluch oder ähnlichem belegt war. Es waren einfach unglückliche Zufälle – eben Unfälle gewesen, die niemand hätte vorhersehen können.

Am Ende des Gespräches hatte sie sich richtig gefreut, wieder ein eigenes Pferd zu haben, mit dem sie in Zukunft lernen konnte. Allerdings hatte ihr Vater ihr klar und deutlich erklärt, dass *er* erst einmal mit dem Wallach arbeiten würde, bis sowohl Pferd, als auch Reiterin bereit füreinander wären. Santano war noch recht jung und auch, wenn er bisher ein sehr ausgeglichenes Wesen hatte, wollten er und Christian das Tier ausgiebig in der Halle und im Gelände prüfen, bevor sie Robin auf seinen Rücken ließen.

Robin sah das ein und würde sich bis dahin damit begnügen, das Tier ein bisschen zu verwöhnen und sich mit ihm anzufreunden. Dann endlich bekam Vater Wolfgang das Strahlen in ihren Augen, dass er sich für den Weihnachtsabend gewünscht hatte. In den nächsten Tagen arbeiteten die beiden Männer mit Santano und Christian ging ein paar Mal mit ihm ins Gelände. Robin ließ es sich nicht nehmen, ihn vorher zu putzen und zu satteln und verwöhnte ihn anschließend mit Karotten, die der Neuzugang über alles liebte.

Einen Tag vor Silvester musste Christian sich wieder verabschieden. Am liebsten wäre er direkt hier geblieben, nachdem sich die Familie inzwischen auch ausgiebig über den damaligen Unfall ihres Vaters ausgesprochen hatte. Aber er hatte keine Wahl. In den nächsten zwei Monaten musste er noch einiges an Papierkram erledigen, bevor er dann schließlich ganz nach Hause kommen durfte.

Einige Tage später hatte Robin und Pierre der Schulalltag wieder. Es ging auf die Zwischenzeugnisse zu und entsprechend viele Arbeiten wurden geschrieben. Stundenlang verbrachten sie mit lernen und wiederholen und konnten beide mit den Ergebnissen zufrieden sein. An den Wochenenden übernachteten sie zusammen bei ihr oder ihm und ihre Freizeit verbrachten sie meist auf dem Storchenhof.

Luna war nun ein gern gesehener Gast und gewöhnte sich schnell an die Hektik im Stall und die großen Wesen, die über den Hof geführt wurden. Während der Reitstunde rollte sie sich in der Mitte der Reitbahn zusammen und wartete geduldig, bis ihr Herrchen wieder Zeit für sie hatte.

Endlich durfte Robin das erste Mal auf Santano reiten und war total begeistert. Der Wallach gewöhnte sich schnell an ihre Reitweise, und Bonnie durfte sich etwas erholen, da das Mädchen nun ihr eigenes Pferd in der Reitstunde ritt. Nur mit den ersten Sprüngen ließ sie sich noch Zeit. Obwohl sie inzwischen schon längst viel zu gut für die Anfängergruppe war und eigentlich in einer ganz anderen Gruppe mitreiten müsste, zog sie es vor, bei Anna-Lena und Pierre zu bleiben. Nur hin und wieder bekam sie ein paar Sonderaufgaben, während die zwei anderen leichtere Übungen durchführten. Aber auch aus ihnen waren zwei ganz passable Reiter geworden in den letzten Monaten.

Anfang März kam Christian nach Hause und zog wieder bei den Eltern ein. Sofort warf er sich in die Arbeit im Stall, mistete Ställe aus, trainierte mit Sultan und Santano und gab sogar hin und wieder Unterricht, wenn sein Vater keine Zeit oder Probleme mit dem Rücken hatte. Nach getaner Arbeit saßen er, seine Schwester und deren Freund gerne zusammen, tranken etwas und unterhielten sich. Auch seine Jobsuche war dabei hin und wieder ein Thema, so auch Ende März, da Christian bisher noch nichts Passendes gefunden hatte.

Als Pierre und seine Freundin an diesem Abend in sein Zimmer gingen, drückte Robin ihn auf seine Couch und setzte sich neben ihn. „So, und jetzt sagst du mir, was los ist."

„Was soll denn los sein?", fragte Pierre erstaunt.

„Du bist in den letzten Tagen so still und nachdenklich und ich möchte gerne an deinen Gedanken teilnehmen, wenn du mich lässt."

Pierre grinste. „Du kennst mich inzwischen einfach viel zu gut, Robin-Marie Keller."

„Ist das schlimm?"

„Nee, überhaupt nicht. Und du hast Recht. Ich mache mir in letzter Zeit ein paar Gedanken. Gedanken über unsere Zukunft. Ich weiß einfach nicht mehr, ob ich wirklich studieren will. Noch drei weitere Jahre Schule und hinterher Uni. Und wofür das Ganze? Um dann sowieso keinen Job zu finden, der den Strapazen angemessen bezahlt wird? Und was ist mit uns? Würdest du so lange warten wollen, bis ich genug Geld verdienen kann, um…"

„Um was?", fragte sie verwundert.

„Ach, nicht so wichtig", winkte Pierre ab. „Was ich sagen will, ist folgendes: ich überlege gerade, ob es nicht Sinn macht, nach der zehnten abzugehen und eine Ausbildung zu machen. Dann wäre ich etwa zu der gleichen Zeit fertig, wie ich sonst Abi machen würde und könnte vielleicht sogar für uns sorgen." Robin fing an zu kichern und Pierre schaute sie ein wenig verletzt an. „Ist der Gedanke so abwegig für dich?"

Jetzt erst begriff das Mädchen die Tragweite seines letzten Satzes, verstummte abrupt und beugte sich zu ihm hinüber. Als sich ihre Lippen von seinen lösten, lächelte sie ihn an. „Nein, natürlich nicht. Ich liebe dich, Pierre – ich dachte eigentlich, dass du das weißt. Und ich könnte mir nichts Schöneres vorstellen, als mit dir zusammenzubleiben."

„Und was ist dann so komisch?"

„...dass ich mir genau die gleichen Gedanken gemacht habe. Vor ein paar Tagen habe ich mit Christian gesprochen und er hat mir geraten, es zu versuchen. Aber ich wollte nochmal darüber nachdenken, bevor ich mit dir darüber spreche. Deshalb musste ich lachen. Wir hatten beide die Idee, haben aber beide nichts gesagt, um den anderen nicht zu enttäuschen. Hab' ich Recht?"

„Kann schon sein. Und was würdest du gerne machen?"

„Ganz genau weiß ich das noch nicht. Vielleicht irgendetwas mit körperlich behinderten Kindern: Erzieherin oder Betreuerin oder so etwas."

„Dir ist schon klar, dass das sehr anstrengend sein kann, das Leid von Kindern täglich zu erleben?"

„Schon", gab Robin zu. „Aber ich möchte gerne Kindern helfen, die ähnliches durchgemacht haben, wie ich. Wenn du damals nicht an meiner Seite gewesen wärst, wäre ich heute nicht, wo ich bin. Du warst mir die ganzen Monate eine Stütze, nicht nur körperlich, sondern vor allem mental. Und das möchte ich gerne für diese Kinder sein. Außerdem kann ich mit gutem Beispiel vorangehen, ihnen vielleicht Kraft geben, wenn sie sehen, dass man auch mit einer Behinderung ein schönes Leben führen kann."

Pierre nahm Robin in die Arme. „Ich bin stolz auf dich, Prinzessin", sagte er leise.

„Und was würdest du gerne machen?", fragte sie nun.

„Genau da liegt das Problem. Vielleicht gibt es bei meinem Vater in der Firma etwas für mich. Ich will ihn mal fragen, was für Möglichkeiten ich dort hätte. Ich könnte mir auch etwas Kaufmännisches gut vorstellen – Büroarbeit eben, vielleicht sogar etwas, was man später mal von zu Hause machen kann. Das könnte mir auch gefallen."

In den nächsten Wochen verfestigte sich die Idee bei den beiden immer mehr. Sie sprachen mit ihren Eltern darüber, diskutierten, welche Fakten dafür oder dagegen sprachen und schrieben letztendlich Bewerbungen und gingen zu Vorstellungsgesprächen. Gleichzeitig fand Robin endlich den Mut, wieder am Springtraining teilzunehmen. Zweimal die Woche wurde sie zusätzlich zu den normalen Reitstunden von ihrem Vater und ihrem Bruder, der endlich einen Job als Programmierer gefunden hatte, trainiert. Trotz anfänglicher Schwierigkeiten wurden Pferd und Reiterin langsam zu einem eingespielten Team.

Ende Mai überraschte Robin alle beim Abendessen. „Papa – ich möchte gerne an dem Sommerturnier in Neustadt teilnehmen."

Ihre Worte verfehlten ihre Wirkung nicht. Vier

Augenpaare starrten das Mädchen ungläubig an und es dauerte eine Weile, bis Wolfgang die Sprache wiedergefunden hatte. „Bist du dir da ganz sicher, Robin. Immerhin ist Neustadt…"

„…der Ort, der fast mein Leben zerstört hätte?", unterbrach Robin ihn, aber ihre Stimme klang fest – keine Angst, keine Unsicherheit oder Zweifel waren zu hören. „Das stimmt schon. Aber es ist auch der Ort, an dem ein neues Leben begonnen hat." Sie warf Pierre einen Blick zu. „Neustadt war das letzte Turnier, das ich geritten bin und es soll auch wieder das erste sein, bei dem ich starten werde, falls ihr glaubt, dass ich inzwischen gut genug bin. Zu mindestens für ein einfaches Springen. – Man muss es ja nicht gleich übertreiben." Robin grinste und endlich fiel auch die Anspannung von den anderen ab. Pierre und Christian lächelten stolz und Wolfgang betrachtete nachdenklich das Mädchen.

„Also gut", sagte er schließlich. „Gut genug bist du inzwischen. Das muss ich zugeben. Und du bist sicher, dass es ausgerechnet Neustadt sein muss?"

„Ja, Papa. Genau deshalb muss es Neustadt sein." Sie machte eine kurze Pause. „Aber ich würde gerne, dass ihr alle dabei seid, wenn's geht. – Auch deine Eltern, Pierre, wenn sie Lust haben."

„Natürlich kommen wir mit", stimmte ihre Familie zu und Pierre nickte ebenfalls. „Ich werde mit meinen Eltern reden, aber ich denke, das ist kein Problem.

Zwei Wochen später war es dann so weit. Christian fuhr mit Wolfgang und Robin im Transporter, während Pierre mit seinen Eltern im PKW zum Turnier fuhr. Robins Mutter konnte aufgrund von kurzfristigen Reparaturarbeiten, die leider nicht verschoben werden konnten, nicht dabei sein und war deshalb auf dem Storchenhof geblieben. Auch würden sie dieses Mal in einer kleinen Pension in der Nähe übernachten und nicht auf dem Hof selber. Darauf hatte Wolfgang bestanden.

Es war ein heißer Tag und infolgedessen trug Robin eine kurze Hose mit einem Top, als sie auf dem Hof ankamen und sie aus dem Transporter stieg. Mit Hilfe ihrer und Pierres Familie sowie ihren Klassenkameraden hatte sie sich inzwischen wieder daran gewöhnt, auch mal eine kurze Hose oder einen Rock anzuziehen. Hin und wieder störten sie zwar die Blicke ihrer Mitmenschen, aber sie hatte gelernt, damit umzugehen und so kümmerte sie sich nun auch nicht um die irritierten Blicke anderer Besucher, als sie Christian half, Santano aus dem Anhänger zu holen und mit ihm zusammen das Pferd vorbereitete, während Pierre mit seinem Vater am Getränkestand eine Erfrischung für alle besorgte und Wolfgang Nadine Chevalier ein bisschen Nachhilfe bezüglich des Ablaufs eines Turniers gab.

Robin war gerade dabei, Santanos Mähne einzuflechten, als sie von einer Stimme aufgeschreckt wurde: „Robin? Bist du das? Was ist denn mit dir passiert?" Das Mädchen zuckte unwillkürlich zusammen und bemerkte aus den Augenwinkeln, wie Christian das Gesicht verzerrte und binnen weniger Sekunden explodieren würde.

Sie schüttelte leicht den Kopf, atmete tief durch und drehte sich dann langsam zu dem Sprecher um. Der Junge starrte noch immer auf ihre Prothese und konnte den Blick nicht abwenden. „Das kann ich dir ziemlich genau sagen, Marcus. Du bist mir passiert!" Ihre Stimme klang gefährlich ruhig, obwohl sie ihm am liebsten ins Gesicht gesprungen wäre. Aber sie genoss seine Reaktion dafür umso mehr, als er sie verwirrt und irgendwie ängstlich anstarrte. Inzwischen kamen auch Wolfgang und die Familie Chevalier wieder zurück und Pierre drückte Wolfgang die Getränke in die Hand, um sich an die Seite seiner Freundin zu stellen. Marcus blickte sich ein wenig irritiert um, als er sich plötzlich von sechs Personen und einem Pferd umzingelt sah.

„Angst?", fragte Pierre spöttisch, als der Junge seine Sprache immer noch nicht wiedergefunden hatte.

Daraufhin straffte Marcus die Schultern und blickte ihn spöttisch an. „Pah! Ich werde doch vor einem Krüppel und ihrem Lakaien keine Angst haben!"

Wolfgang hob die Hand, um sich den jungen Mann vorzuknöpfen, doch Robin winkte ab. Ihre Stimme war immer noch ruhig, doch sie jagte selbst ihrer Familie einen Schauer über den Rücken, als sie sagte: „Dann pass' mal gut auf, *mein Lieber*, dass dir *der Krüppel* nicht irgendwann ganz gewaltig in den

310

Hintern tritt. Und zwar *mit* meiner Prothese." Damit drehte sie sich um und ließ Marcus einfach stehen. Obwohl es ihnen schwerfiel, folgten die anderen ihrem Beispiel und der junge Mann beeilte sich, das Weite zu suchen.

Es herrschte eine betretene Stille, bis Christian plötzlich den Kopf hob. „Zu schade, dass er schon seine Turnierkleidung trägt. Wenn er sich jetzt in die Hose gemacht hat, gibt das so blöde braune Flecken auf dem weißen Stoff." Damit hatte er es geschafft, die Spannung zu unterbrechen und Santano blickte etwas irritiert in die Runde, als sechs Menschen um ihn herum anfingen zu lachen.

„Apropos Turnierkleidung. Du solltest dich auch besser langsam mal umziehen, Robin", stellte ihr Vater mit einem Blick auf die Uhr fest.

„Du hast Recht Papa. Werden wir Marcus mal den zweiten Schock verpassen, wenn er feststellt, dass nicht Christian sondern ich reite. – Hilfst du mir, Pierre?"

„Klar", war die Antwort und zusammen verschwanden sie im Anhänger, damit Robin sich geschützt vor fremden Blicken umziehen konnte. Es war noch immer nicht ganz einfach mit der Prothese in die engen Reithosen und Stiefel zu kommen, weswegen sie in der Regel Hilfe benötigte. Kurz darauf kamen die beiden wieder aus dem Fahrzeug, nun startklar für das Turnier. Die ersten Reiter waren bereits im Parcours, aber Robin hatte aufgrund ihrer sehr späten Anmeldung die letzte

Startnummer und daher noch ein wenig Zeit, um in Ruhe etwas zu trinken und anschließend Santano warmzureiten.

Als sie vom Abreitplatz in Richtung Springplatz ritt, kam ihr ihr Vater entgegen, der die anderen Reiter beobachtet hatte. „Pass' ein bisschen am Wassergraben auf, da hat es schon einige Fehler gegeben. Denk' daran: es ist dein erstes Turnier nach dem Unfall – gehe bitte kein Risiko ein, Robin."

„Ich weiß, Papa. Ich bin vorsichtig. Wie war Marcus?"

Wolfgang grinste schadenfroh. „Besser, als er es verdient. Aber ich glaube, den hast du ein bisschen durcheinandergebracht. Er steht aktuell auf dem dritten Platz mit acht Fehlern."

„Sehr gut", grinste Robin und auf den fragenden Blick ihres Bruders erklärte sie: „Marcus hat immer gesagt, dass Platz drei für Looser sei. Dann hat er doch genau das, was er verdient. Was mich allerdings nicht daran hindern wird, zu versuchen, ihn noch ein wenig weiter nach hinten zu stupsen."

Wolfgang blickte ihr ein wenig nervös nach. Hoffentlich machte sie keine Dummheiten. – Doch seine Sorge war umsonst. Robin schien vollkommen konzentriert und Santano war trotz fehlender Erfahrung so ruhig wie ein alter Hase. Nervös waren lediglich ihre fünf Begleiter, die gespannt am Zaun standen und die Daumen drückten, während Robin und Santano über die Hindernisse flogen. Beim letzten Hindernis passierte es schließlich, dass sie für einen kurzen Moment nicht aufgepasst hatte. Polternd krachte die Stange auf den Boden, aber es war dem Mädchen egal, sie wusste, dass sie sonst gut gewesen waren. Am Ende reichte es zwar nur für Platz drei, aber Robin und auch ihre Begleiter waren durchaus zufrieden.

Pierre schloss sie stolz in die Arme und gab ihr einen Kuss auf den Mund, während sie von Marcus geschockt beobachtet wurde. Ihr Bruder hatte immer noch eine Mords-Wut im Bauch gegen ihren Ex-Freund und konnte es sich nicht verkneifen, einen entsprechenden Kommentar abzugeben, der laut genug war, damit Marcus ihn hören konnte: „Ich denke mal, den Tritt in den Hintern wird der Kerl noch lange spüren."

Robin warf ihm einen besänftigenden Blick zu. „Auch wenn er es tausendmal verdient hat, Christian: Lass' es gut sein. Er ist es nicht wert." Ihr Bruder nickte, obwohl er nicht wusste, wie Robin so ruhig bleiben konnte. Wenn er den Kerl nur sah, ging ihm schon die Hutschnur hoch.

Obwohl Robin nur den dritten Platz belegt hatte, würde sie diese Siegerehrung sehr lange nicht vergessen. Nachdem Marcus seine blaue Schleife für den vierten Platz erhalten hatte, und man seine schlechte Laune immer noch deutlich sehen konnte, während er mit den anderen Teilnehmern auf die restlichen Platzvergaben wartete, traten noch zwei weitere Männer zu dem Turnierleiter. Einer von ihnen trug einen großen Blumenstrauß, der andere hatte ein kleines Kästchen in der Hand. Dann nahm der Turnierleiter das Mikrophon erneut in die Hand. „Es ist mir eine besondere Ehre, ihnen die Gewinnerin des dritten Platzes vorstellen zu dürfen. Vor ziemlich genau einem Jahr endete dieses Turnier beinahe in einer Katastrophe, als durch die Fahrlässigkeit eines Teilnehmers einer unserer Ställe in Flammen aufging. Nur diesem jungen Mädchen ist es zu verdanken, dass alle achtzehn der zum Teil sehr wertvollen Pferde aus dem Stall gerettet werden konnten. Diese Heldentat hat sie mit dem Leben ihres eigenen Pferdes und ihres Hundes bezahlen müssen und wurde bei dem Feuer selbst lebensgefährlich verletzt. Heute, ein Jahr nach dem verheerenden Feuer, ist sie zurückgekehrt, um trotz der schwerwiegenden Folgen dieses Unglücks wieder an einem Turnier – dem ersten nach dem Unfall – teilzunehmen. Bitte beglückwünschen Sie mit mir Robin-Marie Keller auf Santano zu ihrem dritten Platz."

Robin hatte verlegen den Kopf gesenkt, als die Zuschauer klatschten, und Nadine Chevalier hatte die Hand ihres Mannes ergriffen, während sie die Tränen zurückhielt, die sich ihrer bemächtigen wollten. Aber das Mädchen machte keine Anstalten, in die Bahn zu reiten.

„Robin, kommst du bitte nach vorne?", bat der Veranstalter, als der Beifall verwundert verebbte. Das Mädchen schüttelte den Kopf – es war ihr peinlich, vor all diesen Leuten nach vorne zu gehen.

Kurz entschlossen griff Pierre in die Zügel und führte Santano zum Veranstalter.

„Entschuldigung", murmelte er leise, „Santano ist noch sehr jung und ist etwas unruhig wegen der vielen Leute." Robin warf ihm einen dankbaren Blick zu.

„Könntest du kurz absteigen, Robin?", fragte der Veranstalter nun und Pierre half ihr aus dem Sattel. Die Zuschauer konnten deutlich das leichte Humpeln sehen, als sie auf den Veranstalter zuging. „Wir möchten dir noch einmal ganz offiziell danken, für das, was du damals getan hast. Dies..." Er griff nach dem Kästchen, das einer der Männer in der Hand hielt, „ist eine Auszeichnung für besondere Verdienste, gestiftet vom hiesigen Reitverein." Er überreichte Robin das Kästchen, in dem eine große goldene Plakette lag. Robin war inzwischen knallrot im Gesicht. „Dankeschön", sagte sie leise.

„Wir haben zu danken, Robin. Und das ist auch noch für dich vom Stallbesitzer." Er überreichte ihr den Blumenstrauß und anschließen reichten ihr alle drei die Hand. Nachdem Santano auch noch seine Schleife erhalten hatte, durfte sie wieder aufsitzen. Pierre half ihr dabei und führte ihren Fuß anschließend in den Spezial-Steigbügel, da sie dabei immer noch Probleme hatte und Hilfe benötigte. Es war ihr peinlich, dass alle es sahen, aber sie konnte ja schlecht mit nur einem Steigbügel die Ehrenrunde drehen.

Anschließend wurde auch noch die beiden

vorderen Plätze geehrt und bevor sie schließlich ihre Runde drehte, bat Robin ihren Freund, die Blumen und das Kästchen an sich zu nehmen, damit sie die Hände zum Reiten frei hatte.

Kurz darauf gingen sie zusammen zum Anhänger, um Santano abzusatteln und ihn anschließend in den Stall zu bringen. Robin glich immer noch einer Tomate, als sie von ihren Begleitern in den Arm genommen wurde. Nachdem auch noch einige andere Besucher vorbeikamen, um sie zu beglückwünschen und sich zu erkundigen, warum sie hinkte oder Hilfe beim Aufsteigen benötigte, versteckte sie sich im Anhänger, während Christian Santano in die Box brachte. Robin wollte gerne dem Trubel entfliehen und deshalb machte sich die Gruppe, nachdem Robin sich wieder umgezogen hatte, auf den Weg in ein kleines Restaurant, in dem sie sich zu einem gemütlichen Abendessen versammelten. Ihre Hotel-Zimmer hatten sie bereits bei der Anreise bezogen, sodass sie keine Eile hatten und den Abend bei einer netten Unterhaltung ausklingen lassen konnten. Flora und Luna hatten sie bei Robins Mutter auf dem Storchenhof gelassen und als sie kurz zu Hause anriefen, teilte ihnen Renate mit, dass es sich die beiden in Robins Zimmer gemütlich gemacht hatten.

DAS VERSPRECHEN

Als sich die Erwachsenen auf ihre Zimmer zurückziehen wollten, nahm Pierre Robins Hand. Lächelnd beobachteten die anderen, wie die zwei in Richtung Fluss zu einem Abendspaziergang verschwanden, bevor sie sich abwandten und zum Hotel gingen, das sich nur zwei Straßen weiter befand. Das junge Pärchen schlenderte derweil zum Ufer und beobachtete ein paar Wasservögel, die sich noch auf dem Wasser tummelten. Schließlich ließen sie sich im weichen Gras nieder und Robin lehnte sich mit dem Rücken an seine Brust, während er sie von hinten in den Arm nahm und ihr einen sanften Kuss auf den Nacken gab. „Bereust du es, hergekommen zu sein?", fragte er leise.

Robin dachte einen Moment nach. „Nein, eigentlich nicht. Es hat mir Spaß gemacht, wieder zu springen, auch wenn ich auf die Anwesenheit von Marcus gerne verzichtet hätte."

„Ich frage mich, warum der überhaupt noch auf Turnieren auftauchen darf, nach allem, was passiert ist."

„Vermutlich, weil es nichts direkt mit einem Turnier zu tun hatte. Aber lass' uns nicht über ihn reden. Am besten, ich vergesse den Kerl einfach.

Lass' uns über was Schöneres reden."

„Irgendwelche besonderen Wünsche?", fragte er lächelnd.

„Darf ich dich etwas fragen?"

„Natürlich. Was möchtest du wissen?"

Robin überlegte kurz, wie sie ihre Frage formulieren sollte. Die Idee war ihr selber erst vor wenigen Tagen gekommen und sie wusste nicht so recht, was er dazu sagen würde. „Wenn du im September deine Ausbildung anfängst, bleibst du dann trotzdem bei deinen Eltern wohnen oder willst du dir eine eigene Wohnung suchen."

Pierre blickte überrascht auf. „Hat deine Frage irgendeinen bestimmten Grund?", vermutete er, während er sie ein wenig zu sich umdrehte.

„In gewisser Weise schon", gab sie schließlich zu. „Du weißt doch, dass Christian gerne von zu Hause aus arbeiten würde, um mehr im Stall mithelfen zu können. Dazu bräuchte er allerdings einen Büroraum, den er sich entsprechend einrichten könnte. Aber im Haus meiner Eltern ist leider kein Zimmer mehr frei – es sei denn…"

Jetzt begriff der Junge, worauf sie eigentlich hinaus wollte. „… es sei denn, du würdest dich opfern und dein Zimmer räumen, richtig?"

„Ja, so ungefähr. Ich denke seit ein paar Tagen darüber nach. Nicht, dass ich unbedingt von meinen Eltern weg möchte, ich würde gerne in ihrer Nähe bleiben, aber ich weiß auch, dass mein Vater Hilfe gebrauchen könnte. Also macht es auch nicht wirklich Sinn, wenn Christian sich eine Wohnung irgendwo in der Stadt sucht. Dann ist er nicht da, wenn er gebraucht wird. Christian würde nie etwas sagen, aber ich bekomme doch mit, wie es ist. Und da ich eigentlich auch nicht alleine irgendwo wohnen möchte, dachte ich, du würdest vielleicht... Ich meine, immerhin bist du bald volljährig."

Sanft zog er sie zurück in seine Arme. „Ich könnte mir nichts Schöneres vorstellen, als das du jeden Morgen neben mir aufwachst, Robin. Aber hast du diesbezüglich schon mal mit deinen Eltern ge-sprochen, was die dazu sagen? Ich meine, du wirst zwar..." Er blickte kurz auf die Uhr, „... in einer halben Stunde siebzehn und fängst bald an zu arbeiten, aber sie werden da bestimmt noch ein Wörtchen mitreden wollen."

„Deswegen hatte ich ja die Idee, ob wir vielleicht zusammen eine Wohnung suchen wollen. Meine Eltern kennen dich gut genug, um zu wissen, dass du schon auf mich aufpasst. Dann brauchen sie sich nicht so viele Sorgen um mich zu machen, wenn sie wissen, dass du bei mir bist."

„Wie gesagt, ich wäre superglücklich, wenn ich dich bei mir hätte, aber ich glaube, ich muss dir etwas gestehen, von dem ich dir noch nichts erzählt habe. Genaugenommen habe ich nämlich bereits eine Wohnung."

Robin drehte sich zu ihm um. „Du hast schon eine Wohnung gesucht?"

„Ganz so ist es nicht", grinste Pierre.

„Kapier' ich nicht!", stellte Robin fest.

„Es ist so: Meine Eltern haben unser Haus aus einem guten Grund gekauft. Genaugenommen ist es nämlich kein Einfamilienhaus, sondern zwei getrennte Wohnungen. Deshalb habe ich auch einen separaten Eingang zu meinem Zimmer. Du kennst bisher nur mein Zimmer und das Bad, und wenn ich mich recht erinnere, habe ich dir mal das jetzige Gästezimmer gezeigt."

„Ich habe mal einen kurzen Blick reingeworfen, ja", lächelte Robin.

„Genau, aber es gibt noch weitere Türen im Untergeschoss. Nur haben wir die Räume bisher nicht alle benutzt. Da ist zum Beispiel noch ein weiteres kleines Zimmer neben dem Gästezimmer und noch eine voll eingerichtete Küche sowie eine kleine Waschküche. Mein Zimmer ist eigentlich das Wohnzimmer, das gleichzeitig Esszimmer und Eingangsbereich ist. Deshalb ist es auch so groß. Sie hatten von Anfang an geplant, dass ich später einmal diese Wohnung bekomme, wenn ich volljährig werde oder mein eigenes Reich haben möchte. Du weißt, dass du jederzeit bei mir willkommen bist und wenn du dir wirklich sicher bist, dass du diesen Schritt gehen möchtest und deine Eltern auch einverstanden sind, würdest du mich superglücklich machen, Robin, wenn wir dort zusammen wohnen könnten. Und es hätte noch einen andern Vorteil: Du wärst in wenigen Minuten im Stall oder bei deinen Eltern und meine Eltern sind ganz in der Nähe, wenn wir mal nicht alleine klar kommen. Das könnte unter Umständen sogar der ausschlaggebende Punkt für deine Eltern sein. Immerhin haben wir beide eine medizinische Vorgeschichte, die es unter Umständen notwendig machen könnte, einmal Hilfe zu benötigen."

„Vielleicht hast du Recht. Und ich glaube, ich würde mich auch wohler fühlen, wenn wir nicht ganz auf uns allein gestellt wären."

„Papa?", fragte Robin am nächsten Morgen beim Frühstück. „Wäre es okay, wenn du heute mit Pierres Eltern zurückfährst? Wir würden gerne mit Christian fahren, wenn es möglich wäre."

„Wenn das für euch in Ordnung ist?", wandte sich Wolfgang an Nadine und Arnaud, mit denen er am Abend zuvor Brüderschaft geschlossen hatte.

„Natürlich nehmen wir dich mit, Wolfgang. Keine Frage", sagte Pierres Mutter sofort und wandte sich dann an ihren Sohn: „Gibt es einen besonderen Grund?"

„Wir würden gerne etwas mit Christian besprechen", gab ihr Sohn Auskunft.

Christian blickte von seinem Brötchen auf. „Hab' ich was angestellt?"

„Quatsch. Ich möchte einfach mal mit dir reden", sagte Robin schnell und drückte ihrem Bruder einen Kuss auf die Wange. Er blickte sie kurz irritiert an und Pierre wusste, dass er ihr nicht glaubte, jedoch vor seinem Vater nicht weiter nachfragen wollte.

Erst als er eine Stunde später den Transporter mit Santano im Gepäck auf die Landstraße lenkte, warf er einen kurzen Blick auf seine Schwester, bevor er ihn wieder auf die Straße wandte. „Ich gehe mal nicht davon aus, dass ihr mit mir fahren wolltet, weil ich so ein toller Typ bin, also raus mit der Sprache. Was habt ihr zwei wieder ausgeheckt?"

Pierre warf Robin einen Blick zu und grinste, was ihr Bruder aus den Augenwinkeln bemerkte. Schnell setzte er den Blinker und fuhr nur Sekunden später an den Straßenrand, bevor er sich zu Robin und Pierre umdreht. „Ihr wollt mir jetzt aber nicht sagen, dass ihr nicht aufgepasst habt, oder?", fragte er ein wenig geschockt.

Robin fing an zu lachen und Pierre stieg eine verlegene Röte ins Gesicht. „Nein, nein. Keine Angst, Christian. Das ist es nicht."

Christian atmete hörbar aus, während seine Schwester sich endlich wieder fing. „Was du auch immer gleich denkst, Bruderherz", sagte sie streng.

„Na ja, so ganz abwegig war die Vermutung ja dann auch wieder nicht", verteidigte er sich. „Aber lassen wir das. Um was geht es?"

„Es geht darum, dass ich letzte Woche ein Gespräch mitbekommen habe", fing Robin an. Es war ihr ein bisschen peinlich, dass sie ihren Bruder belauscht hatte. „Es ging darum, dass du gerne von zu Hause arbeiten würdest, wir aber den Platz nicht haben, um für dich ein Büro einrichten zu können."

„Okay. Stimmt – das ist Fakt. Aber bisher habe ich

noch keine zündende Idee diesbezüglich gehabt. Und deshalb werde ich wohl weiterhin ins Büro fahren."

„Wir hätten da vielleicht eine Idee, Christian", sagte Robin leise und ihr Bruder hob den Kopf. „Du könntest mein Zimmer nehmen."

„Und wo willst du dann schlafen?", fragte Christian, doch im nächsten Moment begriff er. „Jetzt kapier' ich! Du möchtest ausziehen, stimmt's? Aber ist das nicht noch ein bisschen früh? Ich meine, du bist zwar fast erwachsen und fängst an zu arbeiten, aber eine eigene Wohnung ist doch noch viel zu teuer. Das ist lieb gemeint von dir, aber das könnte ich doch gar nicht annehmen und ich weiß auch nicht, ob Mutti und Papa dich so einfach alleine irgendwohin ziehen lassen."

„Sie wäre ja nicht alleine", warf Pierre ein.

Christian grinste. „Ja, das hätte ich mir eigentlich denken sollen. Aber du bist auch nicht viel älter als Robin. Traut ihr euch das zu, so ganz alleine irgendwo in der Stadt? Das ist immerhin ein großer Schritt."

„Na ja, es gäbe da eine Möglichkeit. Wir könnten zusammen bei meinen Eltern im Haus in der Souterrain-Wohnung wohnen, wären aber dennoch bei meinen Eltern im Haus, also nicht ganz auf uns alleine gestellt. – Wir wollten das erst einmal mit dir besprechen und dich fragen, was du davon hältst, bevor wir mit euren Eltern reden."

„Es klingt schon ganz vernünftig, Pierre. Aber

lasst mich bitte darüber nachdenken, bevor ich euch einen Rat geben kann."

„Natürlich. – Es gibt da allerdings noch einen anderen Grund, warum ich gerne hätte, dass du zu Hause arbeiten kannst, Christian. Ich mache mir nämlich Sorgen."

„Um Papa?"

Robin nickte. „Er würde es zwar nie zugeben, aber ich glaube, in letzter Zeit hat er wieder mehr Probleme mit dem Rücken. Er muss sich schonen und wenn du vor Ort wärst…"

„…könnte ich ihn besser unterstützen, richtig? Ja, ich weiß. Das ist ja auch für mich der Grund gewesen, warum ich vor Ort sein möchte. Papa bräuchte dringend mal eine Kur oder zu mindestens einen längeren Urlaub. Das geht aber nur, wenn auf dem Hof alles läuft und er genügend Hilfe hat. – Also gut. Ich denke drüber nach und sage euch heute Abend Bescheid. Abgemacht?"

„Abgemacht", antworteten die beiden im Chor und Christian fuhr wieder auf die Straße.

Zu Hause angekommen, trafen sich alle zu einem gemeinsamen Geburtstags-Café in der Küche der Kellers, nachdem Santano versorgt war. Anschließend durfte Robin ihre Geschenke auspacken. Nachdem sie alles bestaunt und sich bedankt hatte, stand Pierre auf und wandte sich an Wolfgang. „Darf ich mir Charly ausborgen, Wolfgang?"

„Natürlich, Junge. Was hast du denn vor?"

„Ich muss ein Versprechen einlösen, das ich Robin im letzten Oktober gegeben habe", grinste der Junge und hielt Robin die Hand hin.

„Ein Versprechen?", fragten ihre Eltern verwundert.

„Ich habe Robin versprochen, dass wir an ihrem siebzehnten Geburtstag zusammen einen Ausritt machen würden", klärte sie Pierre auf.

„Im Oktober?", fragte Christian verwundert. „Aber da ist sie doch noch gar nicht geritten. Wie konntest du da schon wissen, dass…"

„Ich wusste es einfach. Frag' mich bitte nicht, wie. Aber ich war damals schon davon überzeugt, dass Robin es schaffen würde."

„Na, dann haut mal ab, ihr zwei", grinste Wolfgang glücklich und Pierre ließ sich das nicht zweimal sagen, schnappte sich seine Freundin und Luna und lief mit ihnen zum Stall. Eine viertel Stunde später machten sie sich auf den Weg in Richtung Strand. Inzwischen war auch Pierre gut genug, damit sie ausgelassen am Wasser entlangjagen konnten. Auch der Hund genoss den kurzen Galopp, obwohl es sehr warm war. Anschließend ließen sie die Pferde mit den Beinen ein wenig im kühlen Nass im Schritt gehen und Luna nutzte die Gelegenheit, um sich ebenfalls abzukühlen, bevor sie wieder an den Strand kam, um sich ausgiebig zu schütteln.

Bis sie schließlich den Wald erreichten, war ihr Fell bereits wieder getrocknet. Brav trottete Luna hinter den beiden Pferden her, deren Reiter den Ausflug in vollen Zügen genossen. Robin schloss sogar einen Moment die Augen. Verwundert drehte sich Pierre zu ihr um. „Alles in Ordnung, Robin?"

Das Mädchen grinste. „Ich wollte nur mal testen, ob du damals die Wahrheit gesagt hast."

Pierre verstand nicht, was sie meinte und blickte sie verwundert an. Als er nicht reagierte, öffnete sie die Augen. „Du weißt schon... als du mir nachts nach einem Albtraum von dem Ausritt erzählt hast, den wir machen würden. Du hast mir genau erzählt, wo wir langreiten und was wir hören und vor allem riechen. Erinnerst du dich?"

Jetzt fiel es auch Pierre wieder ein. „Und? Habe ich die Wahrheit gesagt?", fragte er grinsend.

„Ja, doch. So ziemlich. Ich muss zugeben, du hast es ganz gut getroffen."

„Dabei bin ich hier noch gar nicht langgeritten", gab er zu. „Komm', wir reiten zurück zum Strand. Und dann sollten wir vermutlich langsam mal wieder Richtung Storchenhof reiten, bevor deine Eltern eine Vermisstenanzeige aufgeben."

Kurze Zeit später kamen sie aus dem Wald heraus und ritten erneut zum Strand, um noch einen kleinen Abschlussgalopp einzulegen, als sie in einiger Entfernung einen Reiter auf einem Schimmel über den Sand galoppieren sahen. „Sag' mal, ist das nicht Christian auf Sultan?", fragte Pierre.

Robin blieb stehen, um besser sehen zu können. „Ich glaube, du hast Recht. – He, Chris!", rief sie in seine Richtung und hob die Arme, die der Reiter aus den Augenwinkeln bemerkte und sein Pferd wendete, um anschließend etwas gemächlicher auf sie zuzukommen.

„Hallo, ihr zwei. Ihr seid ja immer noch unterwegs. Ich dachte, ihr wärt schon längst zurückgeritten."

„Nee, es war so schön kühl im Wald, da waren wir etwas länger unterwegs. Sind aber gerade auf dem Rückweg. Willst du dich uns anschließen?", fragte Robin.

„Wenn ich nicht störe...", stellte er lächelnd fest und erntete dafür einen Knuff in die Seite, woraufhin er Sultan erneut wendete und vor ihnen herjagte.

„Komm', Luna", rief Pierre dem Hund zu und die drei folgten dem Mann bis zum Ende des Strandes, wo er kurz wartete, bis sie herangekommen waren.

„Du bist inzwischen richtig gut geworden, Pierre. Kein Vergleich zu dem Jungen, mit dem ich das letzte Mal ausgeritten bin."

„Danke, Christian. Dein Vater ist auch ein guter Lehrer."

„Ich habe übrigens über eure Idee nachgedacht", teilte ihnen Robins Bruder mit, während sie im Schritt in Richtung Hof ritten, damit die Pferde sich abkühlen konnten.

„Und?", fragte Robin vorsichtig.

Christian blickte lächelnd zu ihr hinüber. „Ich denke, du solltest mit Mama und Papa reden.

Begeistert werden sie vermutlich nicht sein, aber ihr habt einige vernünftige Argumente genannt, die mir und vermutlich auch unseren Eltern einleuchten. Aber ich möchte, dass du dir das vorher noch einmal überlegst, bevor du mit ihnen sprichst. Ich will dich auf keinen Fall vertreiben oder so was. Nur wenn du dir wirklich sicher bist – oder besser, wenn *ihr* euch sicher seid, solltet ihr diesen Schritt tun. Wenn du noch länger zu Hause wohnen bleiben willst, ist das völlig in Ordnung. Wir werden dann eine andere Lösung finden, Robin. Das verspreche ich dir."

„Ich weiß, Chris. Aber ich denke schon eine Weile darüber nach und ich glaube, wenn wir zu euch kommen dürfen, wenn wir Probleme haben, ist uns schon sehr geholfen."

„Natürlich könnt ihr das. Ihr beide! Das wisst ihr hoffentlich." Die beiden nickten dankbar und Pierre war sich sicher, dass man sich auf Robins Bruder jederzeit verlassen konnte.

Zwei Wochen später hatten Pierre und Robin ihre Abschlusszeugnisse in der Hand und verabschiedeten sich von ihren alten Lehrern und Klassenkameraden. Ein wenig wehmütig kehrten sie ihrer Schule den Rücken. In Zukunft würde sie der Alltag der arbeitenden Bevölkerung einnehmen. Robin würde eine Ausbildung als Heilerziehungspflegerin beginnen, und später mit behinderten Kindern arbeiten und Pierre würde als kaufmännischer Angestellter in der Firma anfangen, in der auch sein

Vater arbeitete. Bis dahin hatten sie aber noch zwei Monate Zeit und würden erst einmal den Sommer genießen.

Das Gespräch mit Robins Eltern verlief sehr gut. Nach einer anfänglichen Ablehnung der Eltern, weil Robin gerade einmal siebzehn sei, hörten sie dann doch den Argumenten von ihrer Tochter und deren Freund zu. Und in Christian bekamen sie dabei ebenfalls Unterstützung. Schließlich gab Wolfgang zu, dass sie Recht hatten. Er hätte tatsächlich in letzter Zeit einige körperliche Probleme und wäre eigentlich ganz froh, wenn Christian vom Hof aus arbeiten würde, da er seine Zeit dann frei einteilen könnte.

Schließlich stimmten sie zu und die drei jungen Leute brachten sogar Wolfgang so weit, dass er mit seiner Frau nach den Sommerferien zwei Wochen verreisen würde, um sich ein bisschen zu erholen. Während dieser Zeit würde Christian Urlaub nehmen und in Robin und Pierre hatte er zwei fleißige Helfer, die mit ihm zusammen den Laden schmeißen würden, solange die Eltern weg waren. Da die beiden Schulabgänger erst am ersten September mit der Ausbildung beginnen mussten, passte das hervorragend.

Mit Beginn der Ferien verbrachten die beiden die meiste Zeit auf dem Storchenhof, halfen wo sie konnten, um Wolfgang zu entlasten und genossen ihre Freiheit bei langen Ausritten, bei denen sie in der Regel von Luna, manchmal auch von Christian begleitet wurden. Nachdem Pierre auch mit seinen Eltern gesprochen und ihre Zustimmung für den Umbau der Souterrain-Wohnung erhalten hatte, fingen die beiden an zu planen, wie sie die Räume nutzen könnten. Dabei stellte Robin auch fest, dass sich am Ende der Kellertreppe eine in der Wand verborgene Schiebewand befand, mit der man die Wohnungen komplett voneinander trennen konnte. Die hatte sie zuvor nie bemerkt, aber die beiden waren sich einig, dass sie diese Wand vorläufig nicht benötigen würden. Außerdem war es so einfacher für die Hunde, sich zwischen der Wohnung seiner Eltern und ihrer Wohnung frei zu bewegen.

Da in dem jetzigen Gästezimmer ein gemütliches Doppelbett vorhanden war, würde Pierres Jugendbett in Zukunft einen neuen Platz im Arbeitszimmer seiner Mutter erhalten, damit seine Eltern wieder ein Gästezimmer hätten. Auch ein Kleiderschrank war in dem Raum bereits vorhanden, in dem die Sachen von beiden Platz hatten. Durch das fehlende Bett war in Pierres ehemaligem Jugendzimmer genügend Platz für eine kleine Essecke. Seine Couch und die Schrankwand mit Fernseher und Stereoanlage blieben einfach wo sie waren.

Pierres Schreibtisch kam zusammen mit Robins Schreibtisch in das zusätzliche, kleine Zimmer, das dadurch in ein Arbeitszimmer verwandelt wurde, in dem beide für ihre Ausbildung lernen, am PC arbeiten oder spielen konnten. Auch die Küche war nach einer kleinen Reinigung voll funktionstüchtig.

Sie war zwar nicht sehr groß, hatte jedoch einen funktionierenden Kühlschrank, Herd und Spülmaschine sowie einige Schränke für Geschirr und Vorräte. Allerdings würden die beiden in der Regel oben mit Pierres Eltern zu Abend essen und ihre eigene Küche lediglich für das Frühstück und zum Vorbereiten ihres Mittagessens zum Mitnehmen benutzen. Auch mussten sie versprechen, regelmäßig bei den Kellers zu Abend zu essen.

Mitte Juli zog Robin schließlich zu Pierre in die Wohnung, nachdem die Umräum- und Reinigungsarbeiten erledigt waren. Da sie bereits vorher oft bei Pierre übernachtet hatte und die beiden tagsüber viel Zeit auf dem Storchenhof verbrachten, änderte sich erst einmal nicht allzu viel für sie, nur dass sie plötzlich in einem anderen Zimmer und einem größeren Bett schliefen, was die beiden dadurch ausglichen, dass sie sich in der ersten Nacht im neuen Schlafzimmer eng aneinander kuschelten.

Luna schlief nach wie vor meist bei ihnen im Schlafzimmer – nur hin und wieder zog es sie nach oben zu ihrer kleinen Freundin. Doch wenn Pierre nicht im Hause war, lagen die zwei Hunde in der Regel zusammen in einem Körbchen oder spielten gemeinsam.

Während Robin fleißig mit Santano für die kommenden Turniere trainierte und immer besser wurde, durften nun auch Anna-Lena und Pierre ihre ersten kleinen Springversuche mit den Schulpferden starten. Beiden machte die neue Herausforderung

Spaß, auch wenn sie anfangs großen Respekt vor den Hindernissen hatten. Um seinen Vater zu entlasten, begleitete Christian Robin zu den Turnieren und ihre Eltern kamen oft erst mit dem PKW nach, um sich das Springen anzusehen, während er sich um alles andere kümmerte. Ihm machte es unheimlich Spaß, seine Schwester zu unterstützen und Wolfgang tat ein bisschen Ruhe sichtlich gut.

Robins Bruder hatte Robins altes Zimmer in ein Büro mit mehreren Rechnern verwandelt. Seine Arbeit konnte er daher größtenteils von zu Hause aus erledigen. Er hatte sich seinen Tag so eingeteilt, dass er meist früh morgens und ab dem späten Nachmittag konzentriert in seinem Büro saß, während er dazwischen Ställe ausmistete und auf dem Hof beim Unterrichten oder bei Reparaturen half. Da er nur einen 20 bis 30-Stunden-Job hatte, kam er damit gut klar und hatte immer noch Zeit für einen Plausch oder einen Ausritt mit seiner Schwester und ihrem Freund.

In den letzten zwei August-Wochen fuhren Wolfgang und Renate Keller das erste Mal seit vielen Jahren zusammen in den Urlaub. Sie hatten sich ein gemütliches Hotel in einem Kurort ausgesucht, in dem Wolfgang diverse Anwendungen für seinen Rücken durchführen und er einfach mal mit seiner Frau abschalten oder spazieren gehen konnte.

Als sie schließlich zurückkamen, waren beide gut erholt und voller Tatendrang, was besonders Robin und Christian freute.

SOLANGE DU BEI MIR BIST

Wenige Tage später begannen Pierre und Robin ihre Ausbildungen. Es war etwas völlig Neues, den ganzen Tag zu arbeiten und entsprechend müde waren sie in den ersten zwei Wochen, bis sie sich an den Tagesablauf gewöhnt hatten und wieder regelmäßig am späten Nachmittag in den Stall kamen, um zu helfen oder zu reiten. Aber die neuen Aufgaben machten ihnen auch viel Spaß. Abends setzten sie sich dann zusammen auf die Couch und erzählten sich gegenseitig, was sie gelernt oder erlebt hatten.

Ende September hatte Robin das Gefühl, dass Pierre irgendwie stiller und nachdenklicher wurde. Anfangs dachte sie, dass dies mit der Umstellung auf den Arbeitsalltag zusammenhing, aber seinen Erzählungen nach fühlte er sich wohl auf der Arbeit und wenn sie ihn fragte, ob er lieber nicht in den Stall wollte, um sich auszuruhen, lehnte er immer ab. Schließlich hielt sie es nicht mehr aus und stellte ihn eines Abends zur Rede.

„Was ist los mit dir, Pierre? Und erzähl' mir ja nicht wieder, alles sei in Ordnung, denn das ist es mit Sicherheit nicht. Bist du vielleicht krank?"

„Ich hoffe nicht", sagte er leise, blickte sie jedoch

nicht an.

„Was ist es dann? Bereust du vielleicht, dass wir zusammengezogen sind?"

Jetzt blickte der Junge auf und schüttelte heftig den Kopf. „So etwas darfst du nicht einmal denken, Robin. Ich bin total glücklich, seit du hier eingezogen bist. Ich will es mir gar nicht mehr anders vorstellen."

„Und warum sagst du mir dann nicht die Wahrheit? Was immer es ist, das dich beschäftigt: ich möchte es mit dir teilen, dir helfen, falls ich kann. Wir haben uns einmal versprochen, einander zu vertrauen, erinnerst du dich?"

Robin suchte seinen Blick und hielt ihn fest. Seine dunklen Augen blickten traurig und schimmerten im Licht der Lampe, als er schließlich leicht nickte. Dann stand er auf, ging zu seinem Sakko, dass er auf der Arbeit trug und zog einen Umschlag hervor, den er bereits seit einigen Tagen mit sich herumschleppte. Als er zurück zur Couch kam, reichte er Robin wortlos den Umschlag und setzte sich wieder auf die Couch, wo er die Beine eng an den Körper zog und mit den Armen umschlang.

Robin erinnerte das sehr an das erste Mal, als sie ihn in diesem Zimmer besucht hatte. Damals saß er genauso, wie jetzt, jedoch auf dem Fußboden und hatte geweint, weil er geglaubt hatte, Robin hätte sein Vertrauen missbraucht. Genauso verloren wirkte er auch jetzt.

Sie öffnete den Umschlag und zog ein Papier der

Uniklinik hervor. Es war die Aufforderung für seine Kontrolluntersuchung, die regelmäßig durchgeführt werden musste, um einen erneuten Ausbruch seiner Krankheit frühzeitig zu erkennen. Robin schluckte. „Was genau bedeutet das?", fragte sie leise.

„Dass sie nachsehen wollen, ob der Krebs wieder da ist."

„Aber dir geht es doch gut. Du bist gesund und fit, hast sogar richtig Muskeln bekommen, seit du angefangen hast, zu reiten. Und eine gesunde Gesichtsfarbe hast du auch."

„Trotzdem ist das keine Garantie. – Robin, ich habe Angst. Angst, dass sie etwas finden und ich weiß nicht, was ich dann mache." Pierre wirkte plötzlich wie ein kleines Kind und Robin wurde mit einem Mal bewusst, dass sie seine Krankheit nie miterlebt hatte. Er hatte ihr davon erzählt, aber Pierre war bereits krebsfrei gewesen, als sie ihn kennengelernt hatte. Der Junge war in der schweren Zeit nach ihrem Unfall immer an ihrer Seite gewesen, aber sie hatte sich nie Gedanken darüber gemacht, ob sie die Kraft hätte, auch ihm zur Seite zu stehen, wenn es hart auf hart käme. Doch als sie ihn so verloren vor sich sitzen sah, wusste sie plötzlich, dass sie alles meistern konnten, solange sie füreinander da waren. Sie zog Pierre sanft zu sich heran und nahm ihn wie einen kleinen Jungen in den Arm. „Dann werden wir den Krebs eben noch einmal besiegen, aber dieses Mal richtig und du wirst nicht allein sein."

„Robin, du hast keine Ahnung, wie es ist während der Chemo oder der Bestrahlung."

„Vielleicht hast du Recht. Ich habe keine Ahnung, wie das ist. Dafür weiß ich aber umso mehr, wie sehr ich dich liebe und dass ich dich nicht alleine lasse, nur weil es vielleicht schwierig wird. Ich habe auch keine Ahnung, wie schwer es für dich oder meine Eltern war, als ich fast aufgegeben hätte – und trotzdem warst du da... an meiner Seite... und hast immer weiter gemacht, selbst wenn ich eklig zu dir war. Außerdem musst du ja nicht vom Schlimmsten ausgehen. Dir geht es doch gut, also habe ein bisschen Vertrauen darauf, dass du gesund bist und auch bleibst. Und wenn es wirklich nicht so ist, werde ich an deiner Seite sein, egal wie holprig der Weg wird."

Robin hielt ihn immer noch in den Armen und spürte, wie seine Schultern ein wenig bebten, während er sich an sie klammerte. Sie ließ ihm die Zeit, die er brauchte, während sie ihm sanft über den Rücken strich und sie darüber nachdachte, wie sie sich wohl fühlen würde, wenn sie Angst davor haben müsste, den Unfall und seine Folgen noch einmal durchmachen zu müssen. Die Vorstellung war schrecklich, und doch war es etwas völlig anderes. Robin hatte ein halbes Jahr kämpfen müssen, Pierre viele Jahre, bis er irgendwann an dem Punkt war, wo sie heute bereits stand. Für ihn musste die Angst unerträglich sein.

Zu mindestens wusste sie, dass es ihr so gehen

würde. Doch dann schüttelte sie die trüben Gedanken von sich ab. Pierre würde nicht wieder krank werden! Er würde nach wie vor krebsfrei und seine Sorgen unbegründet sein. Und plötzlich fing das Mädchen in Gedanken an zu beten. Das hatte sie schon lange nicht mehr getan, doch in diesem Moment schien es ihr richtig zu sein.

Als sie fertig war, wurde auch Pierre langsam wieder ruhiger und schließlich lockerte sie ihre Umarmung und lächelte ihn aufmunternd an. „Wir schaffen das – zusammen."

Tatsächlich fühlte sich der Junge etwas besser, er hatte wieder ein wenig Hoffnung, die ihm in den letzten Tagen fast verloren gegangen war. Er hatte sich so in seine Angst hineingesteigert, dass er fast ein negatives Ergebnis vorausgesetzt hatte. Doch Robin hatte ihm Kraft gegeben. Sie würden das schaffen – egal was auf sie zukam.

Am Freitag musste Pierre für die Untersuchungen in die Klinik. Da Robin jedoch noch keinen Urlaub nehmen durfte, blieb ihr nichts Anderes übrig, als erst nach der Arbeit zu ihm zu fahren. Pierre verstand das und war auch nicht allein, da ihn seine Eltern begleitet hatten. Er würde über Nacht in der Klinik bleiben und hoffentlich morgen die Ergebnisse der Knochenmarksbiopsie und der Blutuntersuchungen bekommen. Robin bemerkte sofort, wie nervös er war. Als sie ihn zur Begrüßung in den Arm nahm, spürte sie deutlich, wie er leicht zitterte und sein Herz spürte sie durch die Haut in seiner Brust

338

hämmern.

„Erinnerst du dich, wie du mich immer beruhigt hast, als ich diese Albträume nachts hatte?" Pierre nickte. „Was hältst du davon, wenn wir das auch mal bei dir versuchen. Vielleicht hilft es ja."

„Gerne. Auf jeden Fall lenkt es ab. Aber lass' uns in den Park gehen. Ich kann langsam keinen Krankenhaus-Geruch mehr ertragen. Ein bisschen frische Luft tut mir gut." Pierre stand langsam auf und Robin reichte ihm seine Hose und seine Schuhe. Er bewegte sich vorsichtig und als sie das Zimmer verließen, bemerkte Robin, dass er leicht hinkte. „Hast du Schmerzen?", fragte sie besorgt.

„Nur ein bisschen. Das kommt von der Biopsie. Da bekommt man manchmal einen blauen Fleck, der beim Laufen etwas unangenehm ist", grinste er. „Der ist in ein paar Tagen wieder weg. Du brauchst dir also keine Sorgen zu machen."

Sie suchten sich eine abgelegene Stelle und setzten sich auf eine Bank. Robin nahm Pierres Hände in ihre, die nach wie vor nervös zitterten. Dann schlossen beide die Augen und konzentrierten sich auf ihre Atmung. Gemeinsam atmeten sie tief und gleichmäßig ein und aus, lauschten den Vögeln und dem leisen Plätschern eines Springbrunnens, der im Park stand, und sagten ansonsten kein Wort. Doch Robin bemerkte, wie er ruhiger wurde, sich sogar ein wenig entspannte. Seine Hände hörten auf zu zittern und als sie ihre rechte Hand löste und ihm sanft auf die Brust legte, spürte sie, wie sein Herz nun etwas weniger heftig gegen seine Rippen schlug. Erst als er sich vorbeugte und ihr einen langen Kuss gab, fing es an, wieder etwas schneller zu schlagen, worüber sie sich jedoch keine Gedanken machte, denn das war keine Angst mehr, sondern Liebe.

Lächelnd öffnete sie die Augen und suchte seinen Blick. „Besser?"

„Jetzt schon", lächelte der Junge. „Danke."

Sie blieben noch eine Weile im Park, bis es ihnen zu kühl wurde und gingen dann zurück in sein Zimmer. Robin blieb, bis die Schwestern sie rausschmissen und fuhr dann mit dem Bus zurück nach Hause. Luna vermisste ihr Herrchen in dieser Nacht genauso wie Robin ihn vermisste. Beide waren am nächsten Morgen schon früh auf den Beinen und machten einen ausgiebigen Morgespaziergang, bevor Robin mit Pierres Eltern wieder ins Krankenhaus fuhr. Dort warteten sie gemeinsam auf die Untersuchungsergebnisse. Alle waren angespannt und infolgedessen kam keine richtige Unterhaltung zu Stande.

Gegen Mittag dann endlich die erlösende Nachricht: Pierre war gesund und vollkommen krebsfrei! Der Junge konnte es kaum glauben, als ihm der Arzt die Nachricht brachte und fiel seinen Eltern um den Hals, bevor er Robin hochhob, sich mit ihr in den Armen um sich selber drehte und ihr einen erleichterten Kuss gab. Die Schmerzen und die Angst waren vergessen und glücklich fuhren die vier zurück nach Hause, während Robin ihrer Familie die gute Neuigkeit per WhatsApp mitteilte.

Aufgrund der Untersuchungen hatte Pierre nichts Besonderes für seinen Geburtstag am nächsten Tag geplant, da sie nicht wussten, wie das Ergebnis sein würde und er im Falle einer schlechten Nachricht nicht wirklich Lust zum Feiern gehabt hätte. Doch wirklich schlimm fand Pierre das nicht. Dann würde er einfach einen gemütlichen Tag mit seiner Familie und seiner Freundin verbringen. Es musste ja nicht immer eine Riesenfete geben, wenn man achtzehn wird.

Allerdings hatte er dabei die Rechnung ohne seine und Robins Familie gemacht. Selbst Robin hatte keine Ahnung davon, was hinter ihrem Rücken vorging. Als sie an diesem Nachmittag auf den Storchenhof kamen und Wolfgang fragten, ob sie ein bisschen für sich selber in der Halle trainieren dürften, wurde dieser nervös. „Tut mir leid, Robin, aber das geht nicht. Ich bekomme gleich ein paar Reitschüler für eine Extra-Stunde. Da brauche ich die Halle. Was haltet ihr stattdessen von einem gemütlichen Ausritt nach den Strapazen der Untersuchung."

Robin blickte zu Pierre und dieser nickte. „Können wir auch machen. Dann trainieren wir eben ein anderes Mal."

Als sie kurz darauf ihre Pferde striegelten, brachte ihnen Christian das Zaumzeug und die Sättel nach draußen. „Ich hab' schon mal eure Sachen mitgebracht. Dann könnt ihr schneller los", sagte er mit einem Grinsen und hängte die Sättel über die Anbindestange. Und als sie gerade aufstiegen, kam Wolfgang erneut zu ihnen und meinte: „Lasst euch ruhig Zeit und genießt die letzten Sonnenstrahlen. Wer weiß, wie lange sich das Wetter noch hält."

„Machen wir, danke Papa", antwortete das Mädchen und sie machten sich auf den Weg. Als sie außer Hörweite waren, drehte sich Robin zu Pierre um, der hinter ihr ritt. „Sag' mal, täusche ich mich, oder wollten die beiden uns loswerden?"

Pierre lachte. „Ja, das Gefühl hatte ich auch irgendwie. Aber vielleicht kommt es uns auch nur so vor, und sie wollten einfach nur nett sein." Damit war das Thema erst einmal erledigt. Gemeinsam ritten sie durch den Wald und am Strand entlang. Da Pierre sein Rücken immer noch etwas wehtat, legten sie nur einen kleinen Galopp ein und ritten ansonsten im Schritt, was ihnen die Gelegenheit gab, sich hin und wieder an den Händen zu halten, wenn sie eng nebeneinander ritten. Pierre war einfach nur glücklich. Die Ärzte hatten Entwarnung gegeben und ihn für gesund erklärt. Die Chancen, dass der Krebs für immer besiegt wurde, stiegen von Jahr zu Jahr. Und an seiner Seite hatte er das tollste Mädchen, das er sich wünschen konnte. Eine, die ihn auch nicht fallen lassen würde, wenn die Krankheit zurückkäme; ein Mädchen, das selber eine sehr schwere Zeit durchgemacht hatte und für die er durchs Feuer gehen würde. Seit etwa einem Jahr waren sie nun offiziell zusammen, eigentlich sogar schon länger – sie hatten es nur beide nicht wahrhaben wollen. Aber das war ihm eigentlich auch egal, er wollte, dass sie für immer bei ihm blieb, dass sie zu ihm gehörte, genauso wie er zu ihr gehören wollte. Ähnlich wie ihre Ketten, die sie seit dem letzten Weihnachtsfest immer trugen: zwei Teile eines Ganzen, zusammengehalten durch die Liebe, die sie verband. Und genau das würde er ihr gerne sagen, hatte aber noch nicht die passende Gelegenheit gefunden.

„Hey, Pierre. Träumst du?", fragte Robin plötzlich, nachdem er eine Weile lächelnd vor sich hin gestarrt hatte.

„Entschuldige, Prinzessin. Ich habe gerade tatsächlich ein bisschen vor mich hingeträumt."

„Ich hoffe, es war wenigstens etwas Schönes."

„Ganz sicher sogar. Du warst ein Teil davon", grinste er.

„Na, wenn jemand anderes drin vorgekommen wäre, würde ich dir auch die Ohren langziehen, junger Mann. Wie fühlt man sich eigentlich, wenn man fast erwachsen ist? Immerhin bist du morgen volljährig."

„Ganz ehrlich? Genau wie immer. Außer, dass ich ab morgen Autofahren und wählen darf, ändert sich ja nicht wirklich viel."

„Na wenigstens darfst du in Zukunft Autofahren. Wenn auch Anfangs nur mit deinen Eltern oder Chris als Beifahrer. Ich weiß nicht mal, ob ich jemals einen Führerschein machen darf."

„Doch, darfst du", beruhigt sie Pierre. „Ich habe meinen Fahrlehrer mal gefragt, wie das ist, wenn man keine zwei gesunden Beine hat. Er hat mir gesagt, dass es verschiedene Spezialanfertigungen gibt, mit denen du ohne weiteres Autofahren lernen kannst. Es muss lediglich im Führerschein entsprechend vermerkt werden und dein Auto muss unter Umständen angepasst werden. Dafür gibt es spezielle Werkstätten. Es gibt sogar Möglichkeiten, ein Auto so herzurichten, dass wir es beide fahren könnten. Also mach' dir mal keine Gedanken. Vielleicht dauert es ein bisschen länger, bis wir uns die Anpassungen leisten können, aber irgendwann wirst du auch fahren können."

„Das würde das Leben manchmal vermutlich etwas vereinfachen. Aber vorläufig bin ich ja eh zu jung dazu. Da mache ich mir nächstes Jahr Gedanken drüber. Bis dahin darfst du mich durch die Gegend kutschieren."

„Das hättest du wohl gerne, Robin-Marie Keller", grinste Pierre und Robin antwortete: „Natürlich, Monsieur Chevalier."

Erst als es bereits dunkel wurde, trafen die beiden wieder auf dem Storchenhof ein und wurden von Christian erwartet. „Da seid ihr ja. Ich wollte schon nach euch suchen gehen."

„Papa hat doch gesagt, wir sollen uns Zeit lassen", stellte Robin fest und ließ sich aus dem Sattel gleiten.

„Ich weiß, aber es wird schon dunkel. Kommt, ich helfe euch schnell, damit die Pferde ihr Abendessen bekommen."

„Ihr habt schon gefüttert?"

„Ja, wir sind schon fertig. Und euer Abendessen wartet auch schon."

Die beiden warfen sich einen verwunderten Blick zu, da es gerade einmal kurz nach sechs war, kümmerten sich jedoch nicht weiter darum, sondern versorgten die Pferde und brachten sie schließlich in den Stall. Als Pierre gerade die Boxentür schloss, trat Christian hinter ihn und legte ihm einen Schal über die Augen.

„He, was soll das?", lachte Pierre, der ihn aus den Augenwinkeln gesehen hatte.

„Ich verbinde dir die Augen, Pierre. Was sonst?"

„Und wozu das Ganze?"

„Ich möchte dir etwas zeigen", klärte ihn Christian auf und Robin, die gerade dazu gekommen war, lachte: „Mit verbundenen Augen?"

„Die Binde kommt gleich wieder runter. Komm', ich führe dich, Pierre." Damit griff er den Jungen unter dem Arm und führte ihn aus dem Stall. Als Christian in Richtung Halle lief, wollte Robin schon den Mund zu einer Frage öffnen, doch ihr Bruder warf ihr einen warnenden Blick zu und sie schloss den Mund wieder, während sie ihnen folgte. So leise wie möglich öffnete Christian die Hallentür und Robin riss die Augen auf. Die Halle war in ein Festzelt verwandelt worden. Im Sand standen mehrere Tische und Bänke, an denen ihre Familien, Anna-Lena und einige alte Klassenkameraden saßen und mucksmäuschenstill waren. An der Bande waren ebenfalls Tische mit einem kleinen Buffet aufgebaut und auf einem Tisch stapelten sich Geschenke. Über die gesamte Bande verteilt waren kleine Lichterketten angebracht und im vorderen Teil hatten sie sogar mit großen Holzplatten eine kleine Tanzfläche aufgebaut. Auf einer der Zuschauerbänke konnte Robin eine Stereoanlage sehen, die wohl für ein wenig musikalische Unterstützung sorgen sollte.

Christian ließ Pierre mitten im Eingang stehen, nahm Robin an der Hand und führte sie zu den anderen. „Jetzt kannst du die Binde lösen, Pierre", sagte er schließlich und als Pierre den Schal von seinem Kopf zog, riefen alle im Chor „Überraschung!"

Pierre blickte völlig verdattert in die Runde, bevor er schließlich näher kam und ein gerührtes: „Ihr seid ja verrückt!", von sich gab. Dann wurde er von allen begrüßt und jemand stellte die Stereoanlage an. Der Junge konnte es immer noch nicht fassen, war aber sehr glücklich über die gelungene Überraschungsparty. Jemand drückte ihm etwas zu trinken in die Hand und er setzte sich mit Robin an einen der Tische. „Hast du was davon gewusst?", fragte er schließlich.

„Nee, ich hatte keine Ahnung, dass was geplant war. Ich bin genauso geschockt, wie du. Obwohl ich mir fast so etwas hätte denken können, wenn man bedenkt, wie Papa uns vorhin loswerden wollte."

In den nächsten Stunden unterhielten sie sich mit den Gästen, aßen und tranken und es wurden sogar ein paar kleine Spiele gespielt. Zu späterer Stunde wagten sich sogar Pierres und Robins Eltern auf die Tanzfläche und Anna-Lena schnappte sich Jan, ihren ehemaligen Klassensprecher und ging mit ihm ebenfalls auf die Tanzfläche.

„Na, wie steht's mit euch?", fragte Christian neckend. „Wollt ihr nicht auch mal."

„Schon, aber ich kann gar nicht tanzen", gab Pierre zu, da er nie in einen Tanzkurs gegangen war. Auch Robin hatte nie zuvor getanzt.

„Also bitte, so schwer ist das ja wohl nicht. Schnapp dir deine Freundin, nimm sie in den Arm und bewegt euch einfach zur Musik. Ihr müsst ja keinen richtigen Tanz tanzen. Habt einfach ein bisschen Spaß."

Pierre blickte fragend zu Robin, die schließlich nickte und er stand auf, um ihr die Hand entgegenzustrecken. Dann führte er sie zur Tanzfläche und blickte Robin ein bisschen unschlüssig an, woraufhin sie ihm einfach die Arme um den Hals legte und sich an ihn schmiegte. Automatisch legte er ihr seine eigenen Hände um die Hüften und sie ließen sich von der langsamen Musik leiten. Sie bemerkten gar nicht, dass bereits das nächste Lied anfing und tanzten einfach weiter. Christian hatte sich inzwischen seine Mutter geschnappt und legte mit ihr einen eleganten Tanz aufs Parkett. Als das Lied zu Ende war, klopfte er Pierre auf die Schulter. „Darf ich?"

Der Junge hob erschrocken den Kopf und nickte. „Natürlich, Chris."

Als Pierre von der Tanzfläche wollte, hielt ihn seine Mutter zurück. „Hiergeblieben, mein Junge. Komm', ich gebe dir eine kleine Tanzlektion. Ich wollte schon immer mal mit meinem erwachsenen Sohn tanzen."

„Noch bin ich es nicht, Mutti", grinste Pierre und ließ sich von seiner Mutter die richtige Haltung zeigen.

Zwei Lieder später waren die beiden wieder erlöst und als sie sich gierig über ihre Getränke hermachten, stellte Pierre fest: „Ich glaube, wir brauchen noch ein bisschen Nachhilfe im Tanzen. Aber Spaß macht es trotzdem."

„Vielleicht sollten wir irgendwann einmal einen Tanzkurs besuchen. Wenigstens einen Grundkurs. Oder wir fragen einfach mal unsere Eltern, ob sie uns ein bisschen was beibringen."

„Gute Idee, die scheinen das richtig gut zu können, auch wenn ich meine Eltern noch nie zuvor habe tanzen sehen."

„Mach dir nichts draus – ich auch nicht."

Kurz vor Mitternacht verteilten Wolfgang und Renate Keller an alle Sektgläser, die allerdings bei den meisten mit Limonade gefüllt waren, da viele noch nicht volljährig waren. Schließlich stießen sie gemeinsam an und ließen Pierre zusammen hochleben. Nachdem er dann noch seine Geschenke erhalten und ausgepackt hatte, wurden die ersten Gäste von ihren Eltern abgeholt und langsam leerte sich die Reithalle wieder. Zum Schluss waren nur noch die beiden Familien übrig. „Ich würde sagen, wir machen dann auch langsam mal Schluss", stellte Wolfgang kurz darauf fest. „Morgen früh wollen die Pferde versorgt werden. Aber ich würde sagen, wir lassen alles stehen und räumen morgen auf."

„Sollen wir euch mitnehmen?", fragte Arnaud, als er und seine Frau sich ebenfalls auf den Weg machen wollten.

„Können wir noch einen Augenblick bleiben und dann nach Hause laufen?", fragte Pierre vorsichtig.

„Habt ihr immer noch nicht genug?", lachte Christian und Pierres Eltern nickten.

Wolfgang drückte Robin einen Schlüssel in die Hand. „Schließ' hinterher ab, damit nichts verloren geht. Den Schlüssel kannst du dann in deinen Spint legen, dann komme ich morgen früh dran, falls ihr noch nicht da seid. Gute Nacht ihr beiden."

„Gute Nacht." Die anderen entfernten sich und schlossen die Tür hinter sich, während Pierre zur Stereoanlage ging und die Musik wieder anstellte. „Tanzt du noch mal mit mir?"

„Klar", sagte Robin und kam langsam näher. Pierre schloss sie in seine Arme und sie wiegten sich noch eine ganze Weile zu den langsamen Tönen, während er versuchte, seine Nervosität zu verbergen. Er hatte an diesem Abend einen Entschluss gefasst und nichts in der Welt würde ihn jetzt noch davon abbringen. Robin hatte ihren Kopf an seine Schulter gelehnt und schmiegte sich eng an ihn. Er spürte jede ihrer Bewegungen und genoss das Kribbeln, das noch immer durch seinen Körper lief, wenn er sie berührte.

Durch den engen Kontakt spürte sie auch das leichte Zittern seiner Hände und nach dem dritten Tanz löste sie sich aus seiner Umarmung und blickte ihn fragend an. „Frierst du?"

„Nein, ich...", stotterte Pierre und nahm ihre Hände in seine, „... ich möchte dir gerne etwas sagen, Robin", brachte er schließlich heraus und Robin blickte erwartungsvoll in seine dunklen Augen, die sie gebannt musterten. „Ich weiß nicht so ganz, wo ich anfangen soll... Aber ich muss das jetzt loswerden. Ich weiß, dass sich das vermutlich total verrückt anhört. Immerhin bist du erst siebzehn und ich gerade mal achtzehn. Dennoch glaube ich, dass wir durch das, was wir zusammen erlebt und überstanden haben, eine ganz besondere Verbindung zueinander besitzen. Ich würde alles für dich tun, egal was passiert und seit ein paar Tagen weiß ich auch, dass das auch für dich gilt. Mir ist auch klar, dass es eigentlich noch viel zu früh dafür ist und wir haben ja auch noch ganz viel Zeit, aber ich möchte, dass du weißt, wie sehr ich dich liebe und dass ich dich immer lieben werde." Er ließ sich auf die Knie nieder und blickte zu ihr auf. „Robin, was ich dich eigentlich fragen will ist: möchtest du mich heiraten? – Vielleicht nicht sofort, aber in ein, zwei

Jahren?", fügte er schnell hinzu, als er die Tränen in ihren Augen sah. Robin starrte ihn mit aufgerissenem Mund an und brachte keinen Ton heraus. Natürlich wollte sie, doch ihre Stimme wollte ihr nicht mehr gehorchen. Deshalb nickte sie einfach, zog ihn zu sich hoch und schloss ihn in die Arme, während ihr die Freudentränen über die Wange rollten.

Pierre hob sie hoch und wirbelte sie herum. „Sie hat *Ja* gesagt!", rief er lachend, setzte sie wieder ab und gab ihr einen zärtlichen Kuss. Dann zog er aus der Hosentasche einen kleinen Ring, den er im Laufe des Abends aus einem Stück Alufolie hergestellt hatte und streifte ihn ihr über ihren Ringfinger. „Der muss erst einmal bis zu Hause reichen", stellte er lächelnd fest.

„Wieso nur bis zu Hause?", fragte Robin, die endlich ihre Stimme wiedergefunden hatte.

„Weil dort der richtige wartet. Den hatte ich jetzt nur nicht dabei."

„Du hast einen Ring besorgt? Wie lange hast du das denn schon geplant?", fragte Robin erstaunt.

„Noch nicht so sehr lange. Zwei Wochen vielleicht. Aber ich war mir nicht sicher, ob es nicht doch noch ein bisschen früh ist. Aber heute Nachmittag beim Ausritt hatte ich dann das Gefühl, ich muss es dir endlich sagen. Ich weiß natürlich, dass wir frühestens in einem knappen Jahr heiraten könnten, aber ich wollte einfach, dass du weißt, dass ich mit dir zusammen bleiben will. Für ganz, ganz lange Zeit."

„Ich liebe dich, Pierre", sagte Robin leise und drehte das Radio aus. „Komm', lass' uns nach Hause gehen." Sie schlossen sorgfältig die Tür ab und legten den Schlüssel wie besprochen in ihren Spint. Dann gingen sie Arm in Arm nach Hause und betraten ihre Wohnung, wo Pierre an seinen Schreibtisch ging und ein kleines Kästchen hervorholte, in dem ein schmaler, silberner Ring mit einem kleinen Stein lag, den er ihr nun an ihren Finger steckte. Er passte perfekt und Robin strahlte über das ganze Gesicht. Pierre hatte genau ihren Geschmack getroffen: schlicht und elegant. Dennoch legte sie ihn kurz darauf auf den Nachttisch, da sie noch schnell duschen wollte, bevor sie ins Bett gingen. Anschließend verschwand auch Pierre noch einmal im Badezimmer und als er mit einem Handtuch um die Hüften zurück ins Schlafzimmer kam, saß Robin auf dem Bett und grinste.

„Was ist so lustig?", fragte Pierre.

„Ich musste nur gerade an den Morgen von vor einem Jahr denken. Da hast du auch genauso in der Tür gestanden: mit nacktem Oberkörper, feuchter Haut und einem Handtuch um die Hüften."

„Stimmt", gab er zu und grinste ebenfalls. „Du hast mich damals ganz schön überrumpelt."

„Bereust du es?"

„Nein, Robin. Das habe ich nie. Es war wunderschön." Langsam kam er auf sie zu und blieb vor ihr stehen.

Robin ließ sich nach hinten fallen und zog ihn einfach mit sich. „Dann lass' es uns wiederholen", bat sie sanft, „Aber diesmal richtig – ohne Schutzanzug", ergänzte sie lächelnd.

„Bist du sicher?"

Robin nickte. Sie nahm seit einiger Zeit die Pille und da sie nun sogar verlobt waren, war sie der Meinung, dass sie auf ein störendes Kondom gerne verzichten könnten. Sie wollte ihn mit allen ihren Sinnen spüren. Pierre war überglücklich: er hatte eine tolle Geburtstagsfeier erhalten, sich anschließend mit seiner Freundin verlobt und nun schenkte sie ihm noch die schönste Nacht seines Lebens. Erst in den frühen Morgenstunden schlief er mit Robin in seinen Armen ein.

Es war bereits kurz vor Mittag, als sie endlich aufwachten und sich anzogen, um zu frühstücken und sich dann zum Hof zu begeben, um dort beim Aufräumen zu helfen. Robin steckte stolz ihren Ring an ihren Finger, bevor sie gingen, doch kurz vor dem Hof befestigte sie ihn an ihrer Kette, damit sie sich bei der Stallarbeit nicht verletzen konnte. So hatte sie ihn bei sich und konnte ihn nicht verlieren, wie wenn sie ihn irgendwo einsteckte. „Möchtest du es ihnen schon sagen?", fragte Pierre lächelnd auf den letzten Metern zum Hof.

Robin antwortete nicht sofort. Was würden ihre Eltern wohl dazu sagen, wenn sie erfuhren, dass sie verlobt war. „Können wir vielleicht noch ein bisschen warten?", fragte sie vorsichtig, weil sie ihn nicht traurig machen wollte.

„Das ist völlig in Ordnung. Ich habe es meinen Eltern ja auch noch nicht gesagt. Wir haben noch viel Zeit. Irgendwann, wenn wir das Gefühl haben, jetzt ist der Zeitpunkt gut, sagen wir es ihnen, okay?" Robin nickte und für Pierre war das völlig in Ordnung. Wichtig war nur, dass sie selber wussten, dass sie zusammengehörten.

So behielten die beiden es bei. Auf der Arbeit und zu Hause trug Robin ihren Ring am Finger, im Stall oder bei ihren Eltern hängte sie ihn an ihre Kette, die sie aus Sicherheitsgründen immer unter der Kleidung trug. Pierres Eltern verwunderte der Ring nicht – Robin war ein junges Mädchen, also warum sollte sie keinen Schmuck tragen? Nur ihre Eltern wussten, dass Robin eigentlich nie Ringe getragen hatte, aber sie bemerkten ihn ja nicht.

Erst kurz vor Weihnachten, als Christian die beiden in ihrer Wohnung zu einem Videoabend besuchte, flog ihr Geheimnis schließlich auf. Robin trug wie immer ihren Ring und vergaß, ihn abzunehmen, als ihr Bruder bei ihnen klingelte. Als sie es sich auf der Couch bequem gemacht hatten und Pierre gerade den Film in den DVD-Spieler schob, reichte Robin ihm mit ihrer linken Hand etwas zu trinken, wobei ein Lichtstrahl auf den kleinen Stein fiel.

Christian nahm das Glas in die Hand und griff dann plötzlich nach ihrem Handgelenk. Langsam drehte er die Hand so, dass er den Ring sehen konnte und blickte schließlich zu seiner kleinen Schwester. „Seit wann trägst du denn Ringe?", fragte er verdutzt.

Robin lief rot an und blickte hilfesuchend zu Pierre, der sich langsam erhob und den Arm um sie legte. „Keine Ringe – nur einen", sagte er leise.

Christian kapierte schnell. „Nee, oder? Ihr habt doch nicht... verdammt... wann?", stotterte er verwirrt und sprang auf, wobei er die Hälfte seines Wassers verschüttete.

„An Pierres Geburtstag", gab sie schließlich zu.

„So lang schon? Ihr seid echt unglaublich. Herzlichen Glückwunsch, Schwesterchen." Er nahm das Mädchen in die Arme und klopfte Pierre auf die Schulter. „Und warum habt ihr nichts gesagt?"

„Wir haben uns nicht getraut", gab Pierre zu, „weil wir noch so jung sind."

„Wie? Du traust dich, ihr einen Antrag zu machen, aber nicht, dazu zu stehen?" Christian hatte seinen ersten Schock überwunden und war nun amüsiert.

„Quatsch. Natürlich stehe ich dazu, aber Robin ist erst siebzehn und wir dachten einfach, dass eure Eltern das nicht so toll finden. Auch wenn wir jetzt sowieso noch nicht heiraten wollen. Frühestens in ein oder vielleicht auch zwei Jahren. Aber ich wollte deiner Schwester ein Versprechen geben und dass konnte einfach nicht länger warten."

„Du bist mir schon einer, künftiger Schwager.

Genauso ein Unikat, wie meine kleine Schwester. Eigentlich sollte ich ja wohl zuerst unter die Haube, aber bei euerm Tempo kommt ja nicht mal ein Rennpferd mit."

„Dann solltest du dir vielleicht endlich einmal eine Freundin suchen, lieber Bruder. Vielleicht feiern wir dann irgendwann eine Doppelhochzeit."

Jetzt war es an ihrem Bruder, rot zu werden und Pierre grinste. „Ich glaube, da bist du gerade einem ganz heißen Thema auf der Spur, Robin. Hast du uns vielleicht auch etwas zu sagen, Chris?"

„Na ja", gab dieser schließlich zu, „Eine Freundin suchen brauche ich wirklich nicht mehr."

„Hört, hört. Jetzt machst du mich neugierig. Kenne ich sie? Was macht sie so? Ist es was Ernstes? Und warum hast du sie noch nicht mitgebracht?"

„Halt, halt, halt. Wird das hier jetzt ein Verhör?" lachte Christian.

„So könnte man das nennen. – Also? Wann lernen wir sie kennen?"

„Ich wollte sie an Weihnachten mitbringen. Ich habe sie auf der Arbeit kennengelernt, als ich noch im Büro gearbeitet habe. Und seitdem treffen wir uns regelmäßig, wenn ich in der Stadt bin. Und ja, ich denke, es könnte etwas Ernstes werden. Aber wir sind noch ganz am Anfang unserer Beziehung. Bist du jetzt zufrieden?"

„Nee", grinste seine Schwester. „Erst, wenn ich sie kennengelernt habe. Das kann ja ein lustiges Weihnachtsfest werden – bei solchen Überraschungen."

„Bist du sicher, dass du es deinen Eltern dann sagen willst?", fragte Pierre nach.

Robin nickte. „Solange du bei mir bist…"

„Für immer und ewig", antwortete Pierre und schloss sie in die Arme.

ENDE

Danksagung

Als ich mich vor einem Jahr dazu entschlossen habe, eine Geschichte, die ihren Ursprung vor zwanzig Jahren hatte, endlich einmal zu Ende zu schreiben, ahnte ich nicht, dass dies der Beginn einer Leidenschaft sein würde, die fast dreißig Jahre in meinem Inneren schlummerte, bevor sie nun kaum noch zu bändigen ist. Heute ist das Schreiben für mich ein Ausgleich zu Beruf, Familie und Haushalt. Beim Schreiben kann ich entspannen und meine Träume und Gefühle in Worte fassen.

Ich möchte meiner Familie und vor allem meinen beiden Kindern danken, dass sie mir diese Freiheit lassen und sogar meine Freude am Schreiben ein wenig mit mir teilen. Besonders meine Tochter steht mir gerne mit Rat und Tat zur Seite, wenn es darum geht, passende Namen für meine Charaktere zu finden.

Ein großes Dankeschön geht auch an meine Probeleserinnen, die mir Feedback zu Inhalt und Rechtschreibung gegeben und mich motiviert haben, dieses Buch zu veröffentlichen: meine Mutter Arietta Ziegelmayer, meine Tochter Jessica Choate.

Zusätzlich möchte ich mich bei meiner Kollegin Antje Liebold für die Hilfe bei den französischen Übersetzungen bedanken.

Zum Schluss möchte ich mich auch bei meinen Lesern bedanken, die ich hoffentlich mit dieser Geschichte über Ignoranz, Verlust und Angst vor der Zukunft, aber auch die Kraft von Freundschaft und Liebe für eine Weile in ein Land der Phantasie entführen konnte.

Claudia Choate, August 2019

Dieses Buch ist ein Roman. Ähnlichkeiten mit realen Personen oder Begebenheiten sind rein zufällig und von mir nicht beabsichtigt.

WEITERE TITEL VON C.CHOATE

Verlorene Seelen 1 – Licht am Ende des Tunnels

Verlorene Seelen 2 – Ein Hundeleben

Verlorene Seelen 3 – Stumme Schreie

C. CHOATE

Verlorene Seelen 1
Licht am Ende des Tunnels
ca. 430 Seiten

Die 15-jährige Waise Charlotte Rudd, genannt Charlie, wird aufgrund ihrer Herkunft von ihren Klassenkameraden gemobbt, verprügelt und zum Diebstahl genötigt, schließlich sogar für ein Verbrechen verurteilt, dass sie nie begangen hat.

Als alles verloren scheint, tritt der junge Polizist Stefan Wagner in ihr Leben und Charlie sieht zum ersten Mal in ihrem dunklen Leben ein Licht am Ende des Tunnels.

Bis ein weiterer Schicksalsschlag erneut ihr Leben aus den Bahnen wirft.

ISBN: 978-3-74818-996-1

C. CHOATE

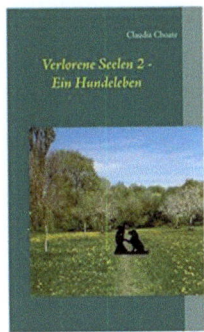

Verlorene Seelen 2
Ein Hundeleben
ca. 271 Seiten

In der Schule ahnt anfangs niemand, dass der aufgeweckte Jason zu Hause die Hölle durchmacht. Nach der harten Arbeit auf dem Hof und im Haushalt ist der 12-jährige oft zu erschöpft, um noch für die Schule zu lernen, während sein gewalttätiger Vater sich vom Nichts-tun ausruht.

Doch der Junge hat Angst, sich irgendjemandem anzuvertrauen, bis ihn seine Neugierde eines Tages fast das Leben kostet und er begreift, dass auch er ein Recht auf ein Leben ohne Angst und Gewalt hat.

ISBN: 978-3-74819-337-1

C. CHOATE

Verlorene Seelen 3
Stumme Schreie
ca. 231 Seiten

Auch fast ein Jahr nach einem schweren Schicksalsschlag hat die 20-jährige Deutsch-Amerikanerin Jessica Brown kein Interesse an einer neuen Beziehung und lehnt daher die Annäherungsversuche eines Bekannten kategorisch ab. Am liebsten verbringt sie ihre Freizeit mit ihren besten Freunden Mischa und Carolin Wagner, mit denen sie in den Urlaub fährt, kocht oder im Country-Club tanzen geht.

Doch plötzlich verändert sich das sonst so offene, fröhliche Mädchen, zieht sich von den Freunden zurück und verkriecht sich in ihrer Wohnung. Mischa und Carolin machen sich große Sorgen und versuchen verzweifelt, ihr zerstörtes Vertrauen zurückzugewinnen.

ISBN: 978-3-73470-959-3